La collection « Azimuts »
est dirigée par Jean-Marc Barrette

Transit

Du même auteur

Le Réel à la porte, nouvelles, Hull, Vents d'Ouest, « Rafales », 1997.

Les discours du Nouveau Monde au XIXe siècle au Canada français et en Amérique latine — Los discursos del Nuevo Mundo en el siglo XIX en el Canadá francófono y en América latina, direction avec Marie Couillard, Ottawa, Legas, 1995.

L'objectivité de la presse, Montréal, Hurtubise HMH, 1989.

Roman québécois contemporain et clichés, Ottawa, Presses de l'Université d'Ottawa, 1983.

Sémiotique et description balzacienne, Ottawa, Éditions de l'Université d'Ottawa, 1978.

Azimuts | roman

Patrick Imbert
Transit

Données de catalogage avant publication (Canada)

Imbert, Patrick, 1948-
  Transit

(Azimuts. Roman)

ISBN 2-89537-034-6

I. Titre. II. Collection.

PS8567.M32T72 2001   C843'.54   C2001-941027-1
PS9567.M32T72 2001
PQ3919.2.I42T72 2001

Nous remercions le Conseil des Arts du Canada de l'aide accordée à notre programme de publication. Nous reconnaissons l'aide financière du gouvernement du Canada par l'entremise du Programme d'Aide au Développement de l'Industrie de l'Édition (PADIÉ) pour nos activités d'édition. Nous remercions également la Société de développement des industries culturelles, ainsi que la Ville de Hull.

Dépôt légal —   Bibliothèque nationale du Québec, 2001
                   Bibliothèque nationale du Canada, 2001

Révision: Marie-Claude Leduc
Correction d'épreuves: Renée Labat
Infographie : Christian Quesnel

Éditions Vents d'Ouest inc.
185, rue Eddy
Hull (Québec)
J8X 2X2
Téléphone :   (819) 770-6377
Télécopieur : (819) 770-0559
Courriel :   ventsoue@magi.com

Diffusion au Canada : PROLOGUE INC.
Téléphone :   (450) 434-0306
Télécopieur : (450) 434-2627

Te amo como no he amado nunca, como no creí que era posible amar. He aceptado tu amor, porque estoy segura de merecerlo. Solo tengo en mi vida una falta y es mi amor por ti.

Araceli BELLOTA
Aurelia Vélez, La amante de Sarmiento

Si j'ai bonne mémoire, les écrivains trouvent généralement quelques excuses à leurs livres, encore que je ne comprenne vraiment pas pourquoi l'on s'excuse d'avoir choisi une occupation aussi tranquille et aussi pacifique. Il ne semble pas que les militaires s'excusent de s'entre-tuer.

Leonora CARRINGTON
Le Cornet acoustique

Qui obéit mieux qu'un ventre vide, qu'une main gelée ou qu'une tête qui se méprise?

Hélène BEZENÇON
Les Confessions d'une mangeuse de lune

Le passé de leur avenir

Vivre est un visage qui manque.
Hélène DORION
Un visage appuyé contre le monde

1

S ES CHEVEUX D'OR blanchis par une légère neige lui donnaient déjà le visage de la vieille femme qu'il aimerait toujours. Ses cheveux blancs qu'il aimait, qu'il aimerait aussi quand elle aurait trente-cinq millions trente mille sept cent une minutes et qu'elle jouerait avec leurs petits-enfants. Ils auraient passé ensemble moments de passion, souvent, moments d'indifférence, parfois, dans un amour profond et réciproque. Cette neige traçait le désir de sa petite vieille toute neuve et de ses rides annoncées par la marque qui, déjà, entourait les commissures des lèvres ponctuées habituellement d'un point d'ironie. Cette neige était leur cheminement, avant leur parcheminement vers la diaspora cellulaire. La poudrerie annonçait leur vie ensemble et sans fin. Elle était la perspective de soixante ans d'un bonheur simple, d'un amour envahi de désirs, insupportables par instants, à crier de joie sans mélange et d'intense espoir, à crier devant ce présent, le passé de leur avenir.

Sa petite femme, petite vieille trépidante, était de retour sur le campus. Sa faiblesse douce et musclée, sa tendresse ronde enrobée d'expériences. Sa chaleur désaltérant son avidité. Les reflets dorés, argentés jusque sur ses épaules, miroitaient vers une vie à rugir, à murmurer, à susurrer, à écouter, à rire.

Elle ne semblait pas remarquer les tempes grisonnantes de frimas de son compagnon. Ses yeux gris avaient l'aspect d'un granit usé par des millions d'années de pluies inconséquentes succédant au polissage des glaciers retirés dans leur antre. Le front légèrement dégarni du grand-père de soixante-quinze ans encore vert, qui la regardait assidûment, semblait lui échapper. Une taie d'une transparence douteuse, tel le mat des gouttes dans les flaques d'une journée froide de printemps d'Irlande, la maintenait comme dans un cocon d'où elle ne prendrait jamais son essor. Elle se laissa faire quand il l'embrassa. Une panique soudaine irradia le front grisonnant, figé sur les épaules brunâtres de l'imperméable de sa morne petite vieille.

Son voyage à New York avec sa mère n'était pas un voyage à New York avec sa mère. Son voyage à New York avec sa mère était un voyage à New York avec une amie. Son voyage à New York n'était pas un voyage. Son déplacement à New York s'était ancré plus précisément dans une clinique de l'*East Side*. Son séjour à New York avec sa mère n'était pas un voyage à New York, pas avec sa mère, pas avec. Son déplacement somnambulique vers la clinique de l'*East Side* avec une « connaissance » qui avait fait le même trajet… Sa dérive dans un demi-coma physique et affectif, accompagnée d'une personne qui lui était vaguement indifférente… Quelle panique, quelle sous-estimation d'elle-même, quel poids social, quelle horreur l'avaient menée jusque-là ? À quel moment avait-elle décidé d'aller à l'abattoir, la mort au ventre ? En lui jetant un mensonge, une petite phrase tranquillement négligente : « Je vais en voyage à New York avec ma mère et je vais revenir à la fin du congé de février. » La décision prise. Dans la stupeur. Comme si, à chaque pas, il n'était plus possible de faire demi-tour. Comme si cela devait être fait. Comme si cela était obligatoire. Comme s'il était impossible de

qui, par la dureté de la décision à prendre, a contribué à
raître sa propre enfance, pas particulièrement agréable.
isi de mûrir dans le pessimisme parce que le différent les
l leur était impossible de s'aimer avec un tiers. Mais elle
la folie, tenta-t-il de se persuader.
l était d'encre, le firmament constellé était traversé de
ments blancs à ses pieds, étoiles filantes un peu lentes qui
ient le vertige. Il avait l'impression d'avoir la tête en bas
arder un monde renversé. Pour calmer son vertige, il
deux bananes et but une théière au complet. Il avait
esoin de caféine. Impérativement. Souvent, le soir, elle
n espresso aux grains de café guatémaltèques et lui racon-
jusqu'à ce qu'elle quitte la maison, à vingt ans, son père
mbrassée sur la bouche plusieurs fois et avait essayé de
avec elle quand il revenait saoul du travail et que sa mère
nuit ailleurs.
t instant, le souvenir des saveurs odoriférantes du café
que centrale se mêla à la tiédeur de la salive lourde de
qu'il savourait longuement avant d'aller au lit. Et puis, elle
nait et la chaleur les mettait en fête. Il s'endormit, épuisé,
fa, la lumière allumée.
éponge tiède l'enveloppait. Sa main poilue galopait comme
gale dans l'ocre du désert et revenait soudainement vers
ité de son sexe comme un yo-yo fou. Ses yeux devenaient
nètes saccadées qui gravitaient dans le vide d'un infini
Puis ils entraient en collision et se transformaient en un tas
es sanglantes. L'éponge ruissela. Il émergea du sommeil, sa
moite, pleine de liquide, dans son pantalon. Le sofa suait.
ges lui échappaient déjà. Il était cinq heures trente. Le salon,
lumière jaunâtre de l'abat-jour, ressemblait au décor d'un
héricain où un meurtre aurait eu lieu. Sauf que, habilement,
ait fait disparaître le cadavre. Les fenêtres étaient noires pour
er l'ambiance de studio de cinéma et les échafaudages.
allait qu'il parle à quelqu'un ; il s'appela mais c'était occupé.
rocha et ouvrit le téléviseur. Des céréales flottaient dans un
s de lait candide et de miel solaire. Puis, ce furent des chaus-
de sport projetant l'athlète, tête en bas, dans des sauts

faire autrement. Comme si elle n'avait pas pu en parler. Comme si
elle ne l'aimait plus. Comme s'il n'avait pas son mot à dire. Comme
s'il ne LE voulait pas. Comme si c'était juste une affaire de femmes.

Il ouvrit la porte de la familiale et vomit de rage, d'horreur, de
douleur, de désespoir, à s'arracher de l'œsophage cet hameçon qui y
serait à tout jamais fiché. Cet hameçon obligerait les cellules à
sécréter une perle grise comme ses yeux. Elle compresserait à tout
jamais ce plexus voilé de nuages. L'horreur. Désormais, il faisait partie
de l'horreur. L'horreur du fil tendu, de l'ancre, de l'hameçon. Ça va
au fond, ça se tend, ça se tend encore plus, ça mord. LE mord. Il
crie à LE de se coller au fond, au chaud, de se couvrir de vase amniotique pour que ça glisse. Il crie à LE à pleine gueule, l'hameçon planté
dans l'œsophage jusque dans les poumons. Ça tire. LE suit. Il suit.
Il ne reste que ça. Suivre. L'œsophage sanguinolent. Le plexus battant la chamade. Ça remonte à la surface. Des vagues. Le fil.
L'hameçon. On sait où ça va. Ça va pas très bien. Soudain…
L'irruption volcanique sur l'épiderme, sur les écailles. Le fil tire,
l'hameçon tire, les ouïes s'affolent, l'hameçon déchire, remonte. Le
craquement des chairs. Comme les crocs des bouchers dans le dos
des torturés. Ça résiste. Mais c'est inéluctable. Maintenant. Il sait
que LE ne sait plus, que LE ne sait pas, que LE n'a jamais su. Les yeux
phosphorescents, exorbités.

Soudain, le passé n'est plus le passé, n'a jamais été le passé, n'a
jamais été ce qu'il était, jamais. Ce n'était pas ça, pas ça, jamais,
jamais, jamais. Ça a toujours été autre chose. Il faudrait le dire mais
les poumons sont déjà digérés par la gorge. Tout remettre en place,
vite. En place, autrement. Ça n'a jamais été ça. Les ouïes saignent
avec abondance. L'hameçon arrache tout avec la gorge dans la souffrance atroce d'un fil vomi dans un flot de sang.

Le futur grand-père sourd et aphone était réfugié dans son
œsophage mimant le ventre de sa petite vieille trop jeune qui avait
paniqué devant LE. Aucune larme. Son corps entier tremblait
comme durant un affreux mal de mer qui ne finira pas.

Elle le regardait en pleurant doucement comme si elle n'était
pas là, comme s'il avait toujours été un train, comme si la gare était
à portée des mollets, comme si le quai gris de crasse et de crachin
enserrait les roues métalliques résonnant une dernière fois sur les

rails disjoints. Une bile jaune arracha des spasmes à ses côtes maigres calquant une peau désormais flottante. Elle le regardait, enrobée de son petit imperméable brun se fondant dans ses cheveux humides et ternes. Elle dit que c'était fini, qu'elle ne pouvait plus habiter avec lui et qu'elle voulait rentrer chez sa mère.

Il l'a ramenée chez sa mère. Ils ne se sont rien dit. Il l'a respirée une dernière fois. Elle sentait toujours aussi bon. Il n'a jamais revu sa petite vieille de vingt ans et ses cheveux blancs de neige calquant ses yeux gris.

Alors, il a stationné l'auto dans le garage souterrain de l'immeuble. Le vert métallique donnait à sa Chevrolet un air complètement avachi, les roues rentrées sous les ailes. À côté de la cage des ascenseurs, les machines à laver tournaient. L'une d'entre elles essorait la vie. Son ronflement vidait toute l'humidité d'un paquet innocent et multicolore, bientôt glabre. Insupportable. Les câbles vibraient, mais la boîte de métal qui devait le hisser au douzième était inaccessible. Le rotor de la laveuse allait de plus en plus vite. Ça serait fini, bientôt. Les dernières sueurs de la rage. Les dernières larmes du désespoir. Le rotor s'arrêta. Le paquet était presque sec. La porte en inox de l'ascenseur s'ouvrit. Une locataire en sortit et dit : « J'arrive juste à temps. » « Trop tard ! » lui répondit-il, haineux. Elle le dévisagea sans comprendre, un sourire sur la défensive. Le miroir saisit son air hagard et l'embarqua de force. L'ascenseur fit descendre son œsophage dans ses intestins et il sentit une diarrhée brûlante lui couler sur la jambe gauche. Mais la mécanique le prit en pitié ; la porte s'ouvrit rapidement. Il ne laissa que quelques gouttes sur la moquette jaune à fleurs pourpres avant de glisser la clé dans la serrure du numéro mille deux cent vingt-quatre.

Il retira ses chaussures et son pantalon dans la baignoire, emballa le tout dans une serviette-éponge qu'il jeta sur le faux marbre. Il ouvrit les robinets imitation plaqué or en forme de gracieux coquillages. Le pan assez long de sa chemise avait aidé à pomper le tout, lui aussi. Plein de merde, il prit un bain bouillant qui ne le réchauffa pas. Il quitta la salle de bain. Des tremblements se saisirent de son tonus nerveux. Il n'était plus qu'ondes sinusoïdales inscrivant leur amplitude dans les plis et replis des draps qui sentaient encore les sueurs de Sandra, les rosées de ses sécrétions les plus intimes.

Matelas et sommier vibraient, plaqu[...] ments épars de son squelette à la dér[...] il se leva, prit trois cachets. Recouché[...] à mesure qu'il sombrait dans un con[...]

2

De midi, quand il se réveilla, jusq[...] curcit, à cinq heures, il n'aurait pa[...] Avachi sur le sofa d'occasion du salon[...] une vitesse intense. Tellement rapider[...] d'elles. Mais le bleu s'assombrit. La vi[...] du mois de février 1986, commençait [...] à ses pieds tandis que l'orange virait [...] lac Ontario. L'absence de Sandra lui[...] cerveau était en feu. Le désir s'était n[...] sentiments et à l'admiration qu'il lui [...] faisait devenir, parfois, petit garçon[...] tenait. Le manque le torturait maintena[...] aussi une petite fille qui avait besoin[...] qu'elle soit petite fille. Il aimait sa petite[...] restait plus que cet amour à sauver. Ca[...] plus. La jeune femme avait détruit en [...] caire du jeune homme. Peut-être mêm[...] capacité de voir la jeune femme, de l'[...] présent au complet lui avait manqué. C'[...] marqué Sandra. Il manquait de présent.[...] autre temps. Il avait peut-être manqué[...] c'était pour l'enfance ou le troisième âge[...] l'avait raté. Elle avait dû sentir ça. Ou bi[...] pour elle. Alors, elle avait trouvé ça inviva[...] jours vivre à dix ou à soixante ans quand[...] trente.

Elle a dû vouloir s'inscrire dans l'espace[...] ça, elle a voulu échapper à l'enfance. Pour[...] possibilités de s'en extirper. En prenant en [...] plus une poupée, ou bien en se résolvan[...]

immenses échappant à la gravitation, comme le bébé dans le ventre de sa mère. Il ferma le téléviseur qui devint noir comme les fenêtres. Il décida d'aller au centre-ville, chez Paolo et Ettore dont le café servait déjà des petits déjeuners pour les ouvriers des usines et les paumés.

Dans sa familiale verte, il se sentit comme un extraterrestre glissant sur l'asphalte noir et désert, enrobé dans la lumière des phares. Les poteaux de téléphone défilaient et, aux carrefours, les centaines de fils se croisaient, perpendiculaires. Il approchait du quartier des usines. Il évita le trou d'une bouche d'égout dont le couvercle devait servir de cerceau aux voyous du port. Il stationna et entra dans un monde de fumée et de discussions bruyantes ponctuées des mouvements des casques de sécurité jaunes. À une table, il reconnut un étudiant de son cours du soir. Il parlait à un autre travailleur. Il s'assit avec eux. Ils lui offrirent une cigarette qu'il alluma, lui qui ne fumait jamais, en souvenir de Sandra qui fumait parfois. Il commanda son espresso et un croissant. Le serveur lui répondit qu'il n'y avait pas de croissants mais qu'il pourrait avoir une omelette avec du bacon et des pommes de terre. Steve présenta son professeur à son collègue, Robert. Ils parlaient de la grève prochaine. Steve était haut placé dans la hiérarchie syndicale et prenait des cours de comptabilité ainsi que de science politique à l'université. Il était intéressé par le cours concernant la violence et l'exclusion donné par Alex.

Robert alla informer un groupe de ce dont ils avaient parlé au sujet de la grève. Steve demanda à Alex ce qu'il faisait dans ce café à cette heure. Alex lui expliqua son désespoir et son désarroi. Le professeur parlait, l'étudiant écoutait et pourtant cela représentait le contraire de ce qui se passait normalement. Car l'étudiant définissait le contexte. Il lui proposa d'aller manger après le cours, le soir même.

3

Neuf heures du soir, au restaurant Schwarzwälder Hof. La façade en planches vernies, peintes de petites fleurs rouges et jaunes rigidement piquées dans des pots multicolores, résistait à l'assaut des boutiques de stéréos et de téléviseurs. Leurs baies vitrées enrobées de minces lames de métal doré décoraient la rue principale de mille écrans projetant des couleurs dans les vitrines des boutiques de mode, en face. Le pigment contre l'onde, le stable contre le fluide. L'intime contre le transparent, le kitsch de l'ethnique contre le simulacre du technique.

Steve, cerné par un amoncellement de fleurs en plastique, l'attendait dans un coin, appuyé contre un mur en plâtre blanc recouvert de planches grisâtres intentionnellement coupées de manière inégale. Ils commandèrent deux schwarzwälder Schnitzel dont la différence avec les wiener Schnitzel était trop subtile pour des clients égarés au milieu de fleurs en plastique. Steve alla droit au but, parce qu'il connaissait les positions critiques et la vision du monde de son professeur. Il lui demanda de faire de la publicité positive pour la grève dans le milieu universitaire au cas où celle-ci serait déclenchée. Alex répondit qu'il ferait de son mieux et que déjà des collègues faisaient du travail. Steve le savait fort bien mais il souhaitait qu'un modéré, non marqué politiquement comme Alex, s'engage en faveur des grévistes afin d'entraîner la sympathie d'étudiants timorés. Et comme Steve savait que son professeur avait besoin de sentir une forme de sécurité intellectuelle, il dirigea la conversation sur des sujets sociophilosophiques liés à sa vie personnelle, ce qui permettait d'avaler les escalopes pannées au goût indéfinissable sans se rendre compte de leur standardisation culinaire prononcée.

Steve s'était intéressé au syndicalisme et avait pensé s'engager dans ce domaine car son père avait été initié, en Italie, avant de venir au Canada, à la franc-maçonnerie. Des relents de carbonarisme l'avaient orienté plus à gauche que ses frères d'armes anglo-saxons, plus conservateurs et marqués par une éthique protestante qui respectait l'ordre défini par la théorie de la prédestination.

— Et mon engagement social a fait de moi un vrai Canadien, dit Steve. Car, dans ma famille, on parlait toujours du soleil, du village et de la communauté. Communauté de merde puisque mon père crevait de faim. Ce sont les proches qui peuvent le mieux t'exploiter. Le syndicalisme dans une grande entreprise m'a fait saisir cela.

— Mais justement, ce sont ces grandes entreprises qui exploitent les travailleurs, non? répliqua Alex.

— Certes, elles exploitent, mais elles font aussi partie d'un univers lointain. Même si elles n'hésitent pas à te détruire et à te foutre dehors. Au village, tout le monde se connaissait. Ce sont tes proches parents qui te font crever de travail et de privations. Et pour te révolter, ça te prend un courage et une lucidité immenses, car ce sont des gens qui t'ont donné de l'affection quand tu étais petit. Alors, tu ne te révoltes pas, tu pars.

— J'ai connu ça, dit Alex. Quand j'avais une douzaine d'années, j'étais très ami avec un Français d'origine qui m'a raconté son histoire. Après la guerre, à Paris, il y avait pénurie de logements. Alors son père a loué l'appartement d'un membre de la famille. Ce dernier en a profité avec son taudis sans eau et au loyer très élevé. Le salaire mensuel y passait. Quelques mois plus tard, le père de mon ami a dû partir parce que le propriétaire avait trouvé quelqu'un qui était prêt à payer encore plus cher.

— Qu'a-t-il fait?

— Le père a trouvé un autre taudis, puis d'autres encore, dont un logement en sous-location avec une pièce qui était un dépôt de farine pour le boulanger du coin. Il a décidé de couper les relations avec sa famille.

— Même chose chez moi, dit Steve, la famille a joué sur les sentiments, un rapprochement possible, un besoin phénoménal qui se nourrit de l'espoir que la violence passée disparaîtra.

— Mon ami m'a expliqué comment il se sentait. À six ans, il a compris qu'il n'avait pas de maison, ou plutôt que la maison n'était pas liée à un endroit précis. La maison, c'était quelque chose qu'il portait en lui et qu'il transportait avec ceux qu'il aimait, son père et sa mère. Alors, je lui ai exposé ma situation et j'ai comparé. J'ai un père anglophone protestant et une mère francophone catholique. Je lui ai expliqué qu'il vivait comme certains protestants. Comme les Anglais de l'Empire qui déplaçaient leur *home* avec eux au fur et à mesure qu'ils étendaient leur maîtrise du monde.

— Sauf que, tu vois, le contexte entre ton ami et les impérialistes est bien différent. Lui, il transportait sa maison parce qu'on l'avait foutu dehors alors qu'eux, ils partaient pour conquérir et ne pas se laisser assimiler par les locaux dont la notion de maison était probablement liée à la terre ou au paysage.

— Juste, dit Alex. Quant à moi, évidemment, vivant dans un double contexte culturel, j'étais intéressé par la situation de ce Français. Sans que je puisse le verbaliser, à ce moment-là, j'aimais déjà passer d'un contexte culturel à un autre. Je me sentais libre parce que je pouvais décider de transporter ma maison et parce que mes valeurs n'étaient pas attachées à un endroit précis. L'important, c'était l'amour des proches. Évidemment, l'amour, en ce moment, c'est assez raté. Donc, je transporte ma maison à moi tout seul. Et je serais bien prêt à me sentir chez moi dans beaucoup d'endroits au Canada et même aux États-Unis… et peut-être même dans d'autres pays des Amériques.

Steve le regardait avec une certaine désapprobation. Son antipathie envers les multinationales américaines l'enracinait plus fortement qu'il ne le pensait. En même temps, il était surpris de la tournure de la conversation. Elle lui faisait prendre conscience d'une dynamique d'assimilation qui dépassait l'enracinement et qui était typiquement américaine. Les paradoxes le fascinaient et Alex aussi. C'était sur cette découverte que s'établissait une certaine confiance.

— Moi, je ne sais pas si je pourrais vivre aux États-Unis, dit Steve. Mais j'ai vécu des conflits provoqués par des liens professionnels chargés d'émotions. J'ai œuvré dans des petites entreprises. En particulier, dans une fabrique spécialisée dans les reproductions de meubles des XVIIIe et XIXe siècles. Le patron, italien bien sûr, travaillait à créer une ambiance où chacun se sentait important, et même plus que ça, où chacun se sentait attaché sentimentalement à l'entreprise.

— Impossible d'y rentrer un syndicat, évidemment.

— Impossible, parce que toi-même, tu es tellement divisé, malgré ton salaire beaucoup plus bas que celui offert dans des entreprises similaires.

— Alors tu as décidé de partir.

— Oui. Je n'ai pas eu le courage d'entrer en lutte contre lui, ce qui n'aurait servi à rien, car une bonne partie des trente employés n'auraient pas marché. Ils préféraient se sentir « protégés » des duretés du travail qu'on peut subir dans les autres entreprises. Cette protection prenait la forme d'avantages insignifiants comme le petit déjeuner en commun avec le patron tous les vendredis matins ou encore la distribution des cadeaux des employés avec l'épouse du patron avant Noël. Pas question de réclamer un salaire décent, conforme aux normes établies!

— Mais toi qui es engagé dans une campagne antiaméricaine et qui joues sur le nationalisme canadien pour défendre les intérêts de la population, ne penses-tu pas que ce nationalisme pourrait aussi servir les intérêts d'exploiteurs proches?

— Oui, ils pourraient jouer sur l'attachement sentimental à la nation, à l'espace, pour justifier un niveau de vie moindre. Et je ne dis pas que ça ne va pas venir un jour. Mais pour le moment, cette stratégie permet de lutter contre des valeurs américaines qui menacent les avantages salariaux et sociaux des Canadiens.

Sur ces mots, les chandelles électriques perdirent de leur éclat, le coucou de la Forêt Noire se propulsa hors de son chalet douze fois et un carillon rappelant les sons lugubres des veillées funèbres frémit dans son antre. La conspiration du descendant carbonaro, alliée au processus assimilateur de l'anthropologue passant du côté de la sociologie, se conjuguait aux anciennes évocations souterraines des mondes sataniques menaçant l'ordre. Ils rejoignirent leur auto respective en se disant au revoir et en constatant avec humour qu'on était déjà demain.

Alex retrouva son appartement, sa solitude, ses sédatifs. Mais son amertume avait temporairement disparu.

4

Vers onze heures, il se réveilla pâteux, et comme son prochain cours n'avait lieu qu'à deux heures, il décida d'aller jeter une main distraite dans la boîte aux lettres. Attente devant la porte de l'ascenseur. Ouverture-fermeture. Il y avait déjà une locataire en bigoudis et robe de chambre. « Bonjour – Bonjour. » Gêne. Onzième étage : « Il fait beau – Oui, il fait beau. » Dixième étage. « Je vais chercher mon courrier – Moi aussi. » Neuvième étage. « J'espère qu'il n'y aura pas trop de factures », dit l'embigoudée.

« Moi aussi. » La longueur de la phrase avait permis d'être déjà au septième. « Mais les publicités remplissent la boîte », dit-il. Sixième étage. « Je les déteste », dit-elle. La robe de chambre frémit et laissa apparaître une jambe maigre striée de veines bleues. Et l'embigoudée partit dans une diatribe où se mêlèrent l'écologie, la conservation des arbres de la planète, la pression des chaînes d'épicerie pour encourager la consommation de produits inutiles et hors de prix. Léger choc. Ouverture-fermeture. « Au revoir, bonne journée. » « Vous pareillement », dit-elle. La boîte de « Vous pareillement » était malheureusement au-dessus de la sienne. Il attendit qu'elle ait fini de tirer les dépliants et les lettres dont elle examinait l'écriture en disant: « Je me demande qui c'est. » Il lui suggéra de les ouvrir, mais elle semblait aimer créer des angoisses ou des rêves. Il la contourna, saisit sa fournée de publicités et de magazines gratuits et se dirigea vers l'escalier qui menait au garage. Il voulait prendre l'ascenseur depuis le sous-sol, car la locataire se dirigeait vers la double porte chromée pour remonter chez elle au quatorzième, directement au-dessus de chez lui, au douzième, puisque le treizième n'avait pas droit à l'existence. Joie de la superstition et de la numérotation ésotérique, inscrite dans le béton et la technologie. Il attendit une minute près de la salle de lavage. Le cycle d'essorage l'obsédait toujours. Ouverture-fermeture. Il appuya sur le 12 mais l'ascenseur s'arrêta automatiquement au premier. S'y faufila l'embigoudée qui tournait et retournait une enveloppe dont elle ne reconnaissait pas la graphie. « Qui ça peut bien être? » dit-elle au troisième en tendant l'enveloppe sous les néons pour voir à travers la candeur du papier. « Je ne reconnais pas ces lettres minuscules. Je me demande ce qu'on me veut. » Cinquième. « Ça ne vous arrive jamais à vous des choses comme ça? » Sixième. Elle se rapprocha dangereusement de lui. « Non, car... » Septième « ...ou je les garde dans ma poche et n'y pense plus, ou je les ouvre tout de suite. » Neuvième. Elle n'avait pas l'air contente. « Mais comment faites-vous pour être aussi inconscient? » demanda-t-elle. Dixième. « Quand on est célibataire et âgé, on est toujours menacé par l'imprévu dont on a pourtant besoin pour passer une journée qui ne sera pas trop ennuyeuse. » Douzième. Ouverture-fermeture. Elle sortit avec lui. L'ascenseur s'inscrivit dans le prévisible total et répondit avec célérité aux demandes des locataires du premier. Il lui fit remarquer qu'elle n'était pas au bon étage. Elle le suivit jusqu'à sa porte. « Au revoir », dit-il. « Au revoir », renchérit-elle en le regardant droit dans les yeux. Et pour rejoindre l'escalier, elle continua vers le bout de la coursive de cet immense paquebot flottant sur les rêves des esseulés réfugiés dans leur cubicule.

Désœuvré, il ouvrit le magazine *New Vision*. Il tomba sur un article évoquant des « adultes » de dix ou douze ans qui se faisaient tuer au Salvador dans des combats contre des naïfs ou des salauds, des soldats de vingt-cinq ou trente ans, issus des mêmes pénuries qu'eux. Pourtant ces guérilleros très jeunes combattaient pour ne pas finir soldats, prostitués, ou pour ne pas manger dans les dépôts d'ordures.

Sans raison précise, il pleura à l'intérieur de lui-même comme les hommes ont appris à le faire. Il mit un disque de Los Calchakis. La flûte des Andes, dont les sons parfois stridents se mariaient aux sons graves des tambours et des voix nostalgiques, le fit partir à la « dérêve ». Il se fit couler un bain chaud plein de bulles pénétrées de subtils arômes d'un mélange pêche et mangue. Lentement, la tête sur l'oreiller gonflable, il laissa flotter son imagination.

Les multiples visages de Sandra se télescopèrent sur l'écran de brume tiède montant des nuages savonneux, évoquant certains soirs de l'été précédent, lorsqu'en vacances en Caroline du Sud, ils marchaient lentement les pieds dans la marée mousseuse. Ils s'étaient amusés à inscrire la date de l'année 1985 en immenses chiffres rapidement effacés par les vagues. La mer enveloppée de songes les menait dans un monde où l'eau et le ciel, se mêlant, effaçaient la courbure de la terre. Ses émotions montèrent, enrobées d'une amertume confondue avec le goût salé des marées basses. Son plexus se comprima et battit comme un cœur en déroute. Puis, des souvenirs de voyage d'avant son coup de foudre pour Sandra lui revinrent en désordre. Sa rencontre avec Cathy, cette auto-stoppeuse qu'il avait embarquée dans sa familiale, deux ans auparavant, en Arizona, alors qu'il voyageait seul. À l'époque, il aimait faire du camping sauvage et dormir sur son matelas de mousse dans son auto. Les mesas rouges emplissaient ses rêves irradiés d'avenir heureux. Cathy était une petite blonde, étudiante en mathématiques, plutôt timide. Il lui avait demandé où elle allait. Elle se rendait dans la réserve navajo, près de Kayenta, où une amie enseignait les mathématiques. Il lui dit qu'il allait justement là, alors qu'il n'avait pas d'idée précise de son trajet. Cela fit plaisir à l'auto-stoppeuse et l'inquiéta aussi. Mais, au bout de quelques heures, un étranger aurait pu affirmer qu'ils se connaissaient depuis longtemps. Elle lui avait mentionné qu'elle avait fait un séjour près de Big Sur. Elle avait participé à une réunion où des gens quelque peu en détresse pratiquaient le yoga à l'orée de la sierra et des brumes matinales de l'océan. Elle lui avait avoué qu'elle avait subi un avortement. Elle s'en remettait mal. Son rêve bifurqua. Il vit le visage de Sandra, aux lèvres de jouisseuse, se creuser comme lors de sa bronchite, quelques mois auparavant. Il vit ses yeux gris s'égarer dans la solitude. Avec Cathy, face aux mesas, il avait eu du mal à saisir ce qu'avorter signifiait même s'il compatissait et écoutait avec attention. Et puis surgit la maison mobile au bout de la piste rouge dont le sable fin couvrait la vitre arrière et masquait le coucher de soleil barré par la noirceur des mesas.

Le visage de la copine institutrice navajo n'arrivait pas à prendre forme sous une longue chevelure noire reposant sur l'ocre d'épaules attirantes. Ils avaient mangé. Alors, le père de l'institutrice navajo était arrivé. Il avait parlé du Viêtnam. Il avait dit que la guerre là-bas avait été une erreur terrible. Il aurait mieux valu dépenser l'argent à bombarder les Viêt-minh à coups de sacs de riz, de jouets en plastique et d'engrais, car on attrape les mouches avec du miel. Le soir, un Navajo vers la fin de la trentaine, qui semblait être l'ami de l'institutrice, s'invita. Il raconta à Alex qu'il était un ancien du Viêtnam. À son avis, s'il n'y avait eu que des gens de son peuple pour combattre les communistes, les États-Unis auraient vaincu puisqu'ils pouvaient, jusqu'à un certain point, passer inaperçus vu les similitudes morphologiques : des visages bronzés aux regards bridés. Après plusieurs bières, il précisa que les Navajos avaient été appréciés des services de renseignements, car ils communiquaient dans leur langue et celle-ci n'était pas comprise des « Viets ». Les messages rapides étaient donc impénétrables pour l'ennemi. Sandra se substitua soudain au Navajo. C'est sa démarche amoureuse dans la chaleur amniotique qui s'empara de sa somnolence et des profondeurs de ses rêves.

Il marchait maintenant sur la plage dans la moiteur chaude d'un brouillard californien diffracté par la luminescence d'un soleil tiède. Les vagues mordant le sable rose travaillaient l'écume vaporeuse dont les bulles collaient aux grains de sable avant de crever en plein brouillard. Le soleil coulait l'horizon dans une chape d'acier qui, parfois, s'approchait de la baie et faisait fuir le brouillard enrobé dans des pins d'une noirceur d'ébène. Leurs aiguilles traçaient, à l'encre de Chine, un tableau zen sur fond d'infini. La mer résonnait d'un son de gorge et calquait le crissement des coquillages. Sandra était une projection de la plage à ses côtés, en pleine lumière. Ses yeux vifs chassaient au loin la brume. Ses traces bronzées de sable se sculptaient en creux dans la platitude mouvante. Ses jambes dans les yeux du rêveur endormi et les yeux de ce rêveur dans les siens! Soudain, les vagues et leurs sons d'artères battant aux tempes planétaires l'appelèrent. Il s'avançait à pas bruts sur ses grandes jambes maigres. L'ouïe le guidait vers les stridences d'une flûte lointaine…

Le mucus de ses sinus coulait sur ses lèvres. La sueur ruisselait dans ses yeux pleins de sel, l'eau tiède, sur son corps maintenant bouillant, stimulait de petites crampes dans son visage. Elles se concentraient autour de ses sinus dont le mucus coulait dans sa bouche. Il entendit distinctement Los Calchakis. Il se leva, démarra la douche chaude qu'il trouva glaciale sur son corps crépitant. Puis, une immense légèreté envahit son troisième œil. Il respira la vapeur tiède de la salle de bain comme jamais il n'avait respiré auparavant. Il se redressa avec facilité devant le miroir qui, jusqu'à l'après-midi, lui renvoyait l'image d'un dos légèrement courbé à la hauteur des épaules. Il comprit qu'il ne pouvait plus rester sur ce campus ni dans cet appartement, car les souvenirs heureux le poursuivaient à chaque pas, à chaque geste, entraînés par l'environnement dans une sur-signifiance qui lui broyait la poitrine. Il envisagea de partir ailleurs, loin, car la sur-signifiance détruisait toute la signification de sa tâche de professeur. Elle ne lui paraissait plus que sous le jour d'un refuge confortable pour adolescents alors que, sur le même continent, pas si loin, au Guatemala, au Salvador ou au Honduras, des centaines de milliers d'enfants ou d'adultes, car il n'y a pas d'adolescence pour les pauvres, avaient besoin de ses connaissances pour pouvoir échapper à la contrainte du silence et se battre contre les discours exploiteurs et totalitaires.

5

Il appela Steve pour lui demander conseil. Celui-ci lui répondit qu'il était libre après le cours, mercredi soir à neuf heures. Entre-temps, Alex décida d'aller rencontrer le représentant de Paix et Éducation. Son bureau se trouvait à la haute-ville, dans le sous-sol d'une église. Le lieu était déjà tout un programme. La hauteur de vue se mêlait au travail souterrain. C'est sur ces pensées qu'il entra et fut accueilli par une sœur dans la trentaine, habillée en laïque, coiffée à la garçonne et aux yeux décidés. Après avoir décliné son statut professionnel, il l'informa qu'il venait se renseigner au sujet des possibilités de donner au moins un an de son existence et de son savoir à diffuser le calcul, l'anglais et la sociologie parmi des enfants d'un pays d'Amérique centrale, dans une des écoles de Paix et Éducation éloignée des grands centres. Elle le toisa et tenta de mesurer sa sincérité à la coupe de son costume Armani et à ses chaussures cousues Old England. Elle lui répondit qu'il y avait des besoins mais qu'il fallait une préparation psychologique, géographique, politique et pastorale. Il affirma qu'il y était prêt et qu'en plus d'être bilingue, il parlait espagnol presque couramment, même s'il avait un fort accent.

Elle se présenta comme sœur Évelyne et lui demanda son nom. Puis, elle changea de tactique et s'enquit de ses motivations profondes. Il répliqua qu'il s'agissait de la compréhension assez soudaine d'un manque de signification doublé d'une longue réflexion et d'une prise de conscience des besoins des pauvres. Elle lui suggéra alors de s'engager auprès des nécessiteux de la région. Il se décida à lui expliquer qu'un avortement lui avait rendu cet espace difficilement vivable et qu'un éloignement contribuerait à lui donner l'occasion de se refaire un équilibre émotionnel. Elle lui montra l'affiche sur fond bleu où s'étalaient bananes, café, ananas, sous lesquels était inscrit: « Qui nourrit qui ? » « Ainsi, continua-t-elle, les illettrés et les enfants que vous voulez aider vont vous transmettre la signification que vous ne parvenez pas à découvrir ? » Très fort, pensa-t-il en anthropologue qui devait prendre un virage philosophique rapide, même s'il avait déjà, depuis quelques années, remis en question certains a priori de cette discipline. Il avait compris que l'anthropologie était un savoir bien occidental qui réduisait les individus, souvent des indigènes aux coutumes « étranges », en objets soumis à une violence épistémologique intense. Se saisir comme profiteur dans son désir même de comprendre et d'aider ne fut pas un choc, mais correspondait à un questionnement engagé. « Oui, dit-il, j'ai besoin de donner une signification plus profonde à ma vie et c'est en leur donnant mon savoir technique que, peut-être, les gens que j'aiderai et que j'aimerai là-bas me permettront de reformuler mes désirs et mon idéal. De ce point de vue, l'aide est un échange, non une tentative d'assimilation par la classification et le maintien de supériorités narcissiques. » La réponse sembla plaire à sœur Évelyne. Elle lui affirma que s'il était intéressé à poursuivre, il pourrait, dans une semaine, rencontrer un prêtre qui dirigeait une école au Salvador, non loin de la frontière guatémaltèque, dans une région à la limite des territoires contrôlés par l'armée gouvernementale et ceux tenus par la guérilla. Ce prêtre venait se reposer et chercher des dons, des livres, des médicaments et du matériel divers. Il devait repartir trois semaines plus tard.

En attendant, sœur Évelyne le pria de fournir son curriculum vitæ, un texte concernant la manière dont il voyait sa profession ici et un autre où il imaginerait son rôle comme enseignant en Amérique centrale. Il lui promit le tout pour jeudi. Mais c'était surtout pour avoir l'occasion de parler à Steve avant de s'engager plus avant dans cette nouvelle entreprise. Puis, songeur, il retourna dans sa bulle au douzième étage et réfléchit à ce qu'il écrirait.

Il décida de ne pas émettre de jugements savants et critiques sur sa discipline ou sa profession mais de la montrer à travers les yeux d'un enfant dont il tentait depuis peu, sans grand succès, d'imaginer le visage. Car, derrière celui de Sandra, se profilait de plus en plus régulièrement la brume semi-transparente d'un vide qui le faisait glisser hors des formes définies de l'environnement urbanisé. Il fallait qu'il retrouve un certain quotidien ombilical qui l'aiderait à échapper aux bourrasques s'emparant de lui. Il fallait qu'il envoie un message à cet enfant, qu'il l'apprivoise, qu'il s'en fasse une image, comme on se crée une image de Dieu pour tenter de se libérer de la transcendance. Celle qui met en quête du vrai nom de Dieu. Et c'est le nom de cet enfant qu'il cherchait dans la combinatoire de lettres dont les sons éveillaient en lui des rythmes inconnus. Ce nom qui devrait le mener à celui qui aurait dû être son avenir. Mais pour y parvenir, il fallait franchir un palier, passer par l'image, même approximative. Alors, dans l'infini des hiéroglyphes humains, il pourrait explorer avec une nouvelle maturité la peur de l'exclusion et la quête de reconnaissance. Il pourrait faire vivre les significations et dire leur impact sur les vies. L'impact de petits mots, mortels parfois. Comme cet attribut dont l'avait assommé Sandra : « Ce que tu es rationnel », avec une moue de dégoût profond, alors qu'il était transi d'émotions et béat d'admiration devant ce qu'elle disait ou faisait. L'impact de ce processus qui réduit un individu ou un peuple à néant. C'est cela qu'il expliquerait à cet enfant imaginaire aux yeux gris, au visage plein, mais aux joues qui déjà se creusaient légèrement sous la poussée de savoirs montrant les atrocités historiques et contemporaines.

Il allait expliquer une situation concrète à cet enfant virtuel qui avait souffert l'horreur de l'arrachement. Il la rendrait intelligible dans ses contradictions et son impact idéologique. Les yeux noyés sur l'étendue du lac Ontario qui se perdait dans l'horizon s'estompant à mesure que les nuages gris annonçaient pour bientôt des précipitations hivernales, il s'imagina en dialogue avec cet enfant au teint soyeux et mat et aux lèvres charnues comme celles de Sandra, mais aux pommettes plutôt proéminentes comme les siennes, dans l'éclat solaire d'un Arizona qu'il connaissait bien. Lentement, un visage ovale se dessina à travers son amertume et son mal de tête. Il était enrobé des rayons solaires du désert et de la nébulosité neigeuse. Le regard gris de cet enfant entrouvrit les flocons qui découvrirent une mesa ouverte à l'écriture.

« As-tu vu la montagne avec le sommet tout plat ? C'est une mesa, une mesa, tu vois ? » m'a précisé Chris de ses yeux de l'éclat des vagues avant que le soleil traverse la transparence de l'horizon, de ses yeux de

l'éclat des dunes d'un gris rosissant après que le soleil a franchi l'opacité de la sierra. « As-tu vu la montagne avec le dessus plat et les rocs rouges sur le côté? C'est une mesa et il y a un village dessus où vivent les Zunis, tu vois? » m'a rappelé Chris, les pupilles dilatées d'un savoir vif, moucheté par l'ombre éclatante d'un cactus saguaro. « Pourquoi vivent-ils au sommet de la mesa? » m'a-t-il demandé, l'iris dilaté de confiance comme un oursin barbu, sorti du creux de son roc. « C'est parce que le paysage est plus beau de là-haut », affirma-t-il sans attendre la réponse, avec un sourire calme comme les escarpements serpentins du Cañon du Colorado.

— C'est pour cela et aussi parce qu'ils étaient les premiers en Amérique, avant ceux qui se sont appelés Américains, lui répondit Alex, son grand ami anthropologue.

— Alors, les premiers prennent les meilleures places, affirma encore Chris.

— Être le premier ne veut pas dire qu'on a la meilleure place. C'est la plus belle, mais pas la meilleure. Regarde, il n'y a pas d'eau là-haut. Il faut la prendre en bas où il ne pousse pas grand-chose non plus. Et l'eau, c'est fondamental.

— Pourquoi ne vont-ils pas ailleurs pour choisir un emplacement où c'est beau et où tout pousse?

— Parce que ceux qui s'appellent Américains les ont enfermés dans des territoires appelés réserves.

— Alors pourquoi les Américains leur ont-ils donné de très beaux endroits où il ne pousse rien?

— Parce que, pour eux, l'important est ce qui est produit, ce qui pousse, ce qu'on peut construire, des autos, des fusées, des vêtements, des appareils, pas la beauté du paysage.

— Alors, pour les Zunis, les légumes et les fruits ne sont pas importants?

— Si, c'est très important, mais ils n'ont pas eu le choix. Ils ont été mis là où rien ne pousse, dans le désert. Et puis, après quelques centaines d'années, les Américains ont envoyé des anthropologues pour conserver dans des musées, comme les restes des dinosaures, ce qu'ils ont détruit. Et c'est sur les mesas, où je fais une partie de mes recherches. Pour comprendre ce qui aurait pu avoir lieu, mais n'aura jamais lieu! Et, tu sais, Chris, le plus difficile à oublier est ce qui n'a pas eu lieu. Alors, des anthropologues comme moi et des musées, il va y en avoir pour longtemps. En effet, l'anthropologie est une discipline qui découvre

et tente simultanément de cacher un crime. Toute anthropologie est le mélange d'une nostalgie profonde et d'une conscience rationnelle obligée de reconnaître de manière répétée qu'autrefois ont été posés des actes qui ont fait que ce qui aurait pu se développer ne reviendra jamais. L'anthropologie c'est, dans l'échec permanent, tenter de donner un avenir au passé. C'est une technique qui se veut savante et souriante dans ses vulgarisations. Pourtant, quand elle réussit à donner un semblant de vie, elle aboutit à masquer les génocides et à transformer l'autre en objet. Les civilisations disparues sont comme ce type d'animaux que beaucoup de personnes préfèrent empaillés. Ils ne salissent pas, on peut les mettre dans un coin, leurs regards de verre ne jettent aucun reproche. La vie bouillonnante, dans sa différence, fait souvent peur. Il est vrai que ces objets accumulent de la poussière, mais la poussière se contrôle facilement avec un aspirateur. Surtout la poussière de vie en puissance!

Chris regardait Alex, médusé par cette perspective sur un savoir loin d'être innocent.

— Tout musée anthropologique est une accumulation de trophées tristement mis à leur place, continua Alex. C'est un sport où le choix des armes est totalement inégal et où la société qui le produit admire sa culture, avec fierté et dégoût à la fois, car elle est capable de produire des significations à partir de cadavres en récupérant des lambeaux entre quatre murs. Un musée, c'est comme un crâne tourmenté par une mémoire fonctionnant par intermittence.

À travers ces questionnements, la mesa a parlé. Le rouge et l'ocre du roc ont tracé leur savoir. Pour Chris, il sera impossible désormais de regarder la mesa comme avant. Car elle contient des secrets profonds qu'il devra lui aussi, petit à petit, découvrir pour lui-même.

Et c'est la même chose pour moi, songea Alex, soulagé d'avoir rédigé ce texte. Dans les questions de Chris et la tentative à la fois personnelle et savante d'y répondre, j'ai réussi à exprimer ce que je savais, mais n'avais encore pu formuler aussi lucidement. En faisant les liens fondamentaux entre vie professionnelle bien engagée et vie sentimentale saccagée.

Il se demandait si tout n'était pas trop poétique, mais il ne se voyait pas fournissant à sœur Évelyne un rapport savant sur ses conceptions critiques. Il se dit qu'il voulait s'inscrire dans la vie des enfants à qui il voulait donner l'occasion de se développer physiquement, émotionnellement, intellectuellement et spirituellement.

Il lui restait maintenant à écrire comment il s'imaginait dans son rôle d'éducateur au Salvador. Là, c'était plus flou. Il décida d'attendre de converser avec Steve. Il se consacra alors aux tribulations de son estomac qui, lentement, reprenait ses parcours habituels et demandait des douceurs. Il ouvrit le réfrigérateur, se tartina une tranche de bleu danois sur du pain aux quatre grains, accompagna le tout d'une poire et de deux carrés aux dattes, ceux qu'elle aimait tant. Les yeux perdus dans le vague, il s'étendit sur le sofa et s'endormit, les deux bras serrant sa poitrine.

6

À trois heures du matin, il se réveilla en sueur avec un désir intense de Sandra qui lui ravageait l'épiderme. Il se leva. Les grands axes jaunes de la ville traçaient des tentacules dans la pénombre des rêves tranquilles. Un immeuble, au loin, était la porte d'un antre inquiétant masqué par quelques nuages gris, effilochés comme de la ouate devant les portes des cabanes construites pour l'Halloween, où les enfants viennent, chaque année, se mesurer aux peurs ancestrales.

Il se dirigea vers la cuisine, se prépara un espresso, le huma avec tout son épiderme. Il avait l'impression, aidé par le reflet de la nuit, que ce café bronzait sa peau. Il le but à petites gorgées. Sandra était au fond de son œsophage et le travaillait sous le sternum, au centre même de sa respiration. Il prit un crayon pour écrire un poème qui lui venait au bout des phalanges mais il le dirigea vers ses lèvres, le saisit entre l'index et le majeur et le retira comme on tient une cigarette pour souffler la fumée dans le visage de quelqu'un qui éveille en nous le désir. Souvent, elle lui envoyait ce message clair, en pleine libido, et aussitôt rentrés, il la serrait tend(u)rement contre lui. Ou bien, elle le jetait sur le sofa et, au milieu des vêtements éparpillés, elle s'engageait autour de son pénis qui rentrait lentement au fond de son vagin. Ses yeux et l'humidité tiède le faisaient alors doucement gémir.

Il regarda la cafetière, se versa une deuxième tasse qu'il avala d'un trait. Puis il mit un disque de Sisa Pacari, *Danses de guerre contre les envahisseurs*. Il choisit la dixième plage, *Illusions*, et commença à danser comme le font les Autochtones des Andes en remuant peu les hanches mais en sautant haut sur les pieds et en remuant beaucoup les épaules. Il avait l'impression qu'elle tournait avec lui, qu'il lui tendait la main. Son souffle prenait un rythme vif et régulier et rencontrait l'odeur de la sueur de Sandra que ses narines garderaient longtemps en mémoire. Il volait, les bras étendus, l'air s'engouffrant dans ses manches. La tête lui tournait. Il changea complètement la rotation. Son estomac se dénoua petit à petit. Sans s'arrêter, il appuya sur le bouton *repeat*. Ses pieds trouvaient les orteils de Sandra sous les siens.

La profondeur de la baie vitrée le menait aux mystères de la tente de camping transformée par ses parents, le soir de l'Halloween, lorsqu'il était enfant, en grotte magique où régnaient des citrouilles aux regards bridés, aux pupilles traversées de braise. Soudain, le son de la flûte stridente de Sisa Pacari fit circuler en lui une électricité à faible intensité qui dynamisa ses fluides comme Rampal le faisait vibrer, enfant, tandis que la flûte lui traversait le sternum. Alors, il sortait en courant de la tente... et s'effondra sur le sofa. Alors, soudain, il en avait assez de l'Halloween, de l'angoisse, de la solitude, et voulait retrouver sa chambre, ses nounours, la vraie vie... et il regarda les murs de son appartement couverts des reproductions de Chagall, qu'elle aimait tant. Alors, il se débarrassait de son déguisement... et retira sa chemise et son pantalon. Il se réfugiait dans les bras de son père ou de sa mère. Ils lui caressaient les cheveux... et il caressa les poils qui entouraient son pénis, puis son pénis. Et puis après un chocolat au lait chaud, il partait dormir, « Nounous » serré contre lui... et fermant les yeux, ses caresses se firent plus savantes, à la fine pointe, près de l'ouverture puis sous les bourses. Sandra l'enveloppait, l'envahissait, le subjuguait. Son pénis était dur comme... comme... comme... Il éjacula parcouru de soubresauts et pleura comme un enfant qui a eu trop peur sous la tente de camping où elle et lui s'étaient aimés longuement aux abords à pic des précipices désertiques. Il finit par s'endormir surpris dans sa moiteur par une énorme citrouille aux yeux gris qui le fixaient intensément.

7

Il respirait l'espresso guatémaltèque lorsque les rayons éclatants d'un azur glacial, propre au retour en force de l'hiver, lui conseillèrent de mettre de l'ordre dans sa vie. Il décolla quelques poils qui tiraient sur sa peau, enfourna le tout dans son slip, se glissa dans son pantalon, se leva, glissa sa main sur les pans de sa chemise qui rejoignirent ses poils en broussaille, passa les cinq doigts de la main gauche dans ses cheveux et fit démarrer la machine à espresso. Pour contrebalancer cette odeur, il pela trois oranges et dégusta un mélange de céréales au son, pour favoriser la « régularité ». Les oranges lui rappelèrent immédiatement sa petite vieille sous la neige qui, grippée, était devenue sa petite fille. Alors, il lui avait pelé des oranges et avait pressé des quartiers sur ses joues, sur ses seins, sous son nez pour que la vitamine C la pénètre par osmose. Ils avaient dégusté lèvres contre lèvres les quartiers dont le jus avait giclé dans leurs palais. Il était tellement heureux, tellement bien dans sa peau, dans leur peau, que la contagion n'avait pas eu lieu. Même s'il avait été d'une activité remarquable à tous les étages! Alors, il comprit que bien des maladies, bien des contagions ont pour causes premières des faiblesses existentielles, une soif d'amour qui n'est pas comblée ou qui est retenue. Une relation qui se perd dans l'habitude ou dans l'incapacité à prendre le temps de jouir de la lenteur à deux. Songeur, il mêla quelques quartiers d'orange à son yaourt dans lequel il avait découpé une banane trop mûre, mais combien odorante.

Il était d'ailleurs toujours étonné de voir comme les gens ne mangent que des bananes pas mûres, toutes blanches, dures comme des pommes de terre et au goût aussi flasque que les fesses des nombreux touristes provenant du Canada ou du nord des États-Unis, venus chercher une semaine de chaleur rapide sur les plages blanchâtres de la Floride. Faire honneur aux aliments, c'est d'abord les respirer. Et, pour cela, comme pour un novice du yoga, il est nécessaire que le fruit soit mûr. Sinon, il en frappe un, songea-t-il, en souriant de ce jeu de sons. Le jus d'orange au café faisait son effet. Il allait être en verve ce soir. Steve serait content. L'anthropologie et les classifications mythiques faisaient leur œuvre. Le téléphone sonna. Steve, après l'avoir informé que la grève n'aurait pas lieu, lui précisa qu'après le cours, ils se rencontreraient au restaurant Pancho Villa's Cantina, car il ne tenait pas à ce que les autres étudiants se rendent compte qu'il pouvait entretenir une relation privilégiée avec son professeur. Alex était bien d'accord. La conspiration inspire toujours.

Le soir, après un cours dont chacun était sorti content de soi, il se dirigea vers l'est de la ville. Les murs de la salle du restaurant étaient décorés de sombreros faits à Taïwan ou au Zimbabwe et de photos en noir et blanc montrant des scènes d'une révolution. Des hommes surarmés et grassouillets, aux visages basanés par l'ombre des sombreros, y chevauchaient des rossinantes efflanquées. Mais leur détermination farouche se marquait par une minuscule auréole très blanche cernant leurs pupilles, dans cet enfer de noir et de gris, jauni plus par le fumet des cafés d'une clientèle installée pour de longues heures à palabrer que par l'art du photographe habile à produire des vrais-faux à prix abordables. Le bord des tables avait, de place en place, été arrondi et brûlé pour donner un air hispano-latino-colonial du plus bel effet. Steve sirotait une bière Carta Blanca. Alex s'assit, non sans avoir au passage commandé un mélange pêche-mangue mêlé de crème mousseuse où flottait un bâtonnet de vanille. Ils commandèrent deux *burritos verde*. Armés de leur fourchette et de leur humour, ils entamèrent repas et dialogue de conserve.

Alex informa Steve qu'il était allé rencontrer les gens de Paix et Éducation et qu'il songeait sérieusement à partir après la fin des cours pour le Salvador en guerre où il pourrait, lui, retrouver la paix en communiquant des savoirs nécessaires aux enfants. Steve le mit immédiatement en garde et lui dit qu'il ne fallait pas partir par désespoir. Alex rétorqua qu'il ne partait pas dans ces conditions, pas plus qu'Albert Schweitzer ne l'avait fait lorsqu'il s'était décidé à se rendre à Lambaréné, au Gabon. Il avait toujours voulu partir un certain temps pour vivre en dehors des recherches « scientifiques » et pour participer à un échange où les dons, de natures différentes, ne sont pas impulsifs mais réfléchis, c'est-à-dire réciproques.

Steve sourit du bon mot et suggéra qu'Alex serait en contact avec des soldats tortionnaires et prompts au génocide ainsi qu'avec des guérilleros parfois peu réfléchis mais très réciproques du point de vue balistique. Il lui demanda ce qu'il ferait. Alex lui répondit ce qui était, selon lui, évident dans son enseignement, quoique cela le fût moins pour Steve, soit qu'il essaierait de protéger les défavorisés. Il était conscient du danger mais il ne partait pas juste pour enseigner la lecture, le calcul, l'anglais. Il s'engagerait aussi. Il ne chercherait pas le danger, mais il pouvait prendre des responsabilités qu'ici il était impossible de prendre. Autrement dit, il voulait se construire plus énergiquement que ce qu'une société démocratique à haut niveau de vie peut permettre. En tout cas, il voulait être présent partout où la prise de risques peut mener à une menace qui n'est pas financière, mais biologique.

Steve l'observait avec beaucoup d'attention et tentait de mesurer non pas la sincérité d'Alex qu'il avait déjà établie par son écoute comme étudiant, mais sa capacité à réaliser efficacement son désir et à l'enclencher dans un circuit qui serait réellement utile. Alex lui annonça qu'il partirait là-bas avec du matériel pédagogique et médical, des outils ou des vélos et une certaine somme d'argent avec laquelle il pourrait vivre et acheter ce qui aiderait la communauté où il se trouverait. Ils parlèrent longuement et plaisantèrent beaucoup. Il était minuit déjà, mais ici, pas de coucou de la Forêt Noire. Ils pouvaient rester. Après les derniers clients, Eugénio, le patron, dit à Steve qu'il allait se coucher. Quand ils auraient fini, il n'avait qu'à prendre la clé, verrouiller de l'extérieur et la pousser sous la porte avec assez de force pour qu'elle se rende près des escaliers qui menaient aux toilettes du sous-sol. Comme ça, *no problema*.

Steve expliqua à Alex qu'il devrait demander à Paix et Éducation de l'envoyer au Salvador, vers le nord, près du Guatemala, non loin de Santa Ana et de Texistepeque. Il y avait là une communauté de Paix et Éducation qui œuvrait avec un prêtre très efficace à sa tête, le père Chavez. Il était discrètement engagé aux côtés des paysans révoltés et était un partisan de la théologie de la libération. S'il était décidé à partir, il lui donnerait les coordonnées de ce prêtre et le préviendrait. Alex lui dit qu'il était décidé. En fait, il venait de se convaincre à l'instant qu'il partait. Grâce à cette promesse d'une personne-ressource qui pourrait lui obtenir rapidement la confiance des gens. La confiance qu'on manifeste est dangereuse mais elle accroît aussi les possibilités. Alex l'informa alors qu'il devait rédiger un texte pour Paix et Éducation. Cela concernait la manière dont il envisageait son action dans une communauté. Steve lui conseilla d'insister sur l'échange, sur l'apport que les autres lui fourniraient autant que sur ce que lui pourrait leur donner, sur la capacité à tout faire, de l'enseignement à la réparation des outils et à l'aide médicale, même minimale.

La conversation s'engagea alors sur les caractéristiques du citoyen omnicompétent des démocraties nord-américaines, de ce citoyen qui n'a plus de domestiques et qui, dans un univers de technologie avancée, doit cependant maîtriser les éléments de base de l'entretien et de la réparation du véhicule, de la maison, du terrain. Le citoyen nord-américain est démocrate, car il est non seulement capable de faire les choses par lui-même, mais il aime le faire, dit Alex. Il se vante de poser un nouveau plancher, de réparer le bord de son toit. La différence avec le Salvador est évidemment qu'il ne fait pas cela pour sauver une énième fois des objets qui n'en peuvent plus, mais des objets dont un élément manifeste un problème alors que le reste fonctionne. Encore mieux, il bricole pour améliorer ce qui fonctionne déjà bien. La différence est aussi dans le fait que le Nord-Américain répare quand cela coûte moins cher que d'acheter, car le point essentiel est que les salaires sont relativement élevés et que le temps, c'est de l'argent.

Steve souligna que c'était justement à un monde opposé qu'Alex allait se trouver confronté. Un monde où les heures de travail ne valent quasiment rien et où les objets sont hors de prix, une société où les domestiques foisonnent et où les gens à l'aise ne s'abaisseraient jamais à toucher à des outils. La culture démocratique dépend de cette omnicompétence, insista Alex, et elle est liée à un savoir technique que tous désirent en partie maîtriser. Utiliser, développer le savoir-faire physique est la base de la démocratie, affirma-t-il en partie par provocation, pour voir ce que Steve allait trouver pour rendre l'idée plus complexe.

Mais Steve renchérit et rappela qu'à Athènes de nombreuses découvertes scientifiques étaient discutées mais que, dans un monde où les esclaves assuraient le bien-être quotidien, personne ne pensait traduire ces découvertes dans la pratique. Personne ne songeait à améliorer les conditions de travail et de production.

Donc, affirma-t-il lui aussi, pour voir ce que son anthropologue de professeur allait ajouter, c'est l'esclavage qu'il faut supprimer, sinon le corps et ses savoirs, donc le corps social, reste divisé et la démocratie ne prend pas. Elle n'est que jouissance théorique pour une minorité qui palabre. Séparer parole et corps, ou corps et esprit, ce n'est pas être démocrate. C'est rêver d'une société où ceux qui utilisent avant tout leur corps sont des inférieurs. C'est ce qui doit être changé, conclut-il. C'est sur ces paroles qu'ils se séparèrent, heureux de l'intensité de leur échange où l'intellect et le corps vivaient un bien-être temporaire.

8

Le lendemain, il se sentait bien. Il se décida à rédiger le texte qu'il voulait donner avec sa déclaration d'intention et son cv. Mais il manquait d'idées pour prouver qu'il était innovateur, fiable et efficace. La panne totale. Il voyait seulement la silhouette de Sandra la première fois qu'ils étaient allés se promener sur la montagne, la première fois qu'ils s'étaient embrassés. À l'époque, c'était tellement fort et incontrôlable qu'il avait éjaculé contre elle. Quelques instants après, il bandait à nouveau. Mais sœur Évelyne. Il fallait penser à sœur Évelyne. Et au texte. Il fallait qu'il se concentre sur les notions de confiance et de solidarité. Le visage de Sandra était là. Sur la page. Une page blanche n'est malheureusement jamais blanche. Elle est déjà pleine. Il y a toujours trop de texte. Il faut faire un tri. S'imaginer suivant son chemin.

Il se dit qu'il allait suivre un chemin, n'importe lequel car il était, postulant pour le Salvador, comme ces preux chevaliers qui s'en allaient par monts et par vaux défendre la veuve et l'orphelin. La veuve et l'orphelin ! C'était lui, le veuf. Et l'orphelin ! Le monde d'aujourd'hui était bien plus complexe. Alors, que devenait le preux chevalier ? Il était perdu, perdu, perdu ! Il chevauchait égaré dans une ramification désordonnée de voies non indiquées. Écrire lui tracerait une voie.

Depuis des jours et des jours, Jehan chevauchait par forêts et déserts afin de revoir sa mie. Depuis des nuits et des nuits, il chevauchait par lune et étoiles, égaré aux confins des galaxies. Il chassait au gré du hasard. Une caille, un jour, qu'il plumait à belles dents après lui avoir arraché la tête et le croupion d'une canine savante. Un lièvre, le lendemain, embroché à la pointe de son épée qu'il utilisait aussi comme cure-dents pour aller chercher les poils et les morceaux de cartilage coincés entre ses molaires. Souventes fois, tant le tenaillait l'amour de sa mie, tout en mangeant, il arrachait un lambeau de fourrure et se le passait entre les jambes puis rêvassait langoureusement.

Point ne s'arrêtait. Cette douce caresse lui rappelait sa mie lorsque, de ses doigts subtils, elle le massait sans pudeur, le faisant rêver, avidement. Finissant de gober les yeux du lièvre, il imaginait que son vit la fourrageait et qu'elle hurlait qu'elle le sentait trop. Puis l'angoisse le reprenait. Alors, il mâchonnait les oreilles du lièvre en croyant que c'étaient les lobes de... les cartilages de... Et puis, au creux d'un vallon apparaissait une grande rivière que son coursier vaillant traversait. Il prenait une de ses chausses séchées de désirs, la trempait dans l'onde et buvait l'eau glacée du courant.

Il se remit à penser à sœur Évelyne et se dit qu'elle avait un nom médiéval. Que ce nom pouvait le guider dans ses idées. Il la vit à l'entrée d'un monastère, lui faisant de grands signes et lui montrant au loin, un point qui brillait sur un fond de montagnes couvertes de forêts, de forêts, de forêts! Un décor sylvestre luxuriant, comme dans certaines régions du Salvador. Elle lui criait quelque chose en lui montrant les arbres tout près, éclairés de rayons de soleil aussi fins que la chevelure de Sandra qui s'imposa à lui. Il continua rageusement à écrire.

Un jour, après maintes fatigues, maintes angoisses, il arriva à un château. Pas un chant, pas une aile, pas un roucoulement ne surprit son ouïe. Seules quelques mouches reniflaient l'air mais bientôt tentaient de s'enfuir écœurées et tombaient comme des... empoisonnées de sa pestilence. Enfin, un dragon l'aperçut. Il crachait des flammes, tel un puits de pétrole incendié par des guérilleros. Il s'approcha et tomba roide aux pieds du coursier aux sabots à peine roussis. Mon courage fait merveille, s'enthousiasma Jehan. Alors, il s'approcha du château et vit que les gargouilles, les statues et les excroissances étaient enfermées dans des grillages en inox. Les saints, eux-mêmes, blottis contre les murs de l'église, étaient encagés, ainsi que les anges dont les ailes battaient faiblement en attendant, le regard tourné vers les cieux, une charge de napalm qui ferait fondre leur triste prison. Le chevalier eut peur. Le vaillant coursier hennit. L'épée se blottit dans son fourreau. Pas une crotte de pigeon ne lui tombait sur le chef alors qu'il longeait les hauts murs flambant de propreté. Les volatiles avaient tous été boutés à l'extérieur du château protégé de treillis d'inox, hors des creux, des trous, des niches, des rotondités, des circonvolutions, des volutes et des mâchicoulis.

Puisqu'il ne leur restait plus que l'immensité, moins l'intimité, ils étaient partis pour ne point revenir. Le chevalier sonna. Une femme, au bout de plusieurs minutes, ouvrit la poterne. Sa peau luisait comme flancs de gazelle au couchant. Ses cils et sourcils verts resplendissaient comme reinette au ponant, ses ongles rutilaient comme cardinal condamnant sorcière au bûcher. Pas un cheveu ne dépassait de sa coiffe ondulant comme fesses de jeune fille à la tombée du jour. Elle pinça son nez rose duquel jamais morve n'osa couler et demanda : « Que voulez-vous ? » Il dit : « Je suis ton amant Jehan, et viens te délivrer de celui qui t'a enlevée. » Elle répondit : « Regarde, en pleine brousse, j'ai une estancia bien à moi, entièrement payée avec bains romains, toilettes turques et force coursiers yankees à l'écurie. Laisse-moi tranquille, je ne t'aime plus, tu pues. » Et elle claqua simultanément ses côtes contre son cœur et la poterne.

Alors, pour se venger, il ne se suicida pas. Devenu riche, il lui fit mander moult grillages en inox afin que l'intime et l'immense combinés soient hors de leur portée. Puis, il cessa de penser à elle. Puis, il cessa de penser à elle, puis, il cessa de penser à elle, puis, il cessa de penser à elle, puis, il cessa de penser à elle, puis, il cessa de penser à elle, puis, il cessa de penser à elle, puis, il cessa de penser à elle.

Rageur, Alex s'arrêta, la pointe bic enfoncée dans la page où les traits bleus s'élargissaient de plus en plus. Il se dit que c'était assez. Il se leva, alla prendre une douche bouillante suivie de quelques giclées d'eau froide. Ça allait mieux. Il mangea quelques céréales de son, pela une orange avec ses ongles et reprit ses esprits. Il rédigea un texte qui insistait sur l'efficacité et la solidarité. Mais il le trouva d'une banalité écrasante et particulièrement abstrait. Il se dit que c'était normal puisqu'il n'avait qu'une connaissance médiatique et livresque de l'environnement et des problèmes auxquels il aurait à faire face. Puis, avant de se rendre à l'université, il prit son auto et alla porter lui-même ses textes dans le sous-sol de l'église sur le haut de la colline.

Sœur Évelyne lui lança :

— Alors, vous êtes décidé ?

— Oui, répondit-il, mais je désirerais être affecté au Salvador dans la région de Santa Ana.

— D'où vous vient cette idée ?

— De conversations que j'ai eues avec des collègues qui m'ont informé de la beauté de la région et des dangers liés au fait qu'il s'agit d'une zone à la limite du territoire gouvernemental et de celui de la guérilla.

Elle le regarda avec surprise, hésita, puis continua :

— Le père Chavez sera en ville dans deux semaines, il s'occupe de coordonner les activités pour le Salvador ; je vous appellerai pour que vous le rencontriez. Mais d'ici là, soyez discret au sujet de vos intentions, car cette guerre à des ramifications jusqu'ici et c'est inutile de vous attirer des antipathies ou des sympathies envahissantes qui pourraient vous amener à faire des erreurs. Nous voulons des gens efficaces qui aident les populations, pas des individus qui se jettent, tête baissée, pour ou contre tel groupe. L'indépendance est ce qui nous permet de faire un peu de bien dans cette catastrophe.

— J'en suis conscient, dit-il. Merci. Je viendrai parler au père Chavez aussitôt que vous me proposerez un rendez-vous.

9

Sœur Évelyne avait tout à fait raison, car au département de sociologie, les luttes s'envenimaient. D'un côté il y avait les collègues et les étudiants nationalistes à tendance anticapitaliste et anti-impérialiste, et de l'autre, les collègues et étudiants libéraux ou conservateurs. De plus, des professeurs français en stage pour un an, fortement engagés du côté de la lutte des classes et des guerres de libération nationale, jouaient à survolter les débats. C'est dans ce contexte qu'Alex se rendit à la conférence de l'écrivain et professeur John Albert Souleiman, de la Jamaïque, ardent défenseur du droit des peuples à disposer marxistement d'eux-mêmes. Les traditionnelles remarques au sujet du capitalisme, du néocolonialisme des Blancs, de l'engagement de l'intellectuel aux côtés des opprimés revinrent et soulevèrent l'enthousiasme des étudiants nationalistes. Alex se sentit mal dans cette rhétorique connue et structurée selon un schéma où tout marchait trop bien. Les explications étaient trop claires, les responsabilités trop nettement définies, les insuffisances des uns passées sous silence et celle des autres montées en épingle. Tout ça était beaucoup trop bien organisé, beaucoup trop directif pour qu'il acquiesce et surtout pour qu'il puisse, à partir de sa décision toute fraîche, réfléchir à ce qu'il pourrait en faire dans le quotidien de gens souvent analphabètes.

Souleiman était parti dans ses phrases de tribun vengeur tentant de fanatiser des intellectuels et des étudiants et étudiantes qui, pour l'immense majorité, n'avaient aucune connaissance pratique des conditions de vie des défavorisés des Caraïbes ou de l'Amérique latine. Alex, de plus, savait que plusieurs d'entre eux allaient régulièrement à Noël dans des paradis pour vacanciers, quelque part sous des palmiers protégés par des grilles et des gardes armés. Jo-Anne, en particulier, sur qui Souleiman semblait faire un effet féroce, avait informé une de ses copines, avant Noël, qu'elle partait à Puerto Plata pour dix jours. Et quand la copine lui avait demandé dans quel pays était Puerto Plata, elle avait répliqué qu'elle n'en savait rien, que ça ne faisait rien puisqu'il n'y avait pas besoin de visa. Après le congé, prétextant le hâle de Jo-Anne, Alex lui avait demandé si elle avait apprécié son séjour dans le Sud. « La République dominicaine, c'est formidable », avait-elle dit. Ce qui prouvait qu'elle avait appris quelque chose et que les voyages sont utiles pour la culture générale. Et elle avait même précisé : « Les gens sont gentils et ils font des tas de choses pour rien. » D'où probablement son enthousiasme tout neuf pour la lutte contre le néo-colonialisme.

Jo-Anne était gentille, sympathique, généreuse même, comme la plupart des étudiants et étudiantes, c'est pourquoi Alex trouvait que Souleiman exagérait et que ses phrases assassines et fanatiques étaient déplacées dans ce contexte. Une certaine naïveté causée par des adolescences confortables entraînait des émotions éteignant le sens critique et surtout la conscience du contexte pratique. Il pensa qu'un prédicateur protestant fondamentaliste aurait aussi bien pu provoquer des émotions tout aussi généreuses chez la plupart de ces adultes légaux.

Alex avait noté plusieurs fois des tensions entre les idées de gauche des étudiants et étudiantes nationalistes qui rejetaient les étrangers et les immigrants, et les idées de gauche des Français temporairement établis sur le campus qui acceptaient mal de se faire dire qu'ils étaient des étrangers et des ressortissants d'un pays colonialiste patenté. De plus, les Français, quoique tenants des mouvements de libération nationale contre l'impérialisme, le colonialisme et ses suppôts, étaient des internationalistes qui fondaient leurs réflexions sur l'idéal de la fraternité des peuples et des citoyens liés par la lutte des classes.

Alex se trouvait au cœur d'une contradiction intéressante à l'intérieur de laquelle des groupes ne parvenaient pas à « articuler » anticolonialisme et libération nationale avec fraternité des peuples. Souleiman avait fini. Applaudissements, transes, quelques sifflets mais dominance du cri primal. On en reveut, oui encore, c'était beau. Enfin, les molécules d'enthousiasme retombèrent peu à peu. Les gens se rassirent, se jaugèrent. Quelques questions exigeant une réponse unique et attendue fusèrent. Du genre : « Croyez-vous que les peuples opprimés vont se libérer ? » ou encore « En tant qu'intellectuel engagé, pensez-vous que tous les artistes et écrivains devraient se mettre au service de la lutte ? » Ça baignait dans l'huile. Alex se leva dans cette congratulation rhétorique et demanda à Souleiman s'il pensait qu'au Canada, les étrangers devraient retourner chez eux plutôt que de venir travailler et tenter d'imposer des idées qui n'étaient pas en accord avec les désirs et les traditions culturelles de la population canadienne. Souleiman le regarda et hésita.

Puis il s'embarqua dans une tirade contre le colonialisme et affirma que les étrangers devraient partir. Alex ajouta, les Anglais ou les Français, par exemple ? Et Souleiman, retrouvant son contexte de Jamaïcain colonisé par les Anglais et ayant en tête les discours de ses amis écrivains des îles de la Martinique et de la Guadeloupe répondit : « Oui les Anglais et les Français ont assez exploité les Amériques et ils continuent. Il faut les renvoyer chez eux et qu'ils ne nous embêtent plus avec leur mépris comme si on ne pouvait pas écrire ou penser par nous-mêmes ; ils sont une entrave au développement d'une écriture et d'une culture typiquement d'ici. »

Bravos, applaudissements. Les nationalistes se levèrent et hurlèrent. Orgasmes collectifs, cris primals à répétition. Les Français faisaient des gueules d'enterrement, car c'est bien de cela qu'il s'agissait. Les libéraux paniquèrent et se demandèrent si Alex était naïf ou jouait la provocation et s'il allait être fâché ou non. Mais non, Alex avait l'air étonné. Il se rassit gentiment et écouta les autres questions. Puis, la fin du grand rassemblement arriva. Tout le monde sortit. Un collègue traditionaliste lui demanda s'il l'avait fait exprès. Alex demanda : « Si j'ai fait exprès quoi ? » L'autre le regarda découragé et dit : « Bon, j'ai un cours, on en reparlera. » Le lendemain, les Français ne faisaient plus que saluer froidement les tenants enracinés de la libération nationale d'ici. Quelques jours plus tard, ils décidèrent de ne pas participer aux discussions du Comité de vigilance professeurs/étudiants de sauvegarde de l'identité anticoloniale et révolutionnaire. Alex se dit que cette réaction prouvait que tous ces gens n'étaient que des parleurs sans efficacité pratique et que lui, anthropologue, était un homme de terrain et qu'il construirait ses liens critiques et libérateurs avec les gens qui lui enseigneraient leur vie. Au quotidien.

10

Du reste, la politique, ce n'était pas tout. Quelques semaines avant de devenir professeur, un an auparavant, il avait hérité d'une petite somme de sa grand-mère, elle qui lui faisait des frites bien vinaigrées chaque fois qu'il venait la voir, car c'était un mets interdit à la maison : trop de gras et le vinaigre, ce n'était pas bon pour le calcium. C'était juste de dire que le vinaigre et les grands verres de lait mousseux ne se mariaient pas adéquatement dans un estomac déjà sensible aux contradictions entre intérêts sociaux divergents. Mais sa grand-mère, Angelika, avait l'art de lui faire redécouvrir les

41

voies de la jouissance gastrique où s'enracinaient les rudiments de son futur développement scientifique et de ses goûts artistiques. Comme elle avait rêvé toute sa vie de ne pas être enfermée à la maison mais de conduire un autobus scolaire, elle le ramenait sagement sur la voie des connaissances académiques en le regardant déguster ses choux à la crème au chocolat. Après, ils échappaient à leur monde quotidien en se plongeant dans les histoires racontées par les Algonquins, les Navajos, les Hopis. Elles parlaient de chasses éternelles ou de lunes et d'esprits permettant une symbiose avec le monde.

Angelika, sa jeune grand-mère, était réconfortée par ces histoires, car elle trouvait qu'elle s'oxydait trop vite. Cela se traduisait par des nostalgies de conductrice d'autobus scolaires dont la carrosserie ne rouillait pas, car elle était invariablement en aluminium. C'était sa manière d'adapter la technologie moderne aux histoires inspirées des légendes autochtones. Celles-ci la menaient, au volant de cet engin jaune couvert de fleurs peintes et rempli d'une ribambelle d'enfants, au pays des coyotes rouges à pois bleus dont les hurlements saugrenus effrayaient tous les voleurs de rêves d'enfants : les « institu-tueurs » stricts, les maris « con-ventionnels » ou les pères « administra-tueurs ». Elle jouait avec le détachement syllabique et se plaisait, de plus, à prononcer « tueur ». Car, précisait-elle en finissant, on est heureux que si on reste enfant toute sa vie. Le problème est de rencontrer quelqu'un avec qui on peut être enfant quand on en a envie. C'est ça l'amour, Alex ! N'ayant pu être enfant avec son mari décédé sept ans plus tôt des contradictions entre la morale catholique et l'éthique commerciale, elle transgressait les interdits imposés par les parents d'Alex au sujet des frites et du vinaigre et se permettait d'être une enfant avec lui, d'être une amante qui aurait eu un amant encore enfant.

Elle lui racontait l'histoire de son mari Christophe, le grand-père qu'il n'avait pas connu. Elle le faisait à travers le prisme de ses nombreuses lectures fondées sur une vulgarisation parfois hâtive de concepts sociologiques ou psychologiques repris dans des collections pour tous ou dans des magazines n'hésitant pas à s'engager dans les arcanes de synthèses audacieuses. Son mari, le grand-père d'Alex, était un homme de morale. Alex, dont l'estomac était par trop étonné par le mélange frites-vinaigre-crème au chocolat, avait du mal à faire le lien entre les deux personnes, le mari et le grand-père, d'autant plus qu'il n'avait connu ni l'une ni l'autre. Mais il écoutait, car il savait que si ces histoires étaient liées intimement aux frites et à la crème au chocolat, c'est qu'elles avaient une grande importance. Il saurait probablement en tirer quelque chose d'utile plus tard. Christophe, le mari de sa grand-mère, avait été formé à se méfier de l'argent et à penser que s'enrichir était chose suspecte. Mais, ayant hérité d'une poissonnerie au centre-ville d'Ottawa, il avait dû se faire à la rudesse des relations commerciales. Il avait prospéré et avait poussé l'autre poissonnerie vers la faillite. Il lui avait fallu être dur et la racheter à bas prix. Cette loi du marché, en flagrante opposition avec l'esprit de charité qui animait ses rêves d'accord communautaire, l'avait désolé et il était devenu de plus en plus morose. Cette contradiction l'avait travaillé au plus profond de son cœur à mesure que les affaires prospéraient et qu'il négociait des accords avantageux pour lui, avec les pêcheurs des Maritimes. Jusqu'au moment où ça lui avait tellement fait mal au cœur que son corps de plus en plus hystérique l'avait pris au mot. Il s'était effondré brutalement dans un baquet en aluminium plein de poulpes qu'il venait de livrer à son client Wang. C'est par ce dernier qu'Angelika avait appris la nouvelle. Wang qui lui dit, dans un anglais approximatif : « *Christophe no pulse in octopulse.* » C'est en tout cas ce qu'elle avait entendu. Comme elle était habituée que Wang prononce les r comme des l, elle avait compris *no purse* et avait pensé qu'il s'était fait volé sa bourse. Malheureusement, ce n'était pas la bourse mais la vie! avait-elle ajouté en riant et pleurant à la fois. Alors, à cause de ces poulpes, elle s'était rendu compte combien Christophe allait lui manquer. Elle avait beaucoup pleuré, beaucoup maigri et beaucoup lu pour comprendre ce qui s'était produit ou pas produit entre eux. Et puis, elle s'était attachée à Alex dont elle était fière des succès scolaires auxquels elle contribuait généreusement par ses lectures et ses encouragements.

Récemment, l'oxydation avait causé des ravages plus marqués et, vingt ans après ses premières angoisses, grand-mère Angelika lui avait transmis le reste des profits sur les poulpes, les flétans, les homards, les cabillauds et les morues. Cela avait permis à Alex d'acheter un autobus scolaire usagé qu'il avait repeint aux couleurs de grand-mère. Il l'avait transformé en centre de restauration rapide. Fours, bacs à frites, réfrigérateurs, tout y était. Ayant obtenu son poste à la Faculté des sciences sociales, il s'était battu avec l'administration pour permettre à l'université de gagner de l'argent en lui louant un emplacement au centre du campus, où il avait installé son autobus.

Il avait annoncé des emplois à temps partiel et rémunérés au salaire minimum plus dix pour cent aux étudiants de la Faculté d'administration. Mais il semblait que ceux-ci n'étaient pas intéressés par le commerce des frites sur le campus. Il avait trouvé bizarre que ces étudiants ne saisissent pas l'occasion de prendre de l'expérience commerciale. Mais l'un d'eux lui avait fait remarquer qu'ils voulaient bien en savoir plus au sujet des profits, des investissements, des contrats et de la maximisation des rendements, mais que surveiller la température de l'huile végétale n'était pas un préalable à leur formation. Alors, il s'était adressé aux étudiants en sociologie qui s'engageaient pour toutes les causes consacrées à défendre le peuple de l'exploitation. Mais, là non plus, ses avances ne furent pas bien reçues. Ces jeunes étaient fascinés par les masses, la syndicalisation, les rythmes, les cadences et les organisations. Or, il leur proposait un travail individuel, solitaire, au rythme tout à fait irrégulier et aux avantages sociaux directs considérables. En effet, qui aurait compté le nombre de frites par cornet ou de feuilles de salade dentelées par sandwich ? Il se rabattit sur les étudiantes et étudiants de la Faculté des arts. Là, son initiative porta fruit. Des étudiantes suggérèrent même de vendre des produits plus sains comme des bananes, des pommes, des oranges ou des carrés aux dattes.

Ainsi, de onze heures du matin à cinq heures du soir, le fumet de l'huile bouillante attirait au cœur du campus des gens qui, autrement, ne se seraient jamais rencontrés. Son bus, ses frites, ses dattes recréèrent l'agora chère aux premiers temps de la démocratie athénienne. Des discussions s'animèrent, des idylles se nouèrent et se dénouèrent. Un étudiant du Département de français prit même l'initiative, après avoir lu *Cyrano de Bergerac* de Rostand, d'enrouler autour du cornet de frites qu'il tendait au consommateur, des textes poétiques de son cru. Quand il les signait de sa main, les clients, mus par une culpabilité ancestrale, jetaient cinq ou dix cents dans un verre en mousse de polyuréthanne qui traînait sur le comptoir afin de le dédommager à bon compte pour ce supplément poétique gratuit trop lourd à porter pour une identité habituée aux échanges réglés par le monétaire.

Dès lors, n'eurent ce poste de responsabilité à temps partiel que celles ou ceux qui produisaient des textes de création. Un monopole contrôlé par les étudiants des départements de littérature se constitua, ce qui mena à une enquête de l'association des étudiants. Celle-ci constitua un comité afin d'évaluer s'il y avait matière à soumettre un rapport qui aurait permis de mettre à jour une certaine forme de discrimination. Trois de ses propres étudiants de la Faculté des sciences sociales se précipitèrent sur ce projet afin de redresser les torts qui fleurissent dans ce monde injuste dominé par les dominants qui exploitent les exploités. Cependant, comme deux d'entre eux avaient refusé le poste pour la raison qu'il était difficile de syndiquer des étudiants à temps partiel travaillant comme cela leur convenait, c'est-à-dire au rythme des remises des travaux, l'enquête n'aboutit à rien de probant. Malgré tout, Alex réussit à dénicher des étudiants de sociologie qui avaient besoin de payer leur billet d'avion pour des vacances d'études en Europe et il rééquilibra les données sociologiques de la production économique. Ainsi, tout baigna dans l'huile pour un temps. La littérature faisait cause commune avec la gastronomie, et le papier gras avec la rhétorique.

Les choses se gâtèrent fin mars, lors de la remise des travaux de fin d'année. Les étudiants en littérature étaient très en retard dans leurs affres scripturaires. De surcroît, un collègue d'Alex, Michel Lepage, avait imposé une recherche particulièrement ardue sur les conditions de travail des ouvriers dans les petites entreprises. Les étudiants suaient dur sur ce thème aux données incertaines. Alex n'avait plus qu'épisodiquement un chef friteur, ou un Bocuse du sandwich au thon sur laitue et pain tranché aux trois grains. Il dut donc mettre la main à la pâte. Après son cours de onze heures, il s'habillait en joggeur et partait s'affubler de son tablier, de ses lunettes protectrices anti-huile chaude, sans oublier sa casquette de joueur de base-ball empêchant les cheveux pleins de poussière de craie de laisser se desquamer des pellicules sur le contenant de sauce Mornay pour les gastronomes de la frite à point.

Ce 31 mars 1986, Michel Lepage, qui se rendait généralement au cercle des professeurs, était pressé. Il commanda, l'air absent, un cornet de frites, une banane et un Coke. C'est en faisant sauter la languette de la canette en aluminium que Michel Lepage se sentit mal à l'aise dans son orthodoxie anti-impérialiste. Il venait de reconnaître Alex, ce naïf, objectivement réactionnaire, qui avait jeté de l'huile sur le feu lors de la mémorable conférence de John Albert Souleiman. Alex, du haut de ses six pneus, avatars commerciaux du savoir incarné par l'estrade, lui sourit et lui dit que pour lui c'était gratuit.

— Merci dit Michel, je ne collabore pas avec l'idéologie de la récupération.

— Il n'y a pas de récupération, dit Alex, les patates proviennent d'un fermier local, les bananes poussent au Tiers-Monde.

— Et bien, justement, dit Michel, parlons-en des bananes, vous les vendez vingt-cinq cents pièce. Combien pensez-vous qu'on donne à un récolteur de bananes au Salvador ou au Nicaragua... même pas un cent le régime.

— Juste, mais je ne suis pas directeur de la compagnie qui exploite ces travailleurs.

— Mais vous collaborez indirectement en vendant ces fruits à des prix exorbitants.

— Et si je n'en vends pas, ces travailleurs seront chômeurs. De plus, cette idée vient d'une étudiante qui a raison, car je contribue à améliorer la santé des gens en leur proposant des produits sains et écologiques. Combien de cancers seront évités au cours des années grâce à ces carrés aux dattes ou à ces bananes?

La canette en aluminium cachée au creux de son poing révolutionnaire rêvant de tenir une banderole avec un slogan bien senti ou un drapeau déployant la faucille et le marteau, Michel répliqua qu'Alex était un capitaliste de la pire espèce.

— En tout cas, j'informe les consommateurs, car l'affiche, derrière le tas de bananes, pose clairement la question : « Qui nourrit qui ? » et montre bien que le Tiers-Monde contribue à nourrir l'Occident. Je contribue donc à conscientiser les gens au fait que ce n'est peut-être pas nous qui nourrissons les gens du Tiers-Monde.

La canette, d'un rouge qui n'avait rien de révolutionnaire, valsa discrètement dans la poubelle pendant qu'Alex servait un autre client intéressé à encourager les pêcheurs des Maritimes, les fermiers céréaliers des Prairies ainsi que les maraîchers de l'Ontario. Clover Leaf, Weston et IGA faisaient bon ménage à trois dans cette architecture économico-gastronomique du sandwich à prix cassé.

— Mais comment se fait-il que vous travailliez ici, demanda Michel?

— Je veux me rapprocher des gens et travailler manuellement dans des conditions difficiles pour m'inscrire dans le quotidien et ne pas être coupé des réalités de la vraie vie. Et les conditions sont parfois difficiles, car je suis coincé entre la friture qui me brûle le côté droit tandis que les réfrigérateurs me refroidissent le côté gauche et que par grand vent, mes mains, mes poumons et mon visage passent du brûlant au glacial.

Ça lui en boucha un coin à ce travailleur intellectuel qui refusait de donner un cours le matin à huit heures quand il avait donné un cours du soir jusqu'à dix heures parce que c'était trop dur et qu'il devait reprendre ses forces. Ça lui en boucha même plusieurs coins à ce sociologue qui brandissait le petit livre rouge et qui conseillait haut et fort à ses collègues de devenir de temps en temps travailleurs manuels, de retourner aux champs ou de servir de l'essence.

— Et tu es payé combien?

— Salaire minimum plus dix pour cent, plus frites, salade, pain et sauce Mornay gratuits à volonté.

— Mais tu n'as pas le droit d'avoir deux emplois. Tu prends le travail de quelqu'un qui chôme ou qui a besoin d'argent. Et les étudiants alors? C'est dégoûtant. D'ailleurs, c'est écrit dans ton contrat. Tu n'as pas le droit de travailler pour un autre employeur que l'université.

— Sauf si mon salaire dans cet autre emploi ne dépasse pas la moitié de mon salaire universitaire! Et au salaire minimum plus dix pour cent, même en incluant frites et salade gratuites, je suis loin du compte.

— En tout cas, je vais me renseigner pour savoir à qui appartient cette entreprise commerciale.

Pour peu, il disait cette multinationale! Voilà qui était ennuyeux. Heureusement que cette entreprise commerciale de premier plan avait été enregistrée sous la loi des corporations fédérales.

– C'est une société à responsabilité très limitée mais qui, comme toute société, rêve d'être franchisée et de se retrouver dans la ligue de celles qui subventionnent les bonnes causes.

Sans dire au revoir, Michel Lepage jeta sa pelure de banane par terre et retourna à ses corrections.

Le lendemain la faculté au complet était au courant. Le doyen se pencha sur cette nouvelle pomme de discorde et annonça à Alex qu'il pensait que ce serait une bonne chose de déplacer l'autobus vers le centre-ville. En effet, le règlement de l'université précisait qu'un professeur n'a pas le droit de s'engager dans une entreprise commerciale si elle comporte un nombre d'heures de travail certain, liées à des profits non négligeables. Et vu l'achalandage de son autobus, il y avait là matière à débattre. Toutefois, il ne voulait pas non plus brusquer les choses. Par conséquent, il suffirait que personne ne se trouve à nouveau confronté à cette situation sur le campus et Alex pourrait faire ce qu'il voulait de son autobus. Un ami du doyen avait été élu au conseil de la Ville ; cet ami pourrait l'aider à trouver un emplacement plus en vue et moins controversé. Au cas où Alex refuserait de se rendre service à lui-même, le doyen et l'université se verraient dans l'obligation d'entamer des procédures qui mèneraient au congédiement, puisqu'Alex n'avait pas encore la permanence et qu'on mettrait dans la balance ses publications déjà étoffées, certes, mais qui paraîtraient maigres à côté de tous ces cornets de frites.

Cette idée ne venait pas des tenants de la gauche qui étaient partagés, d'une part, entre l'angoisse d'avoir affaire à un capitaliste sauvage en voie de bâtir un empire et, d'autre part, entre la sensation d'être débordés à gauche. Non, cette idée provenait de la droite bien-pensante qui trouvait insupportable qu'un jeune professeur si correct se lance dans une entreprise qui le transformait en quasi-hippie. Autrement dit, vu la taille minuscule et artisanale du commerce, on ne savait s'il devait être classé comme un réactionnaire pris dans les illusions de l'idéologie dominante ou comme un crypto-gauchiste masqué en petit entrepreneur subversif.

Alex, pourtant, ne voulait que donner du travail à quelques étudiants et faire un peu d'argent. Avant février, c'était pour acheter une maison où lui et Sandra auraient couvé le fruit de leur soif respective. Maintenant, cette entreprise commerciale servirait à financer la nourriture supplémentaire dont auraient besoin certains des écoliers qu'il allait alphabétiser plus rapidement en relevant le taux de leur consommation de produits vitaminés. Le régime de bananes payé un cent au père de l'enfant qu'il alphabétiserait serait vendu vingt-cinq cents la banane sur le campus, ce qui allait lui donner net après salaires, charges sociales, assurances, loyer, taxes municipales, permis, entretien, réparations, frais de déplacement et impôts, un profit de cinq cents par banane. Et ces cinq cents allaient être expédiés à la Banco de Mercado de la capitale du Salvador. Cela allait faire beaucoup de vitamines et de suppléments de nourriture pour les enfants sous-alimentés. Alors, qui nourrirait qui ?

C'est pourquoi il décida d'aller à nouveau rencontrer le doyen. Il lui dit qu'il comprenait la situation, que tout ceci ne faisait pas respectable, qu'il fallait que le public saisisse qu'un lieu de savoir possède une certaine image et que les professeurs emploient leurs forces à découvrir des solutions à des problèmes essentiels qui ont un impact sur la vie quotidienne. Par conséquent, il ne fallait pas qu'un journaliste en mal de scandale écrive en gros titre dans *L'Expectorator* que des professeurs utilisaient leurs relations dans l'administration pour obtenir des concessions privilégiées et faire des profits énormes sur le dos d'une clientèle captive et sans défense. Le doyen sourit et remercia le jeune et original professeur qui savait si bien battre en retraite devant les conseils d'une autorité bienveillante et conciliante. Mais Alex saisit que le doyen n'avait pas compris. Il lui annonça qu'il démissionnait le 30 juin et qu'il laissait sur le campus son autobus dont la concession était encore valide pour deux ans. Stupeur, horreur, le nœud de sa cravate bleue à pois jaunes se resserra imperceptiblement d'un cran, ce qui éveilla une légère rougeur sur les joues bien cirées du docte administrateur.

— Vous démissionnez sans retirer votre autobus ?

— C'est cela.

— Mais nous préférons nettement vous avoir comme anthropologue que comme marchand de frites.

— Tout est dans tout.

— Comment ?

— L'anthropologie n'est rien sans pratique et j'allais faire une demande de subvention basée sur mes recherches préliminaires orientées vers le comportement de la clientèle étudiante connue, dans le cadre d'un changement de contexte dans le rôle social joué par le professeur. Autrement dit, je voulais savoir en quoi cette nouvelle structure relationnelle agit sur le rapport pédagogique maître-élève et sur le contenu même du cours qui semble devoir être dirigé vers une communication de théories qui ont désormais plus la faveur des étudiants, c'est-à-dire celles qui débouchent sur un contrôle organisationnel des rapports socio-économiques pratiques.

— Je saisis très bien votre but. Et vous vouliez demander combien.

— Soixante-quinze mille sur deux ans au Conseil de recherches en sciences sociales ; ce qui veut dire des salaires pour cinq étudiants, l'achat de matériel, etc.

— Ah, il serait peut-être possible de voir s'il n'y aurait pas moyen de trouver des accommodements avec l'administration et le public.

— Merci, je démissionne. J'ai trouvé une autre recherche à faire en Amérique latine. Donc je laisse la gérance de mon autobus à des étudiants à temps partiel. Et je vous remercie de votre aide.

11

Quelques jours plus tard, juste après le dernier cours de la session, Alex reçut un appel du père Chavez qui l'invitait à le rencontrer dans le sous-sol de l'église, le lendemain, 11 avril. Il faisait un soleil éclatant. La chlorophylle triomphait sur le jaune pisseux des dernières tiges gelées. Il stationna sa Chevrolet à côté des marches. Un homme basané et rondelet était assis, se dorant au soleil. Alex le salua et s'apprêtait à descendre lorsque le basané lui demanda pourquoi un célibataire comme lui avait une familiale. Il le regarda plus en détail et le trouva décidément très basané, avec des cheveux épais et noir profond. Ses traits étaient lourds et pleins de décision. Il lui dit :

— Bonjour Père Chavez, comment allez-vous ?

— Je vois que nous nous parlons comme si nous nous connaissions, dit le père Chavez.

– C'est bon signe, dit Alex. Eh oui, je suis un célibataire à familiale. L'été cette auto est ma maison. Je dors dans un sac de couchage sur un matelas de mousse. Tous les étés, je campe en Arizona, au Nouveau-Mexique, chez les Hopis, les Navajos ou les Zunis, puis je passe au Mexique et je me rends parfois chez les Indiens du Chiapas étudier leurs coutumes.

– Autrement dit, vous faites des recherches agréables !

– Pas toujours car, pour les Indiens du Chiapas, si j'étudie leurs traditions, je m'intéresse surtout à leur mode de vie contemporain et aux structures politiques et économiques qui les maintiennent dans une pauvreté féroce. Autrement dit, je tente de saisir en quoi leurs traditions les empêchent en partie de se révolter, tout en contribuant à une survie difficile alors que sans elles, ils seraient annihilés. C'est un sujet extrêmement complexe qui, bien sûr, n'est pas subventionné.

– Et pourquoi n'est-il pas subventionné ?

– Selon les pairs, spécialistes dans ces domaines, le sujet est trop vaste ; il paraît que je n'arrive pas assez à théoriser le mélange des traditions et du contemporain, de culture et de réflexion économico-sociale. Selon eux, je devrais me restreindre à un aspect plus limité et l'approfondir en me basant sur des recherches déjà publiées, comme la structure des mythes et leur influence sur la conception de l'agriculture communautaire. On me reproche aussi de ne pas annoncer clairement mes conclusions possibles !

– Je vois.

– Mon but n'étant pas de produire uniquement une recherche cohérente qui satisferait les chercheurs en place, mais bien de découvrir des éléments culturels et sociaux qui permettraient aux Indiens du Chiapas de lutter efficacement contre l'exploitation dont ils sont victimes, je ne peux produire la description d'un projet qui contient déjà les conclusions dans l'introduction. Mon but n'est pas de donner des conférences pour des spécialistes. Il est de pousser des gens à utiliser les découvertes réelles dans les domaines socioéconomique et culturel, pour savoir comment parvenir à organiser une lutte quotidienne contre les forces dominantes. En fait, mon champ est vaste et personne ne veut que j'y touche car justement, les pairs et les organismes qui accordent des subventions se rendent compte que je veux aller plus loin que l'intellectualité et que je désire mettre mes recherches au service des démunis.

— Donc, voilà pourquoi vous avez acheté une Chevrolet familiale!

— Oui mon Père, les voies du Seigneur sont parfois impénétrables! ajouta Alex tout en pensant à Sandra et à leur avenir à trois ou quatre.

En effet, de familiale, il ne restait que Chevrolet. Ils éclatèrent de rire ensemble. Le père Chavez lui dit de l'appeler tout simplement Roberto, et ils décidèrent d'aller manger un *burrito* au centreville, chez Rosas. Ils s'assirent sur le côté de la maison. Une terrasse neuve venait d'être érigée puisque le puritanisme et le conformisme commençaient à s'estomper dans les codes municipaux. Les gens pouvaient désormais être vus en public consommant de l'alcool. La latinité faisait donc des ravages. Elle s'accompagnait d'ailleurs d'une consommation en progression constante de Coca-Cola et de Pepsi. La latinité ouvrait en même temps sur le règne des multinationales qui fonctionnaient de conserve avec la vague de libéralisme pour répandre les flots de leurs décoctions sur les papilles gustatives des individus aux épidermes trop blancs, tournés fébrilement vers ces capteurs d'énergie solaire nouveau genre qu'étaient les chaises en vinyle avec ou sans parasol incorporé.

— Au Salvador aussi, dit Roberto, le Coca-Cola est consommé partout. C'est un symbole de participation à un univers de richesses, de facilité, de rêve et de possibilité de vivre des moments où il n'y a pas de tension. Et puis, dans plusieurs endroits, c'est le seul moyen de ne pas attraper la dysenterie. Sauf que c'est hors de portée des plus pauvres. Par conséquent, les plus pauvres soutiennent la révolution pour avoir des terres, mais aussi pour ne plus avoir la dysenterie, ce qui passe par un système de purification des eaux, par la mise sur pied des dispensaires, mais aussi par la possibilité de boire du Coca-Cola. Un réactionnaire dirait qu'ils font la révolution pour boire du Coca-Cola. Moi qui les aide au quotidien et qui suis régulièrement en contact avec les guérilleros, je peux dire ironiquement qu'ils se battent pour un meilleur niveau de vie et pour pouvoir se payer du Coca-Cola quand ils en ont envie. La révolution au service de Coca-Cola limited contre l'oligarchie traditionnelle. C'est aussi ça. Les voies du Seigneur sont impénétrables!

Ils rirent de nouveau et se plongèrent dans leur *burrito grande*, végétarien pour Alex, avec beaucoup de viande pour Roberto qui souligna qu'il ne mangeait pas de viande tous les jours à Santa Ana, où il s'était installé quelques mois auparavant.

— Pas assez d'argent et trop de cadavres en décomposition dans les collines, dit-il, soudain sévère. Il n'y a que les chiens et les cochons qui mangent de la viande tous les jours. Mais revenons aux voies du Seigneur. Comment vos amis ou vos collègues voient votre familiale ?

— Comme un symbole du capitalisme américain et de la bourgeoisie triomphante, du côté marxisant ou socialisant. Comme un symbole du petit-bourgeois qui veut une famille installée, ce qui est terrorisant pour beaucoup de jeunes filles en processus de libération vis-à-vis de l'autorité parentale appuyée sur les valeurs du bungalow trois chambres avec double garage et fins de mois difficiles. Comme du hors-norme bizarre et donc à éviter, chez les traditionalistes aisés dont les fils et filles roulent en coupé sport comme les adolescents « normaux » le font quand ils sont en crise prolongée et se révoltent contre l'autorité des parents. Ces derniers continuent cependant à payer leur jouet coûteux pour pouvoir maîtriser la situation. Jusqu'à maintenant, personne n'a lié cette familiale aux voies du Seigneur ! Ce qui prouve que le sens de la religion comme conscience de la surprise possible dans un quotidien qui peut, à l'occasion, manifester la présence de la providence a été bien entamé par la publicité et ses publics ciblés !

Alex et Roberto rirent de nouveau et commandèrent chacun un autre verre d'eau, puisqu'ici il n'y avait pas besoin de se servir de Kalachnikoff pour tenter d'obtenir de l'eau purifiée. Ils y ajoutèrent des crèmes glacées à la pistache et au chocolat pour Alex, à la mangue pour Roberto qui précisa qu'il y retrouvait les odeurs accompagnant son chemin lorsque, de Santa Ana, il allait visiter certains fidèles vivant près des collines.

— De l'autre côté, vers la plaine, en direction de la capitale San Salvador, c'est la canne à sucre, ajouta-t-il. Et là, pas de familiale, tout se fait en vélo, à pied ou avec un vieux camion Ford. Le sucre est là, l'eau n'est pas toujours consommable. Et le rêve d'autre chose flotte dans la plaine. Alors Coca-Cola est partout. D'ailleurs, un des avantages est que les canettes en aluminium sont récupérables et ne rouillent pas.

– C'était le rêve de ma grand-mère, interrompit Alex. Elle voulait conduire un autobus scolaire tout en aluminium car, pour elle, ce métal était le symbole de la pérennité et l'autobus, celui de sa libération en tant que femme au foyer.

– L'aluminium comme rêve d'émancipation chez ta grand-mère est aussi présent à Santa Ana. Les artistes taillent des statues dans les canettes, des lampes, des décorations pour mettre sur les murs et les vendent aux marchés. Les rares touristes qui se rendent à San Salvador ou dans le pays voisin, le Guatemala, en sont friands. Les artisans révolutionnaires ajoutent de la plus-value et les recyclent en les exportant vers les États-Unis. Il y en a d'autres qui en font de minuscules particules avec des petites pointes très acérées comme une lame de rasoir. Ils les donnent à des enfants qui passent dans les cafés. Subrepticement, ils glissent cette poudre dans la purée de *frijoles*. Les soldats en uniforme ou en permission en avalent suffisamment avant de s'en rendre compte. Ils tombent malades ou meurent d'une hémorragie de l'estomac ou des intestins. C'est une guerre sans merci où les gens sont repérés et où ils peuvent être suivis et agressés très loin de chez eux à partir du moment où on sait de quel côté ils travaillent. On en fait aussi de fines lamelles courtes et étroites, aiguisées comme des lames de rasoir que des préposés à l'entretien des casernes déposent secrètement dans le bout des chaussures des soldats. C'est ce que les penseurs, parodiant Adam Smith, appellent la main invisible. Alors, après quelques heures, les lamelles coupent les chaussettes puis la peau sous les pieds, ce qui gêne considérablement la marche des patrouilles dans la sierra et provoque des infections. Or, un pied malade mène rapidement dans l'au-delà. Pour survivre, dans le cadre d'une guérilla, il faut avoir le cerveau dans les talons!

Alex commençait à saisir qu'il serait pris dans un contexte où il faudrait maîtriser les perceptions et ne pas faire d'erreur. Surtout ne pas faire d'erreur, pour pouvoir aider les démunis.

– Et que penses-tu de mes capacités à aider les gens?

– Je pense que tu feras l'affaire et que dans le contexte de Santa Ana, tu seras un bon instituteur. Il faudra juste que tu écoutes autant que tu parles. Et que tu circules en vélo. À Santa Ana, les voies de Dieu sont impénétrables, sauf en vélo ou à pied.

– Quand penses-tu que je devrais partir?

– Quand tu seras prêt, quand tu auras eu tous tes vaccins, quand tu auras l'ensemble des livres, des médicaments et du matériel que je vais te demander d'apporter pour améliorer la situation de la communauté d'aide médicale et scolaire agraire de la région de Santa Ana. Le coordonnateur est le père Ernesto Villareal. Il y a aussi un médecin italien, une infirmière salvadorienne, deux institutrices et deux instituteurs, deux couples, l'un des États-Unis, l'autre du Salvador. Mais il en faudrait au moins deux autres. Alors à toi tout seul, tu seras les deux couples qui manquent.

– Rude tâche! Je n'ai encore jamais été deux couples et encore moins un couple!

Sandra lui remonta dans le plexus et son épiderme vibra. Alex raconta à Roberto l'avortement et sa séparation d'avec Sandra qu'il continuerait malgré tout à aimer longtemps, peut-être toujours. C'était cet amour qui le poussait à donner ce qu'il pouvait aux autres et, en particulier, aux enfants. Il lui dit qu'il allait mieux, qu'il était loin de la dépression, qu'il ne partait pas par désespoir, mais parce que son amour pour Sandra était tourné vers l'avenir et avait besoin d'un objet concret et quotidien. Roberto le regarda intensément en sirotant lentement son café qu'il faisait tourner dans sa bouche comme un grand cru qu'il dégusterait de chacune de ses papilles.

– Donc tu fais erreur, Alex. Avec toi et ton amour, le père Ernesto vient d'hériter d'un couple pour l'école. Tout individu est plusieurs. Le problème est de réaliser le potentiel de ces plusieurs en un. Avec toi ce sera facile.

– Il ne faudrait pas me prendre pour la Trinité, Roberto!

– Je ne te prends pas pour la Trinité, mais j'apprécie tes capacités à te dédoubler! De cela, nous avons un grand besoin. Le monde où nous vivons et mourons en grand nombre est celui des doubles, des masques, et parfois de l'efficacité dans la constance de l'honnêteté. Tu sauras trouver les voies du don dans l'efficacité, j'en suis sûr. Je préviens le père Ernesto que tu arriveras en juillet quand tu auras tout ce qu'on va te demander et que ton contrat à l'université sera terminé. D'ici là, bon travail et n'oublie pas que les voies du Seigneur sont parfois impénétrables.

Alex reconduisit Roberto à l'église. Ils se séparèrent en se donnant l'accolade. Puis Alex se dirigea vers le garage au sous-sol de son immeuble. Il sortit, comme d'habitude, par la porte du garage pour ne pas passer à côté de la salle de lavage.

En entrant dans son appartement, il se dit qu'il était temps de plier le linge qu'il lavait désormais dans sa baignoire et qu'il faisait sécher sur du fil à pêche allant d'une reproduction des *Mariés de la Tour Eiffel* de Chagall au *Tres de Mayo* de Goya. Quasi impulsivement, il harponna de sa main osseuse les chemises aux bras ballants, les sous-vêtements distendus, les jeans raides, les t-shirts flottants ainsi que les chaussettes dépareillées suivant, solitaires, leur destinée tenant à un fil. Il brancha son fer à repasser pliable et portatif, cadeau ingénieux de Sandra pour ses déplacements à des conférences internationales. Il repassait les cols, les manchettes avec un soin tout particulier, comme elle le lui avait enseigné. Il repassait même les t-shirts car, pour prétendre être à l'aise financièrement, il faut avoir des t-shirts repassés. Puis, il pendit les chemises aux cintres en fil de fer tortillé dont l'arc servait à les retenir à une patère. Il trouvait qu'ils avaient l'apparence d'hameçons fichés dans sa poitrine endimanchée de coton candide. Il avait l'impression que, bientôt, une tache rouge allait s'étaler sur ce linge qui diffusait l'odeur du détergent. Il sentit distinctement des picotements dans sa poitrine. Il se dit qu'il aurait dû acheter des cintres en bois au supermarché du carrefour. Puis, il commença à penser aux tâches qu'il lui restait à accomplir. C'est dans cet état d'esprit que Ana María Carvalho, son amie de Rio de Janeiro, téléphona et lui annonça qu'elle s'installait dans son appartement dès le lendemain.

12

Ses cheveux afro et roux entouraient sa tête ronde d'un halo solaire qui lui donnait l'autorité de parler fort et d'être écoutée. Ana María entra dans l'appartement accompagnée d'un fou rire inextinguible en voyant les Chagall et lui dit sur-le-champ qu'il était un romantique postmoderne de la pire espèce. Il lui demanda en quoi Chagall était postmoderne?

— Il ne l'est pas, rit-elle avec son accent qui transformait les « il » en u ou en ou. C'est toi qui l'es.

— Je suis postmoderne parce que j'affiche des reproductions de Chagall dans mon salon ?

— Mais non, eut-elle à peine le temps de dire dans un fou rire renouvelé. Tu es romantique avec tes *Mariés de la Tour Eiffel* et postmoderne parce que tu mélanges sur tes murs Chagall et Goya. Aucun rapport. Ils ne vont pas ensemble. Et c'est bien comme ça que la nouvelle génération fonctionne. Elle se débrouille dans l'incohérent. Nous, par contre, nous avons été formés à la rationalité, dit-elle, alors on respecte les conventions.

Passé le fou rire qui faisait danser ses cheveux afro-solaires aux rythmes divers de ses fesses envahissantes, elle l'embrassa avec fougue trois ou quatre fois et hurla qu'elle était contente, que ça faisait plus de deux ans qu'ils ne s'étaient pas vus, qu'elle avait faim, qu'ils allaient se rendre à l'épicerie et qu'elle lui préparerait un repas brésilien hors contexte pour donner tout son essor à sa vie postmoderne encubée dans le béton au douzième étage. Aussitôt dit, aussitôt elle fit autre chose et, tirant de son sac une bande magnétique, elle glissa une série de Cumbias dans la stéréo. Les haut-parleurs frémirent de toute leur acoustique et zézayèrent en arrière-fond comme une mouche qui serait affolée par vingt mille décibels. Le premier morceau ouvrit sur un deuxième où la nonchalance se mêlait à l'endiablé. Ana María lui montra la boîte en plastique. On y voyait en couleurs et en gros plan une paire de fesses soyeuses, moulées et bronzées, ravissantes, bordées vers l'intérieur d'un fin réseau de grains de sable beige. Alex se rendit compte qu'il faudrait faire attention, car elle semblait toujours aussi intéressée à coucher avec lui. Mais lui voyait en elle une copine formidable et dynamique, pas une amante, même de deux ou trois soirs. Alors, quel rôle jouer ? Probablement celui de l'homme un peu déprimé. Il lui raconterait son histoire avec Sandra. Le choc post lui serait une excuse pour ne pas ! Très distingué, songea-t-il. Il commença à se dire que Sandra l'admirerait beaucoup, comme elle le faisait quelquefois quand il savait se tirer de situations politiques professionnelles tendues. Il commença à rêver de Sandra.

Mais ça ne marcha pas longtemps car Ana María, sortant de la chambre qu'il lui laissait, l'assura qu'elle avait faim. Il se dirigea vers la stéréo mais elle le convainquit de laisser la musique, que ce serait agréable de l'entendre déjà dans le couloir en revenant avec les épices et tout et tout. Elle ouvrit la porte et il n'eut que le temps de la suivre. Les Cumbias couvrirent le bruit du moteur de l'ascenseur. Il passa à toute vitesse devant la salle de lavage et lui ouvrit galamment la porte. Il se dit qu'il avait des réflexes bien adaptés puisque, avec les Nord-Américaines un peu plus jeunes que lui, il était hors de question de tenir la porte et de la fermer. C'était se fermer la porte à toute bonne entente et passer pour réactionnaire, rétrograde, machiste peut-être, et se faire dire que les femmes ne sont pas des infirmes. Avec Ana María qui voulait diriger sa vie et celle des autres, aucune crainte d'être pris pour un M.C.P. (*Male Chauvinist Pig*), un cochon de sexiste. Plus il y avait d'hommages, plus elle était enthousiaste.

Lorsqu'il stationna l'auto, il marcha à côté d'Ana María, sur le trottoir, du côté de la circulation, tandis qu'elle était du côté des façades. Elle lui rappela qu'elle aimait son attitude, qu'il n'était pas comme la majorité des Nord-Américains qui balancent les femmes du côté du danger et se sentent au-dessus de tout ça. Donc, tout s'engageait vers une nuit animée pour elle et redoutée pour lui. Il lui expliqua qu'en effet, chez lui, c'était automatique. Que son contexte n'était pas le lieu où il vivait, mais les gens avec qui il était et qui apportaient leurs lieux avec eux. Que sa maison était ce qu'il pouvait partager dans une relation. Elle était de plus en plus animée. De là, il glissa vers son échec avec Sandra et lui expliqua que ce point de vue possédait évidemment des limites et qu'il arrive un moment où on ne peut plus rien partager et qu'il faut se quitter. Il l'informa que, depuis février, il était quasiment impuissant, qu'il n'avait plus aucun désir sexuel et que ça ne le dérangeait pas. Un éclair de déception passa dans les pupilles d'Ana María, mais bientôt la chevelure afro-rousse reprit le dessus, et c'est en dansant qu'ils choisirent salade, épices, bouillon de poulet, mangues, haricots, abricots, vanille, etc. Les habitués de l'épicerie les regardaient soit avec un sourire indulgent, soit avec effroi. C'est alors qu'au détour de l'allée numéro quatre, son panier à roulettes entra en collision avec celui de Steve qui venait de se faire plaisir en achetant une pizza congelée et de la crème glacée au chocolat.

— Alors Steve, tu vas mettre la crème glacée au micro-ondes et la pizza directement dans ton assiette? demanda Alex. Je te présente une collègue de Rio de Janeiro, Ana María Carvalho.

Elle embrassa Steve trois fois en lui projetant sa chevelure dans les sourcils et en laissant son fond de teint tirant vers le mauve sur le col de sa chemise jaune pâle.

— Enchanté, tu as l'air de bien t'amuser, lui lança Steve, avec un clin d'œil. Et que devient ton voyage?

— Je pars en juillet à Santa Ana, dit Alex. On se verra avant, hein?

— Oui, j'ai besoin que tu emportes certaines choses et je veux te donner les noms de personnes avec qui j'aimerais que tu sois en relation. Merci, je t'appelle.

Aussitôt quittée l'épicerie, Ana María demanda à Alex où il allait. Il lui dit qu'à la suite de sa passion malheureuse, le Salvador lui ouvrait les bras.

— Je t'ouvre les miens et tu n'en veux pas! En quoi les bras du Salvador sont-ils plus intéressants que les miens? Moi aussi je peux te sauver, et même me sauver avec toi!

— Tu manies la langue avec trop d'astuce, répliqua-t-il, en la prenant amicalement dans ses bras. Je vais aider les démunis et me refaire une vie.

Aussitôt rentrés, ils plaisantèrent et se remémorèrent de bons souvenirs. Ana María l'informa qu'elle allait en Europe en novembre pour aider à diffuser un de ses films concernant la jeunesse en déroute du monde sud-américain. Elle était censée repasser par Mexico et San Juan, au Costa Rica, vers Noël. Elle pourrait certainement s'arrêter à San Salvador, la capitale. Ils pourraient peut-être se rencontrer là. Ça donnerait l'occasion à Alex d'échapper à la brousse et à ses curés et guérilleros. Et elle lui donnerait des cassettes vidéo de son dernier film et des films d'Europe. Elle lui conseilla de laisser soit une adresse soit un numéro de téléphone où elle pourrait le joindre dans une agence American Express ou au Sheraton. Elle lui conseilla même de se payer deux ou trois nuits dans cet hôtel pour reprendre des forces, et surtout pour passer inaperçu.

13

Quelques jours plus tard, Steve appela Alex. Ils se donnèrent rendez-vous au camion de patates frites d'Alex sur le campus. Le début juin était en fleurs et en chaleur. Les aiguilles des pins crépitaient. Les sucs légèrement amers couvaient amoureusement la petite fumée bleue diffusant la saveur appétissante de l'huile d'olive où rissolaient les pommes de terre. De temps en temps, ils se mêlaient aussi au parfum de cannelle et de sucre brun qui aromatisait les crêpes au blé entier produites en petite quantité par Georges Dupuis, l'étudiant en informatique qui gérerait la cabane pendant qu'Alex serait au Salvador. Il lui enverrait le montant intégral des profits, après avoir retenu les sommes nécessaires au bon fonctionnement de l'entreprise locale. Alex pensait qu'il resterait environ vingt-cinq mille dollars net. Cette somme lui permettrait de vivre à Santa Ana et de contribuer au développement des écoles sur place.

Steve arriva sourire en pleine face et bonne humeur dans la tête. Alex le présenta à Georges qui lui tendit immédiatement une crêpe toute sucrée.

— Tu innoves, dit Steve. Plus de qualité, plus de clients!

— Oui, dit Alex, les collègues et les étudiants représentent une clientèle au courant des bienfaits d'une nutrition équilibrée. Mes frites sont à l'huile d'olive, j'ai aussi des salades avec du pain aux trois grains, une machine à presser des oranges fraîches qui remporte un énorme succès et des crêpes à la cannelle. Les ventes ont augmenté de trente-cinq pour cent en un mois.

— Excellent, répliqua Steve, et c'est pour envisager le fonctionnement de toute cette organisation en rapport avec ton départ que je déguste tes produits. Mais trêve d'extase culinaire! Aussitôt que tu seras arrivé à Santa Ana, j'aimerais que tu entres en contact avec Isidoro Vasquez. Il est employé à la mairie et s'occupe de l'enregistrement des naissances et des décès. Un homme précieux. Il faudrait qu'il te mette au courant au sujet d'un certain Pedro Falcon qui est dans la guérilla locale. Il y a des gens qui ont des doutes au sujet de son identité. Or, comme l'anthropologie t'a amené à étudier les Indiens de l'Ouest américain, tu pourrais peut-être lui tendre un piège, car on le soupçonne d'être un Américain autochtone infiltré travaillant pour la CIA. C'est d'autant plus facile que les Navajos ont le même type physique que les Salvadoriens autochtones ou les Métis. Alors discrétion totale ou il va se produire une jolie disparition de plus. La tienne.

– Et là-bas, comment vais-je communiquer avec toi.

– Tu ne communiques pas, sauf en cas d'urgence ou si tu as des preuves certaines que ce Pedro est américain.

– Alors?

– Alors, tu m'appelles au code de la région de Toronto, le 416. Le numéro local est le 722- 8260. Il y a un répondeur automatique, au cas où je ne serais pas sur place. Tu me dis ce qui se passe à mots couverts. En effet, tes conversations seront sur écoute. Alors tu donnes naïvement de tes nouvelles, tu demandes des renseignements au sujet de ton stand de frites sur le campus et tu dis que, où tu te trouves, les frites ne sont ni croquantes ni fondantes. Ni croquantes ni fondantes sera la phrase clé pour me faire comprendre que Pedro est bien un Navajo infiltré. Alors, je communiquerai l'information à quelqu'un qui dirige un réseau dans les groupes amérindiens des États-Unis afin de savoir si c'est un cas isolé ou s'il y en a d'autres. De ton côté, il faudra que tu informes un représentant de la guérilla afin que cet intrus disparaisse. D'autre part, si tu dis que tu n'as plus de frites, ça signifiera que tu as des problèmes très sérieux. Dans ce cas, j'appelle le père Chavez pour lui demander des détails car, souvent, c'est plus facile d'être appelé que d'appeler. Et si tu as disparu, on démarre immédiatement une campagne par téléphone et par télégramme pour s'assurer qu'on ne va pas te torturer ou t'assassiner.

– Merci par contumace.

– Au revoir. Je te rappelle avant ton départ.

Alex revint près de Georges et lui donna quelques renseignements concernant la Banco de Mercado de San Salvador où ce dernier enverrait les profits. Puis, il monta dans sa familiale et retourna chez lui parfaire ses connaissances d'espagnol. De cet espagnol que Sandra parlait presque couramment avec un léger accent anglophone très joli.

L'urgence de l'immédiat

*Avec la même morgue et un sens de la mesure
identique, les franquistes me qualifièrent d'agent
du KGB et les castristes d'homme de paille de la CIA.*

ARRABAL
Lettre à Fidel Castro

14

JUILLET ARRIVA. L'avion décolla de l'aéroport Pearson. Tout était
simple, organisé, banal. Alex était parmi des touristes qui
rêvaient de visiter le Musée anthropologique de Mexico ou qui
allaient se payer deux semaines sur la plage à Ixtapa ou à Acapulco,
car c'est moins cher l'été. Il y avait même un étudiant qui se rendait
à Cuernavaca pour rencontrer Ivan Illich et être formé à ses théories
concernant la société sans écoles !

Après avoir discuté un peu avec ce jeune, Alex se mit à rêvasser.
À travers les métamorphoses d'une nappe de nuages, il réfléchissait
non seulement à son manque d'expérience, mais aussi à sa détermination. Le mystère monstrueux des mondes en coalescence. Les
barres du jour fuligineuses des clairs-obscurs instantanés au loin, sur

des mesas moutonneuses à traverser en chute libre. Des mesas devant lesquelles filent des bulles blêmes et éphémères à la vitesse des lames d'ouragan. Et pourtant, ces moutonnements paraissaient avoir rejeté toute humidité dans une atmosphère cotonneuse. Mouvance, comme l'utérus fécondé dévoilant, sous le regard du microscope, des paysages antédiluviens. L'énergie en pure perte. L'énergie sans centre apparent, à profusion. Les nuages, comme les cellules, se multipliaient à un rythme que ne pourrait soutenir aucune intelligence artificielle. Des mondes se créaient et se défaisaient en quelques secondes. Dans l'apparence de l'immobilité. Des possibles s'effaçaient par excroissances. Tous azimuts. Une forme imaginable semblait s'inventer un instant, comme une tête où s'esquisseraient un œil, une bouche creuse, une fosse nasale. Mais les souffles moléculaires effaçaient ce qui restait encore à l'état de difformité. D'ailleurs, il suffirait que le mouvement disparaisse, que tout se fige, songeait-il, pour que la monstruosité frappe de ses terreurs. Pire que le pire des films d'Orson Welles ou de Hitchcock. Les nuages bafouaient Hollywood et sa maladresse. Comme l'utérus. Des promontoires, blancs, crème, beiges, des Tibet s'affirmaient autour du pilote-sherpa creusant des moraines d'une traînée d'aile. Univers de pierres baroques, légères et duveteuses comme Churiguerra n'a pu le réaliser, l'envisager. Les vallées dévalaient les vallées et traversaient les crêtes. Monde sans endroit ni envers, utopies illimitées, ouatées, où le miroir était impensable, car la résistance s'annulait d'elle-même. Cauchemar du vide, de la spirale infinie, traumatisme de la naissance constamment repoussé. Chute et perte dans un creux menaçant et doux. La nappe de nuages était comme la culture. Un canular splendide. Le vide qui ne s'avouait pas. Le vide opaque d'une absence d'appui dans l'apparence de la présence. Il restait une immense béance, celle des vitesses moléculaires niant le statique de la matérialité qui n'avait jamais existé que dans les perceptions angoissées d'une humanité en quête de significations définitives. Course sans fin où le figé est le fantasme universel du cellulaire aux abois. « Le gilet de sauvetage est logé sous votre siège. » Même angoisse dans la quête de sens sous tous les mots. Mais les nuages éliminaient le sens. Point de rayons de soleil, point de chlorophyllienne branche de salut. Le tourbillon, le gonflement, l'excroissance, la protubérance. Et soudain la béance bien-faisante d'une somnolence vaporeuse.

Dans le bas de son ventre, il sentit un léger creux. Ce creux qu'il ressentait tragiquement, dans une terreur fugitive, quand il avait l'impression que Sandra le traitait comme une commodité à temps partiel. Il entrouvrit les paupières. La descente vers la réalité était bien amorcée. Mexico, ses gratte-ciel mais aussi ses immenses bidonvilles et semi-bidonvilles harponnèrent son regard. Bientôt le quadrimoteur rebondit sagement sur la piste. Dans l'aéroport, un kiosque à journaux présentait ses brochures pour touristes et ses guides en espagnol ou en anglais dont certains étaient publiés aux États-Unis. Alex aperçut un livre concernant le Salvador qu'il ne connaissait pas. Il acheta *Enchantment of Central America : Salvador* par A. Carpenter et E. Baker. Il lut les légendes, dans tous les sens du terme, sous des photos nimbées d'un flou créateur voilant pudiquement la pauvreté d'une architecture à laquelle manquait un coup de peinture rafraîchissant. Le noir et le blanc, autre-fois, évitaient les prises de conscience, saisit-il en lisant une légende particulièrement savoureuse : « *The modern city of San Salvador has a bustling commercial district. Although many people have cars, bicycles are an important means of transportation.* » C'est ça, la ville de San Salvador a un quartier commercial actif. Et les gens utilisent surtout les vélos même si beaucoup d'entre eux ont des autos ! Comme c'est écologique ! Déconnez tant que vous pouvez, pensa-t-il. On ne parle pas de tous ceux qui n'ont ni vélo ni habitation, de tous ceux qui sont à pied sur les routes, de tous ceux qui travaillent quatorze ou quinze heures par jour et qui n'arrivent ni à se vêtir ni à manger correctement. Sans oublier les quarante pour cent de chômeurs. On ne parle pas des enfants porteurs de bois, des itinérants ramassant de vieux bouts de métal rouillé et qui en obtiennent à peine de quoi manger quelques haricots au coin d'une rue, vendus à bas prix par une marchande, elle-même sans ressources. « *This handsome Salvadorian works at a fisheries station. The people of Salvador are ambitious and hard-working.* » Ce Salvadorien travaille dans une usine de poissons. Les gens de « San Slavador » sont ambitieux et travailleurs ! Il aurait fallu ajouter, sous la légende, qu'ils travaillent fort et pour rien, et que quand ils demandent un peu plus, c'est la porte, ou la disparition s'ils insistent. Près de l'esclavage. Quant à l'ambition, n'ont de l'ambition que les riches et les révolutionnaires. Les autres ont perdu l'espoir, lui disait le père Chavez. Il n'y a plus rien qu'un immense creux au fond d'eux. Un creux qui est celui d'un manque qui n'a rien à voir avec celui produit par un amour définitif. Le creux de la lassitude martelée de résignation. Le creux de l'impossibilité à pouvoir même manifester un désir.

C'est dans cet état d'esprit qu'il se rendit passer la nuit au Holiday Inn de l'aéroport. Son avion partait pour San Salvador le lendemain matin à onze heures.

15

Le bimoteur à hélices se posa à l'aéroport de Comalapa de San Salvador à trois heures douze de l'après-midi. Alex prit ses bagages et descendit sur la piste. Il se dirigea vers l'aérogare entourée de soldats armés de M-16. Ils le regardèrent se diriger vers les douanes et l'immigration. Là, c'était la cohue. Des gens avec des boîtes en carton mal ficelées attendaient en ligne. D'autres arrivaient avec d'énormes sacs gris ou beiges couverts de crasse. Il se demandait bien ce qu'il y avait dans tous ces contenants. Des soldats passaient constamment, sans s'arrêter aux douanes, sous l'œil d'autres soldats armés de M-16, le doigt sur la gâchette. La chaleur était intense. Un douanier ouvrit une boîte en carton. Il y avait un magnétophone et des cassettes. À l'autre comptoir, un touriste montrait une télévision. Alex demanda à son voisin la raison de l'importation de ces appareils. L'autre lui répondit que, dans la ville, il y avait peu de choix et que tout était cher. Alors ceux qui avaient des dollars allaient acheter les appareils modernes en Floride où tout était beaucoup plus avantageux même si on payait les droits d'importation. À Miami, il y avait des magasins tenus par des Cubains qui offraient des prix très intéressants, et les clients étaient servis en espagnol. Quant aux droits d'importation, ils étaient payés en monnaie locale qui ne valait pas grand-chose. Quand ils étaient payés, car il suffisait souvent de s'arranger avec un préposé qui refilait un pourcentage aux douaniers.

Alex arriva enfin près d'un douanier qui lui demanda son passeport. Après avoir vu « Canadien », il s'enquit du but de sa visite. Il montra la lettre de Paix et Éducation. Le fonctionnaire lui dit de passer. Mais un caporal-chef, au moins, se mit à hurler que tous ces éducateurs étaient de sales communistes et qu'il fallait les fouiller pour vérifier s'ils ne transportaient pas de publications subversives. Ou du matériel pour Radio Venceremos. Et le sous-gradé lui hurlait en plein visage :

— Vous êtes un communiste, vous êtes un communiste, on ne veut pas de communiste!

Alex garda son calme et eut un trait de génie. Il lui demanda poliment de cesser de l'insulter et de hurler des grossièretés à son adresse.

Le sous-gradé le regarda et se tut. Il ouvrit le sac d'Alex et commença à sortir quelques vêtements. Alex regardait les soldats qui avaient pointé leur M-16 sur lui aussitôt que leur chef avait hurlé : « Vous êtes un communiste! » Puis ils avaient repris leur position. Alex songeait qu'il était relativement facile de faire entrer du matériel électronique et donc des émetteurs-radio, des générateurs et des walkies-talkies et que la guérilla devait être bien équipée. Le gradé dit à un sous-fifre de continuer la fouille. Ce dernier s'attaqua à la trousse de toilette. Il fit démarrer le rasoir électrique. Au moment de l'arrêter, Alex le prit et commença à se raser en faisant un grand sourire. Le sous-fifre sourit aussi. Mais un touriste prit une photo de la scène, ce qui attira de nouveau l'attention du caporal qui hurla qu'il était interdit de prendre des photos. Les soldats braquèrent leur M-16 sur le touriste. Un zélé s'apprêtait à saisir l'appareil quand le touriste sortit son passeport diplomatique, ce qui calma les ardeurs du caporal. Alex finit de se consacrer à ses poils du menton, posa le rasoir sur la table où s'étalaient maintenant savons, brosse à dents et tube de dentifrice. Les soldats reprirent leur position réglementaire. Le sous-fifre prit une poubelle sous la table, la déposa à côté des bagages et pressa le tube de pâte dentifrice qui s'y vida de son contenu au gel mentholé. Il remit le tube vide et écrasé dans la trousse de toilette et dit à Alex en manière d'excuse : « C'est la guerre. »

Il allait lui dire de passer quand Alex vit un défenseur de la patrie se crisper et se renverser vers l'arrière tandis que des explosions déchiraient ses oreilles et que des balles fusaient dans toutes les directions. Tout l'aéroport se jeta par terre, sous les tables, derrière les sacs. Alex se retrouva avec le sous-fifre et un douanier sous la table, tous trois écrasés par terre. Enfin, la fusillade arrêta. Le tireur tous azimuts, raide et convulsif, était toujours accroché au M-16 vide de projectiles. Des hurlements provenaient du comptoir de dédouanement. Le pantin armé produisait des tremblements bizarres et semblait en même temps gelé. Il se mordait la langue. Un médecin arriva et déclara que ce n'était pas grave. Juste une crise d'épilepsie. Il suffirait de décrocher le M-16 dans deux ou trois minutes. Mais, vers le comptoir de dédouanement, il y avait deux soldats et une Salvadorienne blessés. Peu de dégâts donc, puisque l'épileptique, en s'écroulant en arrière, avait tiré en l'air. Les balles avaient ricoché ou s'étaient perdues à l'étage au-dessus où était entreposé du matériel militaire. Alex se dit que si le tireur avait eu sa crise quelques minutes plus tôt, quand il le pointait, il serait mort en héros de la coopération éducative, presque avant même d'avoir pu entrer au pays. Le caporal fit signe à tous les gens en file de passer. La fouille était terminée pour cet arrivage.

Dehors, un homme en chemisette bleue à manches courtes portait un écriteau en carton où était inscrit « Alex Tellier : Bienvenue ». Cet homme se dirigea vers Alex avant qu'il puisse lire l'écriteau.

— Bienvenue de la part du père Chavez, dit-il, je suis venu vous chercher avec le camion. Est-ce que les balles vous ont fait peur ? En tout cas, elles vous ont fait saisir la douceur violente des régions tropicales ! Je m'appelle Jesús García. Je suis venu chercher vos malles, il y a déjà une semaine. Nous allons nous rendre à l'église San Cristóbal au nord de la ville où nous passerons la nuit. Le couvre-feu commence à huit heures. Nous irons à Santa Ana demain.

Ils montèrent dans le camion Ford. Alex demanda à Jesús de s'arrêter dans un magasin où il pourrait acheter du dentifrice. Jesús le félicita d'avoir de tels nerfs.

— De tels nerfs, dit Alex ? Pourquoi de tels nerfs ?

— Je ne songerais pas à acheter du dentifrice après avoir subi une telle pétarade.

— Mais je veux faire bonne impression et être présentable.

— Les gringos veulent tous être des cadavres présentables, commenta-t-il, c'est curieux ! Voilà une différence fondamentale avec nous. Nous, nous pensons surtout à ce que notre âme soit présentable.

– Ça n'empêche pas, bien au contraire ; et je n'ai pas l'intention de devenir cadavre immédiatement. Quoique les voies du Seigneur soient impénétrables.

Alex ajouta cela en pensant au père Chavez. Et surtout en se rendant compte que Jesús le regardait tout en conduisant sur le boulevard de la banlieue nord. Jesús remettait pourtant le camion sur l'asphalte aussitôt qu'il s'approchait trop du fossé rempli de détritus et que les vibrations sous les roues se faisaient insistantes. Alex cessa de parler, Jesús se concentra sur les trous, pénétrant les voies du Seigneur, et ils arrivèrent poussiéreux et en sueur à l'église. Ils prirent une douche dans la cour grâce à une pompe à main. Alex proposa son dentifrice à Jesús qui hésita, le prit, en mit sur son index, se frotta les dents et recracha le tout précipitamment.

– C'est dégoûtant, dit-il, et très épicé.

– Comment, épicé ?

– Enfin très fort, ça brûle.

– Comment te laves-tu les dents ?

– Comme tous les paysans, je mâche des feuilles et j'utilise des épines de cactus.

Alex comprit pourquoi Jesús n'aurait pas pensé à acheter du dentifrice après la fusillade. Rien à voir avec la faiblesse de ses nerfs, pensa-t-il. Mais il préfère passer pour quelqu'un de craintif, plutôt que d'avouer qu'il n'en a jamais utilisé. Il va falloir être subtil et utiliser les choses nouvelles sans se vanter, en leur faisant saisir que c'est pour eux aussi, songea Alex. Il ne faut pas qu'il tombe dans le piège où certains théoriciens aboutissent en refusant les produits apportés par les riches ou les colonisateurs. Faire la révolution, ce n'est pas s'enfermer dans son indigence. C'est certes reconnaître ses propres valeurs comme valeurs véritables, celles que les riches nient et méprisent, mais c'est aussi saisir que la modernité est pour tous. Car, enfin, Jesús se sert bien du camion ! Le problème va être d'accoutumer les élèves à ce qui peut améliorer leur sort, quoique ce ne soit pas sûr que le dentifrice améliore leur sort. Au contraire. Il ne peut que contribuer à les appauvrir alors que le produit local est certainement aussi bon. Le tout est d'apprendre à mâcher ces feuilles. L'important c'est d'éliminer les dépôts de sucre et les germes. Et d'avoir de l'eau fluorée. Et ça, ce n'est pas pour demain. Sur ces pensées, il alla se coucher dans la cabane, derrière l'église, sur un matelas de mousse couvert d'un drap troué vert pâle.

Le lendemain, en buvant un café, il informa Jesús qu'il voulait apprendre à se laver les dents comme lui et qu'il aimerait savoir quelles feuilles utiliser et quelles épines de cactus cueillir.

– Pour les épines de cactus, c'est facile. Il suffit d'en prendre qui sont assez longues et solides. Pour la plante, je te montrerai. Même chose pour le savon, nous utilisons un cactus, le yucca, pour nous laver, ainsi que pour laver le linge. Mais les gens un peu plus riches achètent du savon.

16

Ils se mirent en route, en direction de Santa Ana, la troisième plus grosse ville de ce pays de cinq millions et demi d'habitants. Ils roulaient sur la panaméricaine. À leur gauche, des rangées de montagnes volcaniques les séparaient de la plaine côtière. Jesús lui expliqua que le pays n'avait pas de pétrole ni de charbon et que, comme en Islande, les ingénieurs avaient développé l'énergie géothermique pour suppléer aux besoins de certaines usines. Il ajouta qu'il avait appris qu'il y avait des volcans en Islande, sous la glace, et que ça chauffait les maisons. Il demanda à Alex si c'était la même chose au Canada. Alex répondit qu'il y avait du pétrole et du charbon, mais que les volcans étaient rares, surtout près des villes. Il lui promit de lui donner un livre sur le pays aussitôt qu'ils seraient arrivés, car il en avait plusieurs dans ses malles. Jesús devint plus volubile. Il montrait la vallée et expliqua qu'elle allait jusqu'à Santa Ana. Après, c'étaient des montagnes d'origine volcanique érodées, de plus de 2000 mètres, jusqu'à la frontière du Honduras. Un territoire idéal pour les guérilleros, précisa-t-il.

La vallée où ils circulaient était particulièrement peuplée et il y avait des gens tout le long de la route. Plusieurs travaillaient dans les plantations de canne à sucre. Et puis, bientôt, Alex crut humer Sandra. Un léger parfum de sa salive et de son haleine lui revenait avec l'air chaud et humide qui s'engouffrait par la vitre ouverte. Sa chemise était presque complètement trempée. Jesús lui montra à sa droite la première plantation de café où se trouvaient rassemblés des centaines de travailleurs. Alex demanda si on pouvait acheter du café. Jesús rit et répondit qu'il était possible d'en ramasser sur le bord de la route, tout le long jusqu'à Santa Ana, mais qu'il était prêt à s'arrêter au prochain village pour en boire un.

— Tu aimes respirer le café salvadorien, gringo?

— Oui, ma copine buvait du café de la région. Ce qu'on appelle, au Canada, du guatémaltèque.

— Pas le même, pas le même pour un connaisseur, mais peut-être que dans ton pays on appelle guatémaltèque tout ce qui vient d'Amérique centrale.

— Peut-être, et en fait il y a peut-être autant de différences qu'entre le Canada et l'Islande. Il faudra que je compare, que j'apprenne.

— Je te montrerai les différences à Santa Ana.

Ils stationnèrent à côté de barils de deux cents litres d'huile reconvertis en poubelles. Par leur fond rouillé, ils débordaient de restes suintants de jus aux odeurs puissantes. Et des chiens qui avaient plus de côtes que de muscles lapaient avidement cette purulence. C'est le jour du ramassage chez mes parents, à Ottawa, songea-t-il. Et il voyait son père sortir les ordures dans des sacs en plastique verts et la boîte bleue de recyclage. Il ne communiqua pas à Jesús ses nostalgies autour des résidus d'un quartier résidentiel d'une ville bourgeoise.

Ils s'assirent à une table branlante et prirent un café odorant et fort. Sandra était accrochée à la fumée qui sortait des tasses et qui, bientôt, se mêla à l'humidité moite montant de l'averse tropicale. Le cœur d'Alex battait plus vite. Deux cafés en deux heures et la présence diffuse de Sandra créaient un monde étrange, une fiction de vie passée à l'adrénaline. Il se sentait fantasmatiquement là comme s'il avait toujours vécu au Salvador, comme si son épiderme était érotisé par la moiteur, par les feuilles immenses des quelques bananiers qui bordaient la route. Par la possibilité de voir le monde sans fenêtre, depuis cette table, sous le toit de ce café, et de se construire dans la lenteur d'un accord profond entre désirs et actes quotidiens. Et pourtant, il savait que tout n'était que fantasmes de touriste, car la vie était dure, et la guerre omniprésente.

Ils repartirent sous une pluie torrentielle. Il était onze heures et, dans cette vallée coincée entre les volcans et écrasée sous les nuages noirs, il faisait presque nuit. Bientôt, ils approchèrent de Santa Ana.

Le ciel s'éclaircit. Jesús lui montra une fabrique de chaussures, une fabrique de textiles, puis ils circulèrent dans la ville bordée de maisons basses recouvertes de crépis ou en torchis comme dans toute l'Amérique centrale. Ils se dirigèrent vers le nord. Jesús montra la ferme Aqua Fría où les ouvriers allaient étaler les grains de café pour les faire sécher lors de la saison sèche, après octobre. Ils sortirent de la ville et se trouvèrent dans la banlieue nord-est. Des cochons, des poules, des chiens, couraient dans les rues. Jesús tourna à droite vers l'église. « C'est là que vous attend le père Chavez », dit-il. Il klaxonna en pressant la poire en plastique montée sur une corne en métal dont le son rappelait les tacots des années vingt.

De l'école, une ribambelle d'enfants sortirent. Ils le regardèrent descendre, les yeux écarquillés, certains souriants, certains le visage tendu. Mais ils restèrent à une certaine distance. Roberto sortit de l'église et lui donna l'accolade. Alors les enfants crièrent tous ensemble : « Bienvenue, bienvenue à Santa Ana, Alex. Ici, tu es chez toi. » Et ils retournèrent sagement dans les classes. Alex, songeant aux mois passés pour être vaguement accepté dans son milieu de travail à l'université, en eut les larmes aux yeux.

Il était trois heures. Roberto prit son sac et l'emmena dans la petite maison. Il l'informa qu'il s'était permis d'ouvrir les malles et qu'il en avait retiré ce qui était nécessaire. Mais il lui avait laissé du matériel à emporter, car il y avait un changement de programme. Il avait été décidé récemment d'ouvrir une succursale de l'école plus au nord, à San Cristóbal, une petite ville, un village presque, où la population des alentours venait s'approvisionner et se faire soigner. Il n'y avait pas encore d'instituteur. Alex resterait à Santa Ana quatre jours pour voir comment tout fonctionnait et il aurait le champ libre pour inventer la pédagogie la plus appropriée pour une population dont la moitié était d'origine indienne, quoique fortement assimilée.

— De l'anthropologie appliquée, suggéra Alex.

— J'ai confiance, répliqua Roberto. Quand on se permet d'ouvrir un camion de frites sur le campus où on enseigne, on sait quoi faire pour survivre au quotidien.

— Merci, j'espère être à la hauteur des sommets érodés qui dominent la vallée.

— Il faudra aussi être subtil, car c'est une zone de confrontation entre la guérilla et l'armée. D'ailleurs, la guérilla est active à Santa Ana aussi, en particulier dans cette partie de la ville. Les montagnes et le couvert des arbres sont proches. Et la nuit, d'une discrétion absolue. Ici, dans l'obscurité, ce sont les voies tout court qui sont impénétrables.

Les jours qui suivirent, Alex rencontra les deux couples qui enseignaient dans la communauté. Il apprécia surtout l'un des instituteurs, Sacvan Gilderi, qu'il prit pour un Italien mais qui précisa être Américain et catholique.

— Mais je ne connais pas de saint Sacvan, dit Alex.

— Ça, c'est un prénom choisi par mes parents anarchistes. Sacvan, c'est la contraction de Sacco et Vanzetti, les deux ouvriers anarchistes exécutés en 1927, aux États-Unis, à cause d'une vague de xénophobie.

— Ils étaient anarchistes et vous êtes catholique !

— J'ai rencontré la foi quand j'ai rencontré ma femme. Elle a su être intelligemment gentille avec un gars qui, il y a dix ans, était en pleine décomposition psychologique. Mes parents étaient morts dans un accident d'auto, j'avais raté mes examens d'ingénieur en électronique et je vivais avec une petite-bourgeoise qui avait un joli cul mais qui s'est trouvée un gars plus stable. Ma femme, Wendy, m'a fait naître une deuxième fois, par l'âme.

— Voilà des paroles qui donnent confiance en la vie. Vous devez avoir une influence magique ici, souffla Alex.

— Merci, mais sans Wendy, tout ce que je donne ici aurait été définitivement perdu.

— Et comment combinez-vous la formation anarchiste avec la foi ?

— Je ne la combine pas. J'ai la foi. Mais je suis du côté de la théologie de la libération. La foi est d'être au service des pauvres et des démunis, de ceux qui doivent obtenir des droits, alors que souvent ils n'ont même pas les faveurs de la charité.

— Et les guérilleros, ici, ils ont la foi ?

Sacvan éclata de rire.

— Certains d'entre eux, oui. Mais elle s'allie à leur désir de construire, ici et maintenant, un monde meilleur. Ils ont eu, pour la plupart, une formation religieuse traditionnelle : soumission à l'autorité, respect du pouvoir, humilité, report des jouissances des biens de ce monde dans l'au-delà, crainte de l'enfer. Et ils ont rejeté tout cela. Ils se battent avec l'aide des études, pratiques et politiques, à base de théories matérialistes. Car il est très important d'être matérialiste, ici ; ce qui veut dire aussi de savoir prendre un grand soin du matériel ! Évidemment, cette étude se combine chez certains à une foi profonde, renforcée par la figure de monseigneur Romero, assassiné par les commandos du gouvernement Duarte. D'ailleurs à chaque mois de mars, beaucoup de ces guérilleros se réunissent pour se souvenir de l'année 1980 et prient pour lui. Mais la conception marxiste est aussi très forte, car elle se marie à la tradition de vie communautaire propre aux Indiens de la région, assimilés à la civilisation hispanique. En retour, les Indiens ont influencé les non-Indiens à vivre quelque peu de façon communautaire. L'Amérique centrale est le paradis du syncrétisme ! Quant aux paysans, à Santa Ana, ce sont tous des catholiques, pas des évangélistes qui remettent leur destin entre les mains de la providence comme à La Joya, dans la province de Morazan. Là-bas, beaucoup de paysans qui ont vu venir l'armée ne se sont pas enfuis dans les collines. En tout, mille neuf d'entre eux ont été massacrés par les soldats à El Mozote. Comme la région était réputée pour son pain, les soldats ont fait rôtir les enfants dans les fours, devant les parents. Ils ont violé les filles toute la nuit, puis ils leur ont coupé la gorge. La providence évangéliste n'a rien pu faire. Et les médias internationaux n'en ont pas parlé.

Après quatre jours de discussion, de repas en commun, d'observations et de pratique pédagogique, Alex s'apprêta à partir pour San Cristóbal. Roberto et Sacvan lui répétèrent que l'essentiel était de créer un climat de confiance. Il fallait que les enfants et leurs parents comprennent qu'il venait autant pour apprendre d'eux que pour leur apprendre des choses nouvelles et qu'il était de leur côté. Ce que voulait dire *de leur côté* restait flou dans une situation où nombre de paysans se sentaient pris entre les demandes de la guérilla et les menaces de l'armée. Être de leur côté dépendait du contexte.

17

Il n'y avait que trente kilomètres entre Santa Ana et San Cristóbal. Alex avait encore une malle pleine et un vélo neuf. Tout fut chargé sur le plateau du camion. Au bout de quinze kilomètres, ils furent arrêtés à un barrage de l'armée aidée de la police. Tout fut fouillé minutieusement. Les papiers furent examinés et un des soldats appela le poste de San Cristóbal pour annoncer l'arrivée du camion. Juste avant de partir, un policier demanda s'ils voulaient acheter des billets de loterie pour les œuvres de la police. Jesús répondit qu'il n'avait pas d'argent. Mais tous attendaient la réponse du gringo.

— En quoi consistent les œuvres, demanda Alex ?

— Les profits des billets serviront à donner de l'argent aux veuves des policiers pour qu'elles puissent continuer à envoyer leurs enfants à l'école.

— En ce cas, dit Alex, j'achète des billets, car je veux que tous les enfants se rendent à l'école. Ils coûtent combien ?

— Deux pesos le billet.

— Et qu'est-il possible de gagner ?

— Il y a un premier prix qui est un vélo, un deuxième prix qui est un service de vaisselle et les dix autres prix sont des outils.

— Excellent, dix billets. Et envoyez les enfants à l'école de San Cristóbal ou de Santa Ana. Merci.

— Bravo, dit Jesús en embrayant. Et que vas-tu faire si tu gagnes le vélo ?

— Je vais le donner à quelqu'un qui n'en a pas.

— Quelqu'un qui est plutôt du côté de la guérilla, quelqu'un qui serait plutôt neutre ou quelqu'un qui sympathiserait avec la police ?

— Je vois. Je vois. Je ferai une tombola et je donnerai les billets à mes élèves. Je ferai le tirage moi-même afin que le vélo aille à quelqu'un qui en a réellement besoin.

— Très bien, très bien. En tout cas, tu as bien joué. Mais si des gens pro-guérilla apprennent que tu as acheté des billets à la police, ils vont venir tâter le terrain et te proposer quelque chose qui va aussi un peu t'engager.

— Comme quoi ?

— Aider la femme pauvre d'un guérillero disparu en lui offrant de faire le ménage pour toi, par exemple.

— Alors, je lui offrirai des ménages. Et ensuite.

— Ensuite, je ne sais pas. Mais chaque groupe va essayer de placer des gens près de toi pour te maîtriser, t'épier et savoir ce que tu fais.

— Je vais apprendre à savoir jusqu'où je peux aller trop loin !

— Jolie phrase, mais il faut que tu apprennes très vite.

San Cristóbal était en vue. Il y avait une chapelle blanche. Mais elle était vide. Le curé s'était joint à la guérilla quelques mois auparavant. La petite école se trouvait à sa droite. Elle était flanquée d'une maison toute blanche avec une porte bleue, le tout formant les couleurs du drapeau. L'infirmerie était en face et fermait en partie la cour de jeu où se trouvait un tourniquet, une balançoire et deux poteaux à chaque bout pour marquer les buts du terrain de football.

Ils descendirent du camion et déchargèrent les bagages juste à temps avant qu'une pluie diluvienne les rejoigne. Là, les chemins étaient en terre, ce n'était plus la panaméricaine. La boue collait, jaune et grise avant de cuire au soleil et d'être dure comme de la brique. Puis, Jesús repartit sous la pluie en disant qu'il reviendrait une semaine plus tard. Pour les questions, il y avait un téléphone près de la maison du maire. Mais, évidemment, il était sur écoute. Donc les questions concernaient uniquement le pratico-pratique.

Alex se retrouva seul face aux murs blancs, aux fenêtres entourées d'un cadre de peinture bleue donnant sur des nuages noirs accrochés aux montagnes couvertes d'arbres et d'arbustes tout verts qui devaient être à moitié morts à la saison sèche. Le silence qui régnait à travers les gouttes était grandiose. Dans les flaques devenant lacs, les bulles qui se formaient après les éclairs cristallins, causées par les énormes gouttes, contenaient des mondes. Des univers en gestation semblaient s'emparer du lieu. Sous ses pieds, les veinules de la terre battue couvrant la salle de réunions devenaient des toiles de peintres rustiques qui méritaient signatures.

Alex prit son couteau suisse à vingt-deux lames et un tire-bouchon, traça un cadre autour de certaines veinules et signa Sandra. Puis, il en traça un autre à côté et signa son nom. Il verrait comment le va-et-vient des pieds transformerait ces ébauches. Il verrait si elles deviendraient des chefs-d'œuvre, si les formes qui s'y fondaient et s'y lovaient rejoindraient les cumulus, les stratus et les nimbus qui le fascinaient dans ce musée naturel se découpant dans le cadre ovale du hublot entouré de peinture bleue.

Si la grande salle était vide, il n'en était rien de la chambre où se trouvaient deux lits, une table de toilette, un coffre et deux chaises. La cuisine comprenait une bouteille de gaz et un réchaud à deux brûleurs, un placard avec des plats et de la coutellerie, une table ainsi que quatre chaises et même un évier avec un robinet. Quant aux sanitaires, Jesús lui avait dit qu'il y avait une cabane derrière la maison au fond du jardin, entre le bananier et le manguier. Contre le mur extérieur, derrière la cuisine, il y avait un tuyau recourbé qui servait de douche. Le grand luxe. Dehors, il trouva quelques planches. Il les disposa sur des moellons faits d'un mélange de paille et de terre et plaça une étagère dans la salle. Il y rangea ses livres ainsi que les livres de classe donnés par Roberto pour ses élèves. Il mit en évidence plusieurs ouvrages concernant le Canada afin que les enfants puissent s'imaginer d'où il venait. Il appuya le vélo neuf à l'intérieur, contre le mur près de la porte. Puis il déballa ses vêtements y compris ses t-shirts bien repassés, des médicaments, de la pénicilline, des pilules homéopathiques. Il disposa dans les placards de la cuisine les boîtes de sirop d'érable pour les occasions spéciales.

18

Il se réveilla à six heures du matin et se dit que c'était bon signe, car c'était l'heure où les paysans et les travailleurs se levaient. La lumière du jour rythmait déjà ses cellules. Il ouvrit le robinet du gaz, prit une allumette et les flammes illuminèrent le rebord de la casserole en aluminium. Il se prépara un café aux arômes de la salive de Sandra qui couvrirent bientôt l'odeur de gaz qui indiquait la présence d'une légère fuite. Il se fit cuire du maïs et tricha en se versant du sirop d'érable. L'adaptation sera progressive, se rassura-t-il. Comme ça, pas de stress. Après avoir regardé la cour encore pleine d'eau, il décida qu'il faudrait la drainer en creusant un petit fossé sur les côtés. Il se préparait à aller se présenter aux familles qui avaient informé Roberto qu'elles enverraient leurs enfants à l'école, mais il eut la surprise de voir arriver les enfants à sept heures. Ils étaient une quarantaine, allant de six à treize ans à peu près. Il les réunit vite dans la salle de classe et se présenta. Ses quatre boîtes de chocolat Turtles y passèrent. Il organisa trois groupes : ceux qui ne savaient ni lire ni écrire, ceux qui savaient un peu lire et écrire et ceux qui pouvaient passer à autre chose. Il songeait aux livres de Paolo Freire, le pédagogue brésilien, et leur demanda de parler de leur vie, puis d'écrire un court texte à ce sujet en leur promettant qu'il les lirait tous, l'après-midi, et les leur rendrait avec des questions, le lendemain. Il y en avait douze sur trente-huit. Les autres ne savaient pas écrire. Et puis, il leur expliqua la neige, le ski, les autos qui dérapent l'hiver, le pelletage, les déneigeuses, le patin, les canaux gelés. Il leur montra des images de lui dans son parka. Ils rirent et un petit lui demanda s'il avait déjà eu faim depuis qu'il était arrivé au Salvador.

— Si j'ai faim ? Non je mange bien. Des haricots, des fruits, du maïs. Je mange de façon similaire à ce que je mangeais au Canada. Pourquoi ?

— Parce que vous avez maigri, monsieur, depuis la photo.

Il lui expliqua qu'il y avait beaucoup d'épaisseurs pour se protéger du froid mais qu'il pesait le même poids ici qu'au Canada. Puis, il se dit que c'était faux, car l'avortement et la séparation l'avaient fait maigrir, et il n'avait pas repris son poids des jours de bonheur.

Mais, il se rappela la réaction de Jesús au sujet de l'incident avec le soldat épileptique et le dentifrice. Il comprit que, surtout avec le mot « déjà », ça voulait dire que le petit avait faim. Qu'il avait peut-être faim tous les jours. Il leur dit que Lelia, l'aide scolaire, allait bientôt préparer le repas pour tout le monde et qu'il veillerait, dès le lendemain, à ce qu'il y ait beaucoup à manger. Le petit sourit et dit qu'il avait déjà faim. La cabane à patates frites sur le campus commençait à servir, car il allait puiser dans les profits déposés à la Banco de Mercado pour augmenter les rations. Après le repas du midi pris en commun, les enfants retournèrent chez eux pour travailler.

L'après-midi, il lut les textes de ceux qui savaient écrire. Les enfants parlaient de leurs travaux dans les champs, des bonbons qu'ils avaient eus pour leur fête, de leur instituteur parti pour les montagnes. Et trois, plus âgés probablement, parlaient de la guerre et des disparus. L'un d'entre eux écrivait très bien. Pour son âge, c'était même excellent puisqu'aucun n'avait plus de treize ans. Ce devait être le grand au regard insistant. Son père était marchand de crème glacée, de barbe à papa, de confiseries qu'il vendait à Santa Ana. Il faudrait qu'il lui fasse goûter le sirop d'érable.

Le soir, il rendit visite à quelques parents qui lui offrirent de partager le repas. Il prit plusieurs fois des soupes aux légumes et du maïs ou des haricots. Et c'est pétant de santé qu'il s'en revint préparer les activités du lendemain matin.

Après quelques jours, il connaissait tous les enfants et songea à stimuler l'apprentissage par des récompenses : bonbons, livres, quelques petites autos en métal fabriquées en Chine. Au bout d'un certain temps, cela posa de sérieux problèmes, car c'était toujours les mêmes qui risquaient de remporter les meilleurs prix, même s'il y avait des bonbons pour tout le monde. Le plus vieux, Miguel, reprocha à Alex d'instaurer un régime de récompense capitaliste, fondé sur les biens matériels et sur la productivité, alors que l'apprentissage devait être fait selon le rythme de chacun et selon ce qui est utile à la collectivité. De plus, dit-il, le meilleur ici ce sont les friandises que vend mon père, et toi tu les places en dernier puisque tu en donnes à tout le monde et tu offres des prix comme des petites autos qui sont le symbole des exploiteurs.

Discussion animée, envenimée presque. Les petits qui voulaient des autos dirent que ce n'était pas juste, tandis que les autres avaient peur de perdre leurs autos. Alex ne leur dit pas que la Chine communiste vendait des petites autos aux pays capitalistes et des armes comme le RPG-2, lanceur de grenades, aux mouvements de libération nationale, car il savait que ce serait vu comme une prise de position en faveur des exploiteurs. Comme s'il voulait souligner les contradictions des pays qui pouvaient être frères, quoique à Santa Ana, à San Cristóbal et dans la région, la variété marxiste était plus soviéto-guevariste. Alex distribua ses dernières autos aux plus jeunes, des livres à ceux qui savaient lire et des paquets de bonbons aux autres. Puis, il leur dit que désormais, il n'avait plus rien et que tous étudieraient pour eux-mêmes et pour le bien de la collectivité, et que le bien de la collectivité demandait des gens qui savaient beaucoup de choses. Mais ça ne résolvait pas les problèmes de motivation pour certains qui n'arrivaient pas à apprendre à lire.

Au cours de l'après-midi, il eut une idée de génie. Plutôt que d'acheter des sucreries pour récompenser le résultat de la production, et donc les meilleurs, il alla acheter un sac de vingt kilos de sucre de canne. C'était d'autant plus facile que la guérilla avait poussé les zones à être autonomes du point de vue de la nourriture et qu'il y avait un moulin à sucre à San Cristóbal. Vers dix heures, quand les enfants commençaient à avoir faim, il couvrait les tables de sucre et montrait aux petits doigts basanés à se promener dans le sucre en traçant des lettres cursives. Les capitales arrêtaient les traits. Par contre, les cursives permettaient de folâtrer, de tracer son propre chemin dans la pâte du savoir. Et ils avaient le droit de se lécher les doigts aussi souvent qu'ils le voulaient. Après quelques jours, c'était seulement quand ils avaient tracé une lettre bien formée qu'ils pouvaient se lécher les doigts.

Beatriz lui demanda s'il était très riche quand elle vit tout ce sucre répandu sur les tables ; Domitila lui demanda si c'était ça un pays développé et si on enseignait à lire à tous les enfants comme ça dans son pays. Sans attendre la réponse, elle affirma qu'elle voulait enseigner un jour au Canada dans la neige avec du sucre. De la neige toute blanche et du sucre tout blanc, comme chez les riches. Alex songeait qu'à Toronto ou Ottawa, s'il avait fait ça, il se serait fait copieusement remettre à sa place et aurait dû ingurgiter les idées pédagogiques ministérielles, car il aurait contribué, avec de telles méthodes, à carier les dents des enfants. Il aurait contrecarré les programmes du ministère de la Santé et de la fluoration des eaux. Comme quoi la pédagogie a autant à faire avec l'eau qu'avec les cerveaux. Même chose ici, car lorsque l'eau était vraiment très polluée, la pédagogie devenait hasardeuse vu les maux de ventre, les diarrhées et quelquefois les décès. La pédagogie ne pouvait ignorer l'eau. Mais ça, il ne fallait surtout pas le dire. Ici, ça paraissait subversif tellement c'était vrai. Là-bas, ça paraissait sans importance tellement l'humain est coupé en tranches irréconciliables et inséré dans des structures mentales administratives.

Au bout de trois semaines, les doigts étaient collants, les joues barbouillées, les dents peut-être un peu plus cariées, mais les papilles gustatives étaient heureuses, les estomacs ronronnaient et tous savaient écrire. Aucune discussion idéologique n'eut lieu, car c'était la production quotidienne qui était récompensée, l'effort de chacun pour atteindre un standard minimal, essentiel. Alex comprit qu'il était sur la bonne voie, qu'elle était peu coûteuse et que son autobus à frites et salades suffirait pour financer ses expériences pédagogiques de pointe.

19

C'était maintenant le début du mois de septembre. Alex avait hâte que la saison pluvieuse se termine. Encore un mois, espérait-il. Quand tout va relativement bien, il est possible de se préoccuper de la température. Malheureusement, les ennuis approchaient. Miguel arriva le lundi et annonça que son père qui avait disparu le samedi précédent venait d'être retrouvé mort au bord de la route qui mène de Santa Ana à San Cristóbal. Il avait été à moitié dévoré par les cochons et les chiens et montrait des marques de torture : ongles arrachés, ecchymoses, pieds cassés. Un coup de machette en travers de la tête l'avait achevé. Le père Chavez était allé chercher le cadavre avec Juan et Alfonso, les deux frères de Miguel, pour le ramener à San Cristóbal et célébrer une messe.

Alex demanda à Miguel si son père ne vendait que des confiseries. Miguel expliqua fièrement qu'il voulait créer une association de petits marchands pour qu'ils puissent emprunter des fonds à des banques et ainsi acheter le sucre et les colorants à meilleur marché. De plus, ajouta-t-il, il communiquait parfois des renseignements à des sympathisants des guérilleros à Santa Ana. Il avait même apporté des médicaments pour eux. Et il se mit à pleurer.

— Oui, ton père était un homme bien, c'est un exemple pour tous, assura Alex, en serrant Miguel contre lui. Il est dans un monde meilleur.

— Non, il est mort, c'est fini, constata Miguel. Et si on veut que ça ne soit pas fini, il faut continuer la guerre. Mes frères, Juan et Alfonso, vont rejoindre la guérilla, juste après la messe et l'enterrement demain. Moi, je suis encore trop jeune, je vais apprendre plus, encore plus et, plus tard, je vais lutter en ville, à San Salvador, contre ceux qui prennent les décisions, qui contrôlent tout de leurs bureaux.

— Qui t'a expliqué ça?

— Mon père. Il lisait beaucoup. Il disait qu'il fallait se battre sur le terrain, mais aussi au centre. Sinon, on est bloqué sur le terrain, alors que les gens riches ne sont pas dérangés. Je veux apprendre comment faire pour lutter en ville, contre le gouvernement et les riches dans leurs bureaux.

— Si tu le veux vraiment, je vais t'apprendre tout ce que je peux. Après, il faudra que tu ailles à l'université. Ce sera long, mais tu pourras lutter pour les gens d'ici et pour tous les pauvres du Salvador.

— Pas les pauvres, les exploités. Ce ne sont pas eux qui créent la pauvreté. Les autres la leur imposent.

— Juste, les exploités. Mais il ne faut pas non plus oublier que les exploités font des exploits. Comme ton père. Ou comme tu en feras.

Sur ces mots, Roberto arriva. Il serra Alex dans ses bras. Le cadavre d'Alejandro était allongé dans le Ford. Il était enveloppé dans des sacs à ordures verts et recouvert d'un drap. Miguel pleurait. Les gens commencèrent à arriver. Un cercueil serait prêt pour le soir. Roberto annonça que la messe aurait lieu le lendemain et que l'école serait fermée pour la journée. Il entraîna Alex dans la salle commune de la maison et le remercia d'avoir apporté beaucoup de sacs en plastique. Ils sont essentiels ici car, avec la chaleur, les cadavres coulent très vite et c'est horrible de voir les taches se former à travers les draps. Il lui raconta la vie d'Alejandro plus en détail et lui demanda de préparer un texte qui serait lu en chaire et qui marquerait la condamnation sans équivoque de cet acte horrible. Mais on ne nommerait pas les coupables qui n'étaient pas connus, quoique l'on sache bien qu'il s'agissait de policiers ou de membres de l'armée. Ils discutèrent longtemps puis Roberto alla rejoindre la famille du disparu retrouvé mort.

Alex se mit à réfléchir et tapa plusieurs versions d'un texte qu'il soumettrait à Roberto. Celui-ci pourrait le conseiller plus précisément sur ce qu'il faudrait dire ou ne pas dire et sur le ton à prendre. La nuit était avancée quand Roberto revint en lui annonçant ce qu'Alex savait déjà, c'est-à-dire que Juan et Alfonso rejoindraient discrètement les collines, après l'enterrement. Il l'informa aussi qu'il avait apporté de la pénicilline et des dérivés comme l'amoxicilline, des calmants, des vitamines, du poivre pour égarer les chiens de l'armée, de la nourriture concentrée sèche et des sacs verts pour couvrir les maigres plantations et garder l'humidité après la nuit lors de la saison sèche. Juan et Alfonso partiraient avec tout cela, le lendemain.

– Voilà les textes, continua Alex, que faut-il ne pas dire et qu'ai-je oublié d'essentiel ? Et qui va le lire en chaire ?

– Toi, bien sûr, dit Roberto. Malgré ton accent, tout le monde va comprendre. D'ailleurs tous tes élèves te comprennent très clairement et ta capacité à enseigner avec du sucre t'a rendu célèbre. Rien de tel que d'utiliser des produits locaux pour impressionner les gens. Ça va t'aider considérablement à t'insérer encore mieux dans la communauté où une bonne partie des hésitants et des peureux vont avoir encore plus peur, mais en même temps, ils vont être stimulés à collaborer avec la guérilla, car Alejandro était un homme très respecté.

Ainsi, après une heure de travail supplémentaire, le texte était prêt. Il était poétique et plein d'adjectifs, ce qui était tout à fait contraire à la politique de Radio Venceremos qui supprimait tous les adjectifs afin d'insérer les auditeurs dans le concret d'une pratique. Mais Roberto voulait quelque chose de différent, quelque chose qui dirige les esprits vers une vision plus esthétique, et Alex, en tant qu'étranger, pourrait se permettre cet écart par rapport à la dureté quotidienne. Alex lut le texte à haute voix à Roberto afin d'en maîtriser le rythme, car tous deux voulaient que ce soit une occasion de grandir la mémoire d'Alejandro par le rappel des faits allié au souffle d'une émotion forte.

Le petit jour arriva très vite puisque la lecture et les corrections s'étaient terminées à quatre heures du matin. À huit heures, les gens se rassemblèrent devant l'église. La messe aurait lieu dehors, car la foule était compacte et l'église trop petite. Alex lut l'hommage :

Alejandro, huit enfants, marchand de barbe à papa à Santa Ana, a disparu samedi. Alejandro, huit enfants, marchand de barbe à papa, a disparu. Je pourrais répéter cela pendant des heures sans arriver à y croire. Alejandro, marchand de barbe à papa, a été retrouvé mort hier avec de nombreuses marques de torture.

La mousse rose et gonflée dont rêvaient la nuit les enfants des rues de Santa Ana, couchés en chien de fusil dans une quelconque ruelle, la barbe à papa, nuage de sucre inaccessible aux milliers d'enfants sous-alimentés et qui rêvent, le ventre vide, de ciels peints en rose, de nuages sucrés, de toute cette mousseline flottante, enrobant les ailes des anges auxquels ils croient encore ou ne croient plus, cette barbe à papa a disparu avec le papa.

La barbe à papa qu'Alejandro faisait manger gratuitement à ces enfants était son moyen pour les faire réfléchir. Car lorsqu'ils en avaient goûté une fois, les enfants de la rue n'étaient plus les mêmes. Ils savaient. Ils savaient le goût, le rêve d'autre chose. Il ne leur était plus possible de revenir en arrière, d'être comme avant. La barbe à papa titillait dorénavant leurs papilles.

Et ses fils roses emmêlés comme des écheveaux aux mains d'une grand-mère impatiente et aveugle, attendant de ses doigts tremblants que le couvercle du cercueil se referme sur sa misère ignorée, et ses fils aériens comme ceux qui sont confiés aux petits doigts des enfants de huit ans, nourris d'un bol de fèves et d'une soupe pour une journée de travail, confectionnaient les plus fantastiques tapis volants aux levers de soleil. Sa barbe à papa nourrissait leur corps et leurs rêves et ses fils roses et aériens, vols d'oiseaux-mouches, d'un bec élancé sirotant leur eau sucrée dans l'immobilité agitée d'un battement d'aile aux confins du mur du son, et ses fils, ses fils dénoués soudain, échappaient à la trame d'une société martelée de bottes, cicatrisée de balles, quadrillée de violence.

Alejandro, tes barbes à papa n'étaient pas terroristes. Pourtant, aux yeux de certains, faire rêver est le crime par excellence. Toi qui donnais du sucre rose aux enfants affamés, tu as fini à l'orée de la ville, cadavre dévoré par les chiens et les cochons. Papa, papa, papa! Je veux mon papa, hurlent dans leurs cauchemars Pedro, Estrella, Domitila, Miguel, Juan, Beatriz, María et Alfonso. En même temps, leurs yeux ont la lourdeur des grandes douleurs. Leurs yeux ont l'éloignement des certitudes durement acquises. Leurs yeux ont la franchise des absences définitives. Leurs yeux ont le mépris des désaccords sans remède.

Alejandro, chômeur, après avoir été exploité quatre ans, soixante-dix heures par semaine, comme ouvrier agricole, Alejandro s'était lancé

dans la libre entreprise informelle. Il était devenu une entreprise privée
à part entière et à lui tout seul. Il maintenait un réseau de connections
essentielles afin de ne pas manquer de sucre, d'aromates à la fraise et de
crédits pour payer d'avance ses stocks de quarante-cinq dollars, prêtés et
remboursables en trente jours à des taux usuraires, ce qui doublait la
somme. Alejandro, président-directeur général de la Compañía *de*
barbe à papa, circulait librement dans les rues de Santa Ana, parfois
dans les rues les plus pauvres, les plus sombres. Sales et pauvres, voilà les
gens qu'il lui arrivait de fréquenter. Mais certains veulent que l'hygiène
soit respectée et refusent que les barbes à papa roses ressortent polluées
par des tournées suspectes dissimulant mal quelques rêves optimistes
camouflés au parfum de fraise. Mais pourquoi ceux qui souhaitent le
triomphe de l'hygiène répandent-ils des cadavres le long des routes et
méprisent-ils le premier principe biblique : Tu ne tueras point ?

Alejandro, Alejandro, on avait essayé de te faire comprendre que la
libre entreprise n'avait rien à faire dans ces rues-là. Alejandro, les
barbes à papa devaient être payées, sinon tu n'aurais pas pu rembourser
ton emprunt. Alejandro, tu as eu beau mettre ta veste, ta cravate usée
et ta chemise blanche dont le col est recollé grâce à une double dose
d'amidon, tes périples emmêlés, aux yeux de certains, étaient aussi sus-
pects que les fils tourbillonnants de tes sucreries. Alejandro, ta raie au
milieu, refaite dans le miroir au tain écaillé, n'a pu masquer tes
détours. Tes lunettes teintées déguisaient mal un regard qui pensait à
autre chose, qui pensait à tous les enfants des autres, en plus des tiens,
à tous les orphelins. Tes barbes à papa, papa, devenaient publiques.
C'est dangereux. Tu n'aurais pas dû, selon certains, quitter le domaine
privé, la famille privée. Car maintenant, elle est privée de toi !

Alejandro, les fils de tes barbes à papa foisonnaient comme les cel-
lules des roses cerveaux de tous ces pauvres, de ces protestataires poten-
tiels, de ces rêveurs acharnés, d'où sortent, soudain, quelques filets
rouge fraise après le passage des tenues camouflées. Alejandro, as-tu
pensé à ta femme qui t'aime, à tes enfants qui t'aiment, qui t'aiment,
qui t'aiment ? Alejandro, tu t'es fait casser les dents à coups de poing et
tu as craché des filets de fraise couleur de sang. Et tu as craché une
mousse rose comme les nuages d'un calme soir aux espoirs solaires,
lorsqu'une botte t'a atteint en plein plexus. Et ton crâne a vomi un œil
glauque comme la bile de Felipe trouvé empoisonné par quelques restes

de poissons traînant dans une poubelle. Pauvre et sale. Alejandro.
Pauvre et sale.

Il n'y a plus de libre entreprise. Ton prêteur ne peut plus rien pour
toi. Tu as fait faillite à une vitesse effarante. Par tes distributions gra-
tuites de barbes à papa. Tu as eu beau brouiller les fils, certains, alliés
aux tortionnaires, ont vu clair dans l'entrecroisement des fils rosés de tes
sucreries et, comme une araignée, ils ont patiemment tissé une toile
entrelacée à partir des données que tu leur fournissais inconsciemment.

Alejandro, tu aurais pu vendre des sorbets pour calmer tes ardeurs,
des miroirs encadrés de métal multicolore pour recentrer ton ego, pour
avoir l'air folklorique aux yeux des rares touristes marchandant, à l'af-
fût de la bonne affaire. Ce soir, encore, tu serais à la maison, fourbu
mais vivant! Mais ce matin, tous, à Santa Ana, nous sommes fiers de
toi. Tous, à San Cristóbal, nous sommes fiers de toi. Car nous savons
que choisir d'aider les abandonnés, les démunis, les orphelins, c'est le
choix fait par Jésus. Et tu as suivi le chemin indiqué par LUI.
Alejandro, huit enfants, marchand de barbes à papa, ton exemple nous
fait réfléchir et nous éclaire.

Le jour même, après l'enterrement, Juan et Alfonso se sont
esquivés discrètement. Des inconnus sont venus serrer la main
d'Alex. Un vieillard lui a même dit que quelqu'un viendrait lui parler un soir, très tard; qu'il n'ait pas peur et qu'il ouvre sa porte. Il
frapperait deux coups, gratterait deux fois et frapperait de nouveau
deux fois à sa porte.

Alex trouvait de plus en plus qu'il maîtrisait de moins en moins
le contexte et qu'il était de moins en moins seul, ce qui était de plus
en plus dangereux.

20

Ce n'est qu'une semaine plus tard qu'il entendit coups et grattements à sa porte. C'était déjà demain, comme il aimait dire à ses
élèves qui étaient toujours surpris de la contradiction. Environ
minuit vingt. Il passa son pantalon et une chemise qu'il laissa débou-
tonnée. Il ouvrit la porte sans bruit. C'était une femme. Elle l'informa
qu'elle était la personne dont Alonzo, le vieillard, lui avait parlé lors

de l'enterrement. Immédiatement, il ne put quitter ses yeux d'un brun profond et son visage ovale dont les clairs-obscurs, renforcés par l'unique ampoule au plafond, accroissaient la détermination. Il la regardait dans les yeux afin de maîtriser ce regard dont il ne voulait pas qu'il voie sa tenue débraillée. Peine perdue, elle avait tout repéré, y compris sa stupeur. Il lui montra une chaise et lui proposa du café ou du jus, des gâteaux au fromage, des talmouses.

— Du jus et des talmouses, c'est plus difficile à trouver dans la montagne.

— Vous venez de la montagne? cria-t-il de la cuisine, en songeant à toutes les courbes de ce corps, d'autant plus dangereuses qu'il avait l'impression soudaine de n'avoir pas de frein.

— Oui, je fais partie du groupe Mosca Volante. Un des mouvements de guérilla uni dans le Front Farabundo Martí de Libération Nationale.

Alex revint précipitamment avec les jus de mangue, les talmouses et des bananes.

— Et vous vous appelez comment?

— Dolorès, sourit-elle. Les gens ont beaucoup apprécié ce que vous avez dit à l'église. Et les enfants aiment beaucoup votre manière de leur apporter des savoirs nouveaux. Le groupe voulait vous remercier. Vous avez beaucoup aidé Juan et Alfonso. Et vous nous avez beaucoup aidés. Plusieurs paysans jusque-là réticents nous ont apporté leur soutien sous forme de refuges, de nourriture et aussi de renfort. Cinq jeunes ont rejoint le groupe.

— Je ne me rendais pas compte que j'avais une telle influence.

Et il pensait que cette fois, il avait été trop loin. Qu'il était maintenant repéré par la police et qu'il devrait prendre quelques précautions quant à son vocabulaire et à ses promenades du soir.

— On m'a dit que vous devez aller à San Salvador chercher de l'argent pour pouvoir payer la nourriture et chercher des paquets, n'est-ce pas?

— C'est exact, répondit-il, en comprenant que ce n'était pas une question, mais une manière de l'informer que le groupe en savait plus sur lui qu'il ne le pensait.

— Serait-ce trop vous demander de porter quelquefois des messages que vous laisserez discrètement dans des endroits convenus, par exemple dans une église ou dans une école où vous iriez converser avec un de vos collègues ? Cela n'éveillera pas les soupçons.

— Mais je ne sais pas si je serai capable de faire ce genre de chose, je n'ai pas eu de formation.

— Vous savez porter du papier, non ? Tous les instituteurs le savent ! C'est tout ce que nous vous demandons. Porter du papier est normal pour un enseignant. Ça l'est moins pour un paysan.

— Et quel genre de messages ?

— Des messages codés. Essentiellement des commandes de matériel, parfois urgentes, avec le lieu de contact précis.

Elle le regardait avec une intensité remarquable, en mangeant lentement ses talmouses qui faisaient ressortir la grosseur particulière de ses dents très blanches. Pas des dents de paysanne, pensa-t-il, malgré la jupe longue et la blouse commune. Elle lui demanda brutalement, non c'est lui qui trouva la demande brutale, car il n'y avait rien de brutal, même si c'était plutôt surprenant, si elle pouvait retirer sa jupe, car il faisait très chaud.

— Oui, vous pouvez utiliser ma chambre, ou plutôt la cuisine, ajouta-t-il en rougissant de sa réponse.

— Mon pantalon de camouflage est sous ma jupe, répliqua-t-elle en riant.

Elle desserra la corde de sa jupe qui tomba sur le sol. Elle était mince, et ses bras musclés faisaient comprendre qu'elle savait manœuvrer une Kalachnikoff. Puis, quand elle se mit à rire, ses pommettes hautes et légèrement proéminentes semblèrent s'élargir et rappelèrent des ancêtres autochtones, alors que les sourcils et le nez évoquaient un profil italien. Lorsque son rire devint sourire, il se rendit compte que le côté gauche de son visage était très doux, tandis que le côté droit marquait une détermination et une volonté qui ne reculait devant rien. Il essayait de regarder uniquement un des côtés en faisant mentalement abstraction de l'autre, pour se faire une idée de ce qu'il devait répondre. Elle reprit des talmouses et lui redemanda un jus en ajoutant aussitôt que s'il le préférait, elle irait chercher la bouteille dans la cuisine, car elle n'avait pas l'habitude de se faire servir.

— Je vais aller vous en chercher, justement parce que vous n'avez pas l'habitude de vous faire servir ! répliqua Alex.

— Merci, souffla-t-elle.

– C'est la moindre des choses. Vous menez une vie très dure dans les montagnes. Il gèle parfois le matin et parfois le vent est fort. Et souvent la pluie dure longtemps. Et vous risquez la mort. Alors, ça me fait plaisir de vous faire plaisir.

– Merci. Donc, votre réponse est positive.

– Oui, je porterai des messages.

Tandis qu'il faisait un autre jus, elle disparut de sa vision, mais pas de son champ mental.

– Vous savez que je viens du Canada, bien sûr.

– Oui, dit-elle en riant de lui, le groupe sait même ça !

Il fit celui qui n'avait pas remarqué la moquerie et lui proposa de goûter du sirop d'érable, c'est-à-dire du jus d'un arbre canadien et aussi états-unien, précisa-t-il.

– Je vais en goûter parce que c'est vous, précisa-t-elle en le fixant intensément. Parce que le sirop de plantes, je connais ça. Dans la clandestinité, on mange souvent des racines, des morceaux ou du jus de cactus. Oui, l'érable est une plante exotique, mais c'est une plante.

– Juste, je suis surpris moi-même de ma maladresse, je dirais de mon incapacité à me mettre dans la logique de votre vie.

– Ça vient vite, la logique de la vie, ou on ne vit pas longtemps.

Tout en se demandant si c'était un constat, une menace voilée ou une injonction, il ouvrit la boîte contenant le sirop et lui en versa dans son verre déjà vide.

– On dirait du jus de canne non fermenté, dit-elle.

– Juste, là encore je n'y avais pas pensé. Je devrais vous proposer du steak ou du yaourt. C'est probablement plus exotique pour vous. Mais je n'en ai pas.

– Pour moi, non, car j'ai vécu en ville et j'ai étudié à l'université, à San Salvador, puis à l'Université autonome nationale de Mexico, et même un an à Austin, au Texas.

– Qu'avez-vous étudié ?

– La biologie, la science de la vie. Mais j'ai aussi pris des cours de philosophie. Ça aussi c'est la science de la vie. Maintenant, je mets mes connaissances en pratique. La révolution, c'est la science de la vie.

La détermination et la douceur se fondirent dans son sourire. L'intensité de son regard, qui unissait les deux parties de son visage basané, s'accentua nettement.

— Vous savez que j'étais professeur d'anthropologie, évidemment.

— Et que vous possédez un autobus à patates frites sur le campus de l'université et que vous utilisez l'argent des profits pour mieux nourrir les enfants de l'école. Oui.

Il se demanda si c'était Roberto qui l'avait renseignée, mais ne dit rien.

— Donc vous faites de la biologie de terrain.

— Oui et c'est un professeur de philosophie de l'université de Mexico qui m'a mise sur la voie. Il était en contact avec les Indiens du Chiapas et tentait de les rendre conscients de ce qu'ils pourraient faire pour échapper à l'exploitation. Ils y arriveront un jour. Ainsi que d'autres, dans d'autres régions des Amériques, car un jour les Autochtones et les Métis s'insurgeront. Partout.

— Il est certain que leur condition est terrible, mais je ne sais pas s'ils parviendront à s'insurger s'ils n'ont pas des membres qui parviennent à pénétrer les rouages légaux et politiques des gouvernements centraux.

— Tout à fait d'accord. C'est pour cela que je trouve que votre idée, dont Miguel a parlé à ses frères, d'offrir à ceux qui le désirent un savoir qui les mènera à l'université et ensuite plus loin est essentielle.

— Alors, vous, que faites-vous ici ?

— Raisons personnelles. Je ne pouvais plus rester à San Salvador. Et je suis très utile ici. Je peux soigner et je peux décoder une logique de fonctionnement que les fils de paysans ne connaissent pas. Mais je pense retourner dans la capitale et travailler pour le Front aussitôt qu'il y aura d'autres personnes qui pourront me remplacer.

— Vous remplacer dans le décodage d'une logique et le codage des messages, je suppose ?

Son côté dur le traversa sans ménagement. Elle dit :

— Secret ou vous êtes mort dans une seconde.

Et elle sortit un poignard de commando à lame bleue anti-réfléchissante, à manche équilibré au mercure et dont la lame triangulaire était calculée pour que la plaie se referme après passage afin de favoriser une hémorragie interne irréversible.

— Secret total, je vous veux en vie, insista-t-elle.

— Secret total, répéta Alex. Je ne tiens pas à être un mort propre, comme disait Jesús.

— À quel propos? répliqua Dolorès immédiatement.

— À propos de mon dentifrice et de la fusillade à l'aéroport.

— Je ne suis pas au courant, regretta-t-elle, en rangeant son poignard sous son aisselle.

Alex lui raconta brièvement son aventure. Elle rit tout en remettant sa jupe. Elle lui annonça qu'il aurait des messages à transporter dans les prochaines semaines et qu'il devrait peut-être aussi en rapporter. Il l'assura qu'elle était la bienvenue chaque fois qu'elle quitterait la montagne. Qu'il aimerait encore lui parler et la revoir. Elle lui souhaita une bonne nuit et lui avoua qu'elle aimerait revenir, qu'elle reviendrait bientôt, mais que c'était dangereux pour elle et surtout pour lui.

— Ça ne fait rien pour moi. Au contraire, s'entendit-il lui répondre.

21

C'était de plus en plus aujourd'hui. Il se recoucha trois heures et ne dormit pas. Le jus de mangue lui donnait des palpitations! Il prépara un plan de travail pour Miguel, Cristina et Guillermo qui étaient en admiration devant lui et qui voulaient tout apprendre. Il allait leur donner des bases dans des domaines qui n'étaient pas étudiés dans les écoles publiques. Le droit des citoyens en rapport avec les articles fondamentaux de la constitution, les questions d'économie et d'investissement, les différentes visions du monde développées dans les théories économiques du libéralisme et du marxisme. Tout ça avec des exemples à leur portée et des jeux. Surtout, il allait leur enseigner l'anglais afin qu'ils puissent étudier dans des écoles où ils rencontreraient des jeunes venant d'un autre milieu. Il les aiderait à aller étudier à San Salvador et à avoir accès à un autre monde afin qu'ils parviennent à se glisser là où se prennent les décisions et qu'ils modifient les perspectives à partir de leur expérience d'enfants pauvres issus de familles traumatisées par l'armée et l'exploitation. Il fallait aussi convaincre les parents de les laisser fréquenter l'école après douze ans. Il leur dirait qu'il leur donnerait une bourse pour approfondir leurs connaissances. Et par la suite, l'autobus sur le campus pourrait peut-être payer pour ceux qui auraient la volonté d'aller parfaire leurs études dans la capitale. Dans une bonne école.

Lorsque les enfants arrivèrent, il était prêt à commencer ce nouveau programme avec ces trois-là. Mais quand arriva l'heure d'anglais, un problème sérieux se manifesta. Toute la classe voulait apprendre cette langue. Y compris des petits de six ans qui semblaient adorer répéter les sons nouveaux et jouer à ne pas comprendre, puis à comprendre et à provoquer les autres qui ne comprenaient pas. Au bout d'une heure, tous ceux qui s'étaient joints à Miguel, Cristina et Guillermo pouvaient dire un certain nombre de mots et de phrases. *What is your name? My name is Alvarez, Pedro, María, Estrella. What is this? This is my house, my dad, my mom, a tree, a truck, a guerillero, a soldier, a gun. Who is dead? My brother, my sister, my father, my mother, my uncle, my friend. Who is rich? The government, the landowner, the owner of the farm.*

Le problème est que certains enfants s'amusèrent à répéter quelques mots anglais à la maison le soir et certains parents n'apprécièrent guère. Le lendemain, Alex continua. Il leur fit répéter ce qu'ils avaient appris la veille et ajouta des structures nouvelles. *Who is exploited? Me, my father, my mother, the village.* Après quelques jours, il pratiqua des verbes dangereux, générateurs de rêves. *What can we do against exploitation? We can discuss, unite, work together, become a guerrillero or a guerrillera, organize a union.* Pour qu'ils élargissent vite leur vocabulaire, il eut l'idée géniale de donner un centavo à chaque élève qui dirait un mot d'espagnol qui correspondrait à un mot en anglais avec parfois des modifications mineures. *Constitución, revolución, política, tortura* firent l'affaire. *Humoristico, problema, interessante* les rendirent riches. Il donna ensuite des dictionnaires *Websters* anglais/espagnol à Miguel, Cristina et Guillermo et leur confia la tâche de faire des listes de mots ayant plus ou moins les mêmes suffixes dans les deux langues. Succès immense. Toute la classe participait. Évidemment, certains étaient plus doués que d'autres et il fallut laisser tomber les récompenses avec centavos. Il revint à la méthode du sucre. Cette fois, c'était le sirop d'érable qu'il étalait sur des crêpes préparées le matin à six heures et qu'il distribuait à tous, lors des classes d'anglais. C'était d'ailleurs la seule classe où tous les élèves de six à treize ans travaillaient ensemble. Certains petits, comme Pedro ou Estrella, étaient aussi bons que Miguel ou Cristina. L'anglais brouillait les hiérarchies entre les âges, mais il brouillait aussi les rapports entre certains enfants et leurs parents et entre ceux-ci et Alex.

Un soir, après le travail dans les champs, un comité dirigé par Narcisso, un vieux syndicaliste respecté, vint lui demander audience, accompagné de Domingo, Antonio et Manuel. Ils s'assirent dans la salle de classe, embarrassés. Après les remarques d'usage au sujet de la température et des récoltes, ils abordèrent le problème.

— Vous enseignez l'anglais aux enfants, dit Narcisso. Le comité considère que c'est mal.

— Que c'est mal? répliqua Alex, et pourquoi?

— C'est la langue des impérialistes. C'est le mal. Tu es en train de transformer les enfants en impérialistes.

— Non, je leur apprends l'anglais pour qu'ils puissent lutter contre l'impérialisme à armes égales.

— Les armes ce sont des AK-47, pas la langue des impérialistes.

— Mais pour lutter contre l'impérialisme, il faut comprendre sa langue, sa culture. Il n'est pas possible de lutter uniquement ici avec l'armée révolutionnaire populaire ou comme au Chalatenango avec les autres mouvements unis dans le Front Farabundo Martí de Libération Nationale. Il faut des gens qui pourront pénétrer le centre, au moins la capitale et lutter avec leur expérience d'exploités et de révolutionnaires, contre les riches.

— S'ils apprennent l'anglais, ils ne seront plus révolutionnaires et ils partiront à la ville pour ne plus revenir et pour servir les riches.

— Ou bien, ils voudront partir au Canada, comme ma fille Domitila qui rêve d'enseigner à lire aux enfants là-bas en renversant du sucre sur la table. Ils deviendront des capitalistes et gâcheront le sucre.

Alex se rendit compte qu'il n'avait pas pensé à maîtriser les perceptions des adultes et que ça allait bien mal. Il avait remarqué des réticences chez certains, mais elles avaient été balayées par les crêpes au sirop d'érable, puis au sucre de canne.

— Il faut rester unis et cela veut dire que les enfants doivent parler la langue du pays et pas une autre. Et rester ici; et lutter contre les soldats.

— Et les femmes doivent écouter les hommes, ajouta Narcisso.

Cette phrase fut, pour lui, comme un éclair. Il comprit que la solidarité de ces hommes était basée sur la tradition brisée par la mort. Par les meurtres et la répression qui avaient atteint à peu près chaque famille au sens élargi du terme. Ce qui les unissait était une peur collective devant l'incompréhensible d'une violence qui atteignait la paix de la communauté fondée sur les habitudes. Ils n'avaient procédé à aucune réflexion théorique qui aurait pu les ouvrir sur un avenir différent, par la mise en place de stratégies et de tactiques multiples. Il pensa alors que la lutte serait longue car, au moindre signe d'amélioration, les gens abandonneraient le combat et retourneraient à la survie communale, sans qu'un rêve de mieux-être les motive.

— Je pense que la lutte sera longue, dit Alex, et mon but c'est de former les enfants qui le veulent à être prêts pour des formes de combats différentes. Je souhaite qu'ils puissent devenir des dirigeants qui pourront affronter ceux qui font les lois, qui établissent les accords commerciaux.

— Ils nous abandonneront. Ils doivent rester ici et lutter ici.

Alex vit qu'il ne pourrait pas modifier leur idée. Il avait besoin de quelqu'un du coin qui avait du prestige. Il souhaitait que Dolorès revienne bientôt. Il pourrait alors lui parler de la situation. Il les remercia d'être venus et leur dit qu'il allait réfléchir à ces remarques pleines de bon sens. Il ajouta quand même que l'anglais, c'était comme un M-16 pris à l'ennemi. Il servait aussi la guérilla. Et ils se dirent au revoir.

Le lendemain, il n'enseigna pas l'anglais et une bonne moitié de la classe fut très déçue. Il n'y eut pas non plus de crêpes. Le surlendemain, Roberto vint le rencontrer, ce qui n'était pas son habitude. Ils s'assirent sur la véranda recouverte de tôle ondulée. Il informa Alex que les riches familles de Santa Ana avaient appris qu'il enseignait l'anglais aux enfants de paysans et qu'ils avaient passé, en accord avec le maire et le représentant du ministère de l'Éducation, une motion patriotique condamnant l'initiative qui ne respectait pas le caractère propre à l'identité nationale que devait diffuser une école salvadorienne. Il devait donc enseigner la langue du pays uniquement, donner des cours d'éducation civique à la place de l'anglais et respecter les programmes du Ministère. Sinon, on exigerait son renvoi ou bien l'école serait fermée.

Alex demanda ce qu'il devait faire. Roberto pensait qu'il devrait, pour le moment, se conformer à cette décision, sinon ils allaient envoyer des soldats pour l'expulser. Mais rien ne l'empêchait, à ses risques et périls, d'enseigner l'anglais en dehors des heures d'école et en dehors des bâtiments de l'école. Dans ce cas, il serait un peu dans la situation de celui qui donne des cours privés.

— Ici, on m'interdit de donner des cours d'anglais accompagnés de crêpes et je dois quitter le territoire scolaire si je veux continuer. Au Canada, on m'a quasiment interdit de vendre des frites sur le campus où je donnais des cours et j'ai dû choisir entre mon autobus et mon poste. Quel monde merveilleux! L'initiative personnelle originale du petit entrepreneur modifiant les données ne passe vraiment nulle part. De plus, dans un an et demi, ils ne renouvelleront pas le permis de mon autobus sur le campus et je devrai le déménager ailleurs. Et je n'ai plus de poste.

— Tu vois, il est interdit de lier les nourritures intellectuelles et les nourritures physiques. C'est contraire à la bonne administration du monde. Seuls les nantis peuvent se permettre discrètement de mettre les deux ensemble. C'est ça, être révolutionnaire, ou peut-être même anarchiste. C'est mettre ensemble l'esprit et le corps!

— Peut-être même anarchiste parce que les syndicalistes sont venus me conseiller fortement d'arrêter d'enseigner l'anglais, car ça rend les enfants impérialistes et capitalistes.

— Alors, c'est ça Alex, je ne m'étais pas trompé. Tu es anarchiste sans le savoir. Et c'est pour ça que je t'apprécie.

— Merci.

— Alors que vas-tu faire?

— Je vais faire ce que tu dis. Je vais enseigner non pas l'éducation civique mais des rudiments de droit des citoyens et de droit du travail et étudier certains articles de la constitution à la place de l'anglais. Et je vais aller voir les parents qui ne sont pas hostiles et leur proposer d'enseigner l'anglais dans un hangar ou dehors quand il ne pleut pas. Après l'école ou le soir.

— Attention, le soir, les balles partent souvent de derrière les troncs de *maquilishuat*. Je te conseille de donner le cours après le repas du midi pendant que les enfants sont encore tous ensemble, si les parents acceptent qu'ils perdent une heure de travail. Allez, je retourne à Santa Ana. Bonne chance!

22

Le soir même et le lendemain, Alex rendit visite aux parents de San Cristóbal. Seulement quatre familles pour un total de dix enfants accordèrent l'heure supplémentaire. Miguel, Cristina et Guillermo étaient du nombre. Les cours devaient commencer le lundi suivant sous le toit de palme séchée d'une hutte à trois cents mètres de l'école, que les gens utilisaient pour se reposer ou se protéger du soleil. Le dimanche soir, Alex, épuisé par les discussions, s'endormit de bonne heure. Il était onze heures quand il crut entendre deux coups, deux grattements et deux coups. Le corps soudain alerte, il alla ouvrir. Dolorès était là. Les deux parties de son visage basané étaient unies par une intensité qui irradiait de son sourire. Elle entra, elle avait mis un ruban rouge à fronces autour de son poignet gauche et une chemise noire en soie. Elle était cependant vêtue de la même vieille jupe paysanne de l'autre jour. Camouflage social oblige. Dessous, il discernait son pantalon de camouflage.

— Veux-tu des crêpes à la canne à sucre avec du jus de mangue. Je n'ai pas de talmouses. Mais j'ai des côtes de porc.

— J'aimerais une côte de porc et des crêpes. Je vais t'aider à la cuisine.

Elle laissa tomber sa jupe. Ses doigts fins fouillèrent dans le sac de farine, puis elle saupoudra la poêle pendant qu'il y mettait un peu de graisse et deux côtes avec des lamelles de plantain. Ils s'entendaient bien dans la synchronie de ces gestes simples. Ensuite, il alluma un brûleur. Une légère odeur de gaz les enroba. Il trouvait cette odeur inquiétante mais elle l'appréciait beaucoup après des jours passés dans la forêt où cela prenait parfois longtemps à faire démarrer un feu discret à l'aide de fines brindilles séchées gardées dans un sac en plastique.

— Alors tu veux former de futurs cadres et, au lieu de leur enseigner le marxisme, tu leur enseignes l'anglais, gringo. Mais tu vas te faire tuer par les commandos de droite et aussi par le Front

Farabundo Martí de Libération Nationale. Tu vas avoir besoin de deux tenues de camouflage, comme moi!

– Tu n'es pas d'accord? demanda Alex.

– Oui, je suis d'accord. Comment penses-tu que je ferai quand je retournerai essayer de combattre le régime avec des armes légales, dans la capitale, si je ne comprends pas la langue, la mentalité et les stratégies de l'ennemi. Tu as raison. Tu penses à long terme et en fonction de points de vue nouveaux. Mais tu as manqué de pédagogie. Il aurait fallu qu'un cadre local aille parler aux paysans du coin. Et il faudrait aussi que tu enseignes le marxisme pour convaincre les cadres de tes bonnes intentions.

– Mais si j'enseigne le marxisme, les soldats de la seconde brigade d'infanterie vont venir m'expulser.

– Juste, alors tu ne peux pas faire grand-chose.

– Je ne peux pas faire grand-chose parce que, dans le fond, personne ne fait confiance à personne. Et les parents ne font justement pas confiance à la capacité de leurs enfants d'apprendre, d'être différents d'eux, sans soupçonner immédiatement que ces enfants les renieront. C'est terrible!

– Oui, c'est terrible, ajouta Dolorès. Et tu ne le soupçonnais pas. C'est pour ça que tu as besoin de moi!

– Et toi, n'as-tu pas besoin de moi? Car, que fais-tu là?

– J'ai envie de tes côtes, pas juste celles que tu me fais cuire. J'aime ta maigreur. Elle révèle ton côté écorché. Qu'est-ce qui te dévore? Qu'est-ce qui t'as fait venir ici? Et qui fait que nous sommes ensemble, ce soir?

– Un avortement. Plus la volonté d'aider mes semblables.

– Moi aussi, j'ai quitté San Salvador parce que j'ai avorté. J'avais dix-huit ans. Celui que je considérais comme mon futur mari est parti étudier aux États-Unis, à Austin, quand il a su que j'étais enceinte. Mes parents m'ont envoyée chez des amis à Los Angeles et je suis revenue, vidée. J'ai étudié la biologie comme une somnambule. Je suis partie un an au Texas pour le revoir. Quand il a su que j'arrivais, il est parti à l'Université Columbia, à New York. J'ai laissé tomber. Je suis allée étudier à Mexico. Puis, je suis entrée en contact avec des mouvements étudiants et je me suis retrouvée ici.

Il lui raconta son expérience, à son tour. Il était plus de minuit. Ils étaient tous les deux fragiles. Ils s'embrassèrent. Il l'invita dans sa chambre.

— Je suis lente, suggéra-t-elle.

— Moi, je ne sais plus comment on fait, répliqua-t-il.

Il déboutonna sa chemise noire, défit son ceinturon pendant qu'elle faisait glisser la chemise qu'il n'avait pas boutonnée et qu'elle baissait sa fermeture éclair. Ils se retrouvèrent nus dans le lit et se caressèrent lentement, longuement, jusqu'à ce qu'il sente sa verge réagir et l'humidité de la cyprine fleurir le long des poils noirs et soyeux de Dolorès.

Puis ils mêlèrent leur douceur et leur violence, leur violence et leur douceur. L'ombre de sa peau basanée en sueur était un soleil qui se réfléchissait dans les yeux d'Alex emplis des vagues moutonnantes d'un ciel aux nuages gris. La vitre en vibra. Sa main droite plongea entre les fesses de Dolorès et remonta, ininterrompue, vertèbres après vertèbres, jusqu'à sa nuque qui ploya vers lui en un baiser le pénétrant comme une eau tiède et calme. La main gauche cerclée d'un ruban rouge à fronces effleura ses fesses, ses hanches, ses cuisses et compta ses côtes du bout de fines phalanges qui palpèrent aussi le bout de ses seins. Un rayon blanc traversa leurs regards humides de lumière. L'eau et le feu. Alors, lentement, elle écarta ses jambes minces et musclées et se laissa glisser sur lui, tandis que ses doigts effleuraient ses épaules maigres. Son rythme d'océan aux alizés sans fin, son rythme pacifique au suroît qui forcissait, ses rythmes multiples aux caresses d'une douceur abyssale, ses orbites qui s'espaçaient, ses lèvres qui s'écartaient et découvraient des soleils d'ivoire, se révélaient être d'une candeur d'écume aux marées de fond. Les déferlantes emportèrent leurs ventres alors que les doigts d'Alex pétrissaient les épaules de Dolorès vibrant de violences vertébrales. Ils retrouvèrent le squelette du ptérodactyle, ils explorèrent leurs millénaires à travers leurs jouissances, ils résonnèrent, en partance, cornes de brume, infiniment lentement et infiniment longuement. Leurs ventres les menèrent au bord de la mitose, aux abords d'une torsion antédiluvienne, antérieure à la procréation par la différence sexuelle, aux pourtours d'un réflexe où la paramécie se coupe en son milieu et produit un autre être monocellulaire.

Puis, leurs pupilles solaires s'éperdirent dans l'accord de leurs peurs dépassées et lentement le repos s'empara d'eux. Leur visage était totalement libre et totalement traversé de rires comme la mousson qui éclate avant la première étoile. La passion, le rire, la douceur, le désir. L'humidité rêveuse entre sable et nuages. Deux caméléons décamouflés prenant le moucheté des fleurs soleil, l'espace d'un firmament, en plein désert. Deux caméléons qui s'étaient sentis chacun homme et femme, femme et homme, dans la résonance de réflexes immémoriaux. Une force intemporelle les avait traversés dans l'espace de leurs instants. Et la puissance d'une intimité définitivement marquée dans la complicité d'un regard, en un éclair.

Lévitant presque, il alla presser des oranges dans la cuisine et revint s'allonger à côté d'elle. Ils burent, encore assoiffés l'un de l'autre. Puis ils parlèrent de très loin. D'un point sans fin accompagnant leurs duvets cambrés de désirs, aiguilles de pin clair sur un sable ocre. Ils parlèrent par vagues, d'un point où l'oreille se perd, où le grain de la voix couvre les mots. Ils parlèrent comme l'enveloppement de déferlantes, soudain étales, bourdonnant dans l'apesanteur.

Ils dormirent une heure ensemble, puis elle partit à quatre heures, dans la nuit noire. Elle lui dit qu'elle reviendrait bientôt, qu'elle avait hâte, car il lui avait soudain retiré la peur d'avoir peur.

— Je t'aime, lui souffla-t-il.

— Moi aussi, s'enfuit-elle.

23

Le lundi matin, Alex se sentit à la fois épuisé et plein d'énergie. Il fit travailler les enfants comme jamais et son enthousiasme les stimula. À midi, il partit donner des leçons d'anglais aux enfants, sous les palmes protectrices de la cabane. Ils progressaient vite. Des conversations complètes se tenaient maintenant régulièrement. À la fin de la classe, Alex sortit son canif pour découper une tarte à la crème et au sucre de canne qu'ils se préparaient tous à déguster. Soudain, ils entendirent des cris. Isidoro Vasquez était revenu. Isidoro, le responsable des actes de naissance et de décès de la mairie de Santa Ana, avait disparu une semaine après qu'Alex fut allé lui rendre visite afin qu'il fît une recherche au sujet des antécédents de Pedro Falcon, membre de la guérilla. Alex, qui avait suivi les directives de son étudiant Steve, n'avait donc jamais eu d'indication de sa part. Mais maintenant Isidoro était là, après deux mois d'absence.

Isidoro avait trente-cinq ans, deux mois auparavant. Il avait une femme et trois enfants. Avant. Maintenant, on l'appelait encore Isidoro. Il n'avait plus trente-cinq ans. Il n'avait pas trente-six ans non plus. Il n'avait plus de femme. Il n'avait plus d'enfants. Ils avaient libéré Isidoro de prison, hier ou avant hier, personne ne le savait. Il était sorti de la caserne où il avait été brûlé, battu, martelé, frappé, électrocuté, broyé, cassé. Tout le monde s'était occupé de lui. Lui qui écrivait si bien en lettres rondes les noms des nouveaunés dans le registre, lui qui écrivait en lettres élancées les noms des décédés dans le registre, n'écrirait plus. Sa main droite n'avait plus de doigts et sa main gauche pendait, inutile et flasque. Il n'avait plus trente-cinq ans. Soixante ans, peut-être. Il ne savait pas. Il tournait dans les rues, un œil vide au fond d'une orbite violacée. Plus de dents. Le dos courbé et comme tourné continuellement vers la gauche. Il ne reconnut personne, sauf peut-être Alex qui était en train de ranger son canif suisse multilames. Isidoro lui dit : « Pedro, ah ! Pedro », et il montra le canif. Mais il ne pouvait sortir les mots de sa tête, car lui, si éduqué, avait été rendu pire qu'analphabète. Alex prit le canif et le regarda. Isidoro répéta le nom Pedro et prit un morceau de tarte.

Les enfants étaient horrifiés par ce corps détruit. Alex sentit l'adrénaline le glacer. Il respira à grands coups, puis lui demanda comment il se sentait. Isidoro mâchait la tarte de ses gencives vides. Des morceaux tombaient de ses lèvres boursouflées. Sa femme, qu'il n'avait pas reconnue, arriva blême et hurlant toutes les larmes de son corps. Alex répéta le nom Pedro. Isidoro montra de nouveau le canif. Miguel prit le canif, la *navaja* comme il disait, et le mit dans le moignon d'Isidoro qui répéta Pedro ! Sa femme hurla à Alex qu'Isidoro ne la reconnaissait pas et qu'il prenait probablement Alex pour un certain Pedro. Elle ne savait pas qui était Pedro. Alex ne lui répondit pas, car il comprenait bien qu'Isidoro avait essayé de faire des recherches et que c'était à cause de celles-ci qu'il avait disparu et reparu en mauvais état. Mais quel lien y avait-il avec la *navaja* ?

Il demanda aux enfants si le canif symbolisait quelque chose, le courage, la traîtrise ou s'il était lié à un lieu, à une histoire, mais personne ne sut rien lui dire. Les gens en conclurent que ses doigts avaient été coupés avec une *navaja* et Alex, encore effaré, pensa que ce Pedro était très dangereux puisqu'on avait torturé Isidoro et qu'il était devenu fou.

Isidoro se leva et repartit vers le village. Il faisait peur. C'était une horreur ambulante et publique. De quoi animer les angoisses des habitants de la région dont un certain nombre se tiendraient plus tranquilles après avoir vu cela. À la rigueur, certains voulaient bien mourir, mais pas revenir fou et sans âge. Ils préféraient que les guérilleros s'en aillent ou bien qu'ils gagnent rapidement. Ils ne supporteraient plus d'être coincés entre l'espoir et la répression, entre le rêve et le cauchemar. Le pire traître maintenant, c'était Isidoro. Par le fait même qu'il était le témoignage vivant de l'horreur de la répression. La panique allait investir sournoisement San Cristóbal. Il était peut-être trop tard pour le faire disparaître discrètement afin que l'effet n'ait pas lieu. Il fallait agir avec tactique, car la nouvelle allait se répandre dans les autres villages. Si la guérilla ne le faisait pas bientôt disparaître, elle allait perdre un peu de son support populaire et quelques-unes de ses bases de ravitaillement.

Le lendemain, il n'y avait plus que Miguel, Cristina et Alfonso qui voulaient participer aux cours d'anglais. Mais quand ils arrivèrent à la cabane, il ne restait plus que des cendres. Malgré la pluie diluvienne, elle avait brûlé durant la nuit. Alex décida de revenir à l'école avec ses trois élèves privés et de donner le cours clandestinement dans la salle commune de sa maison en leur faisant promettre de garder le secret.

24

Quelques jours plus tard, cette fois à dix heures du soir, Dolorès était avec lui. Ils s'embrassèrent avec la douceur d'une passion ascensionnelle qui a surgi au cœur du secret. Il lui demanda si elle voulait de la tarte à la crème avec du sucre de canne.

— Après, dit-elle. Même si je suis épuisée, car nous avons passé la nuit à préparer une attaque. Je n'ai pas dormi, je vais être lente.

— Ça ne fait rien, viens, tu vas dormir contre moi. Après on fera l'amour et on mangera la tarte à la crème au lit. J'étalerai de ces nuages sucrés sur ta peau basanée et je la lécherai lentement, de tes lèvres à tes seins, de tes seins à tes cuisses, de tes cuisses à tes lèvres, de tes lèvres à ton clitoris.

Sa peau basanée devint plus brune et plus brillante.

— J'ai sommeil théoriquement, dit-elle, d'un sourire où ses dents caressaient légèrement l'intérieur de ses lèvres glissant imperceptiblement vers la droite.

Les pupilles d'Alex éclatèrent de rire en se réfléchissant dans les siennes, brun sombre, calquant l'obscurité des vitres où les cratères de la lune dansaient le rythme accéléré de désirs irrésistibles.

— J'ai sommeil théoriquement, mais ma peau désire s'étirer contre la tienne, t'envelopper et être caressée des deux côtés.

Ils s'étendirent l'un contre l'autre. Bientôt l'extension de « leurs corps » suivit le cubisme de « leurs visages » quand, après de multiples orgasmes, respirant leurs sécrétions, ils cessèrent de « focaliser ». Leurs yeux alors se multiplièrent, « leurs nez », leurs joues, leurs lèvres, leurs chevelures. Soudain, Alex et Dolorès comprirent Picasso. Le cubisme était les visages multipliés des femmes éparses dans les effluves orgastiques. Le bon sens normé de l'ordre photographique laissait place aux vérités des désirs.

La langue de Dolorès se promena délicatement sur le cordon de peau courant entre ses bourses. L'orgasme s'empara de son ventre et monta dans son épiderme pour éclater en mille soleils morcelant le visage de Dolorès en fragments de vitraux orange et rouges accompagnant les souvenirs épars de *Cavalleria rusticana* de Mascagni.

La voix de Dolorès résonna dans son plexus, mais il ne comprit pas tout de suite ce qu'elle disait, car l'important était de résonner.

— Merci, dit-elle, merci de m'avoir saisie.

— Je ne t'ai pas saisie. Ton visage jouisseur s'est emparé de mes rêves à la seconde. Je ne t'ai pas saisie, tu as griffé mon humour de ton ironie où coule l'angoisse d'amours trop longtemps en attente. Je ne t'ai pas saisie. J'ai compris ta joie, ta force et, quelque part, ta détresse qui ont rejoint les miennes. Tu m'as bouleversé. Immédiatement.

— Tu as transformé mon corps qui, désormais, a eu lieu comme j'ai transformé le tien. Je suis à ton écoute dans l'excitation de mon sommeil théorique, répliqua Dolorès.

Ils finirent par s'endormir. Ils se réveillèrent vers huit heures. C'était samedi et il n'y avait pas d'école. Alex eut peur et s'étonna de son sommeil prolongé, car elle serait obligée de se cacher toute la journée avant de pouvoir repartir. Il la réveilla. Elle lui dit :

— Tu sais, aujourd'hui, je me cache avec toi. Ce soir nous attaquons les villages et toute la région jusqu'à Santa Ana. Il y a une trentaine de guérilleros comme moi qui sont dispersés chez des amis pour faire tomber les soldats dans des embuscades, lors de l'attaque.

Il saisit qu'elle savait unir efficacement désir et tactique. Il l'admira pour sa maîtrise de la situation et lui demanda :

— Ont-ils tous passé une aussi belle nuit ?

— Certainement pas ! Il n'y a que toi et moi pour retrouver la préhistoire dans nos os en rut.

— Reste au lit, je vais préparer un café et des crêpes.

On frappa. Alex passa son pantalon et alla fermer la porte de la chambre. C'était Miguel. Il voulait savoir si tout allait bien. En effet, il avait remarqué des patrouilles de soldats dans les rues et il pensait que, peut-être, c'était parce qu'ils avaient organisé la classe d'anglais dans la maison d'Alex. Ce dernier lui dit que non. Que les soldats étaient occupés à autre chose, mais il ne savait pas à quoi. Il lui dit par contre qu'il n'y aurait pas de cours d'anglais ce samedi. Il ne fallait pas provoquer la répression. Miguel lui conseilla de rester à la maison quand viendrait le soir.

Alex retourna à la cuisine, prépara les crêpes à la sauce de mangues écrasées dont l'odeur se mêla à celle du gaz et de la chaleur humide. Ils s'installèrent nus sur le lit. Repus, ils jouèrent et étalèrent de la purée de mangues sur leurs corps. Ils la dégustèrent savamment, à petits coups de langue bien sentis.

Lentement, Dolorès lui dit qu'il la léchait bien, comme une femme la lécherait. Puis elle lui avoua qu'après son avortement, elle n'avait plus voulu d'homme. Elle avait aimé une femme nommée Sue. Son visage ressemblait à celui d'Alex. Mâchoire carrée, joues creuses, pommettes assez hautes, yeux gris-jaune-vert. Mais les cheveux châtains de Sue étaient plus courts que les siens. C'était une Canadienne comme lui. Et en plus, bilingue, ajouta Dolorès avec un sourire entendu, à la fois homo et hétéro.

Tout en parlant, elle l'embrassait et le caressait avec un laisser-aller profond.

— Tu m'as surprise, dit-elle, car parfois tu te laisses aller comme une femme, complètement, comme Sue. Tu m'as bouleversée. Nous sommes bien au-delà de la sexualité. Tu m'as accrochée définitivement. J'ai hâte de te chercher, même quand tu es à côté de moi. Ton intensité me dévore.

— Moi aussi, ton intensité me dévore, Dolorès. Et, parfois, tu me manques, même quand tu es là. Quand tu regardes dehors, vers les montagnes, ou que tu t'étires, la nuit, et que je me réveille après m'être quasi évanoui, épuisé de bien-être, mon nez dans ton épiderme, mes mains encore avides de ton ventre, encore saisies par l'instant où le plaisir devient presque souffrance, mais n'est pas encore la souffrance. Et que ce plaisir s'équilibre et dure ainsi dans cette intensité qui fait presque mal, mais ne fait pas encore mal.

Ils se regardèrent et comprirent qu'ils tenaient l'un à l'autre par une force d'autant plus profonde qu'ils en avaient été définitivement transformés. Question de peau, question d'admiration. Par-delà la mort et même, peut-être, par-delà la routine du quotidien, d'un quotidien que ni l'un ni l'autre n'avait eu l'occasion de mesurer. La confiance complète leur donna une sécurité qu'Alex détectait visuellement dans la fermeté effilée des cuisses de Dolorès qui se leva pour aller chercher des mangues. Elle trouvait cette sécurité dans le sourire d'Alex ouvert au pouvoir de son aura.

— Et comment as-tu connu cette femme? lança-t-il.

— Elle travaillait pour le FFMLN. C'est elle qui a négocié la rançon pour la libération des directeurs des cinq compagnies multinationales enlevés afin de fournir un butin à la guérilla. Elle a obtenu quarante millions de dollars, ce qui a permis d'acheter du matériel radio, des armes, des médicaments… et des fonctionnaires! Mais je l'ai connue après. À San Salvador. J'étais revenue de Mexico diplômée mais fragile. J'étais en contact avec des étudiants membres du Front. Ce n'est pas là que je l'ai rencontrée. Plutôt à une soirée de l'ambassade du Mexique où j'étais allée avec mes parents, juste pour m'étourdir. Et je l'ai vue, je l'ai trouvée belle. Elle aussi. Elle m'a donné rendez-vous le lendemain au Sheraton. Nous avons mangé ensemble et nous sommes montées à sa chambre. Ce fut très intense. Puis elle est partie au Guatemala et en est revenue rapidement. Je lui ai dit que je partais à Santa Ana. Vu nos conversations, elle a compris tout de suite. Elle m'a invitée une semaine à Mexico. Nous étions au Holiday Inn de l'aéroport, dans une chambre qui donnait sur le patio intérieur. C'était la passion. Nous avons visité le musée anthropologique plusieurs fois. Nous allions dans les grands restaurants. Un jour, nous avons pris le dessert avec un fabricant de ciment qui avait sur lui un chèque de deux millions de dollars. Il lui a donné une enveloppe. Nous sommes reparties à l'hôtel. Il y avait cinquante mille dollars pour la guérilla. Le fils de ce cimentier était parti au Chiapas, puis au Guatemala aider les Indiens. À l'hôtel, elle me montra des photos, sa passion. Puis des photos prises à la va-vite, des photos de cadavres, de massacres, de soldats fiers d'avoir tué. Je l'aimais passionnément. Mais elle était désabusée. Elle pensait que la révolution allait échouer en Amérique centrale, car les forces de libération ne pouvaient pas s'unir et échapper au réflexe petit-bourgeois du nationalisme. Nous nous sommes quittées. Elle m'a dit qu'elle repartait temporairement au Canada. Je me suis engagée à fond dans la guérilla. Je t'aime. Complètement.

– Moi aussi, je t'aime. Totalement.

Il lui parla alors d'Isidoro Vasquez et de sa recherche au sujet des origines de Pedro Falcon. Elle savait qu'il était dans un groupe de guérilla proche du sien, un groupe d'environ deux cents personnes. Elle l'avait vu plusieurs fois. Il était très actif, articulé et avait grandi au Mexique dans une famille modeste. Mais il avait pu faire des études secondaires et était ensuite devenu aide-pharmacien. Il était très utile de ce point de vue. Il connaissait aussi les plantes médicinales. Il était de taille moyenne, presque gras, basané, cheveux noirs comme la plupart des Mexicains et parlait avec un accent du Chihuahua, d'où il venait. Mais elle pensait que si Isidoro avait été torturé, c'était peut-être parce qu'il était sur une piste au sujet de Pedro, ce qui pouvait déranger quelqu'un du côté gouvernemental. Dans ce cas, elle en parlerait dès le lendemain au *Comandante*, si l'attaque allait bien.

Il était midi. On frappa. Alex passa son pantalon et ferma la porte. C'était la mère de Cristina. Elle apportait son bébé malade, car les routes pour aller à Santa Ana étaient bouclées. Alex demanda ce qu'il avait. Elle répondit qu'il avait une diarrhée très liquide qui empirait. Il alla chercher à la cuisine des désinfectants, de la pénicilline et lui dit de lui en donner une pilule toutes les trois heures en lui faisant boire de la soupe aux légumes qui aurait longtemps bouilli. Et juste comme elle partait, le bébé fit une chiasse évoquant les hurlements d'un soldat donnant des ordres dans un haut-parleur.

25

Le soir arriva et la tension montait. Ils s'étaient habillés en fin d'après-midi. Dolorès était épanouie malgré ses cernes qui poussèrent Alex à lui dire que de tels yeux lui donnaient l'air de revenir de la guerre. Elle répliqua que faire la paix et l'humour était beaucoup plus déshydratant. Ils rirent tout en pensant qu'elle allait bientôt rejoindre trois autres guérilleros à quatre cents mètres de l'école, à dix heures. L'attaque du poste devait avoir lieu à onze heures et l'avancée vers Santa Ana devait suivre immédiatement. Alex était très nerveux. Dolorès, elle, se sentait invulnérable. Il lui dit d'être encore plus prudente que d'habitude. Il lui demanda si tout n'allait pas échouer, car Pedro Falcon était probablement un traître. Elle répondit qu'il y en avait peut-être plusieurs. Mais pour maîtriser des fuites potentielles, seuls les guérilleros disséminés autour du village savaient d'où viendrait l'attaque. Le capitaine et ses lieutenants ne révéleraient l'itinéraire et les points de ralliement que quelques heures avant, quand le groupe Mosca Volante serait déjà en route. Il se sentit rassuré. Elle s'habilla en paysanne, recouvrant sa tenue de camouflage. Ils s'embrassèrent longuement, lentement. Puis, elle se dénuda de son ombre en s'effaçant dans l'obscurité. Il était neuf heures quarante-quatre. Alex était désemparé. Il écouta la cassette *A Floresta de Amazonas* de Villa-Lobos. Cela n'était pas suffisant. Il pressa des mangues et des oranges et se fit du jus. Cela ne fit que le rendre encore plus inquiet. Il décida alors d'écrire une lettre à ses parents et à sa sœur pour essayer de leur rendre l'atmosphère sans les inquiéter, d'une manière qui éviterait que la lettre soit détruite par la censure. Le philosophique et l'étrange seraient ses armes pour atteindre son but.

Bonjour de votre fils préféré,
Bonjour de ton frère préféré,
Ce soir, après une journée intéressante mais particulièrement chargée, je me sens à la fois très fatigué et plein d'énergie. Je rédige un texte qui vous donnera, je l'espère, une notion de l'atmosphère entre paix et guerre, qui règne ici. Ce qui l'emporte est le partial et le temps partiel. Et pour garder l'enthousiasme, il faut parfois fantasmer un peu. Ce qui donne le texte qui suit et que j'ai intitulé La Mouche:*
Une vitre marquée de doigts gras dans le restaurant aux murs couverts d'affiches métalliques rouges Coca-Cola, rouillées.
Une mouche se promène à tâtons sur une vitre graisseuse du restaurant. Je mens comme tout le monde. Les yeux dans les yeux. Le regard fiché dans « les regards » de l'autre pour faire semblant de ne pas mentir, pour faire croire qu'il y a encore quelque chose à croire, donc quelque chose à dire, pour imaginer qu'on a encore un semblant de pouvoir, un brin de liberté, un soupçon de jouissance.
Une mouche verte se promène en bourdonnant dans la graisse humide de la fenêtre du restaurant de San Cristóbal. Malheureusement, il ne reste que le soupçon. Tout le monde soupçonne tout le monde. Intense effervescence des neurones et des intestins. Une bonne chiasse, pleine de salmonelle, libère le sourire et c'est l'esprit plus clair qu'on peut mentir et avoir l'air de ne pas voir. Faire comme si de rien n'était, tout en sachant qu'à la moindre erreur…
Une mouche s'énerve et frappe ses yeux globuleux contre une vitre. Tout le monde ment ou délire à cœur de jour, à cœur de nuit blanche, pendant des semaines, des mois: le mensonge et le délire, quelle différence? Pas de définition qui tienne. La terreur redéfinit la langue, travaille les mots et même les chromosomes.
Une mouche se bat férocement contre la transparence du coin supérieur gauche de la vitre du restaurant. Elle n'arrête pas. Elle énerve tout le monde. Quelle idiote! Elle ne voit donc pas que la transparence est l'obstacle? Que la poisse graisseuse est son salut? Elle ne comprend pas que la transparence est sa prison, comme le suggère Claudia Lars,

l'écrivaine salvadorienne, dans La Casa de vidrio (La Maison de verre) *dont je vous ai envoyé un exemplaire le mois dernier.*

Une mouche se bat à l'aide des milliers de facettes de ses yeux en globe, de ses ailes, de son dos vert camouflage contre le vide de la transparence, en haut, en bas, au milieu, délire, frénésie, frénésie. On s'attend à ce qu'elle éclate, qu'elle se transforme en tache qui coule dans la graisse, plus bas. Mais non. Elle continue, folle de rage. Quelle idiote, bordel! Quelle idiote! Elle n'y arrivera jamais, jamais, jamais.

Mon copain Pablo avance la main droite après avoir posé sa bière sur la table branlante. Sa main est à un centimètre de la vitre. La mouche disparaît dans sa paume. La presse s'approche de l'obstacle, les carrosseries accidentées, lentement, sont broyées. Ça craque comme un vieil œuf à la coque. La presse recule. Il reste des rectangles bien plats, prêts à être chargés dans les wagons et fondus pour faire des fils de fer barbelés ou des M-16. La main de Pablo presse lentement la vitre. On entend comme un bruit d'œuf pourri qu'on écraserait sur le sol. La mouche a juste le temps de laisser échapper une énorme larme sanglante de ses yeux vert arc-en-ciel. Elle reste collée dans la graisse sur laquelle la main de Pablo a dérapé. Du sang mêlé d'un peu de pus laiteux gâche la palette transparente de la vitre du restaurant.

— *Pablo, tu es fou.*

— *Pourquoi?*

— *Pourquoi écraser une mouche?*

— *M'énerve.*

— *Mais, Pablo.*

— *Merde.*

— *C'est un chef-d'œuvre.*

— *Quoi?*

— *C'est un chef-d'œuvre.*

— *Hein?*

— *Oui.*

— *Tu as trop bu.*

— *Non*

— *Pourquoi?*

— *Pourquoi quoi? Pourquoi je n'ai pas assez bu ou pourquoi c'est un chef-d'œuvre?*

— *Pourquoi les deux?*

— *Pourquoi c'est un chef-d'œuvre ? Eh bien ! parce que personne n'a jamais inventé un engin aussi parfait.*

— *Hein ?*

— *Imagine, si l'armée avait des hélicoptères qui pouvaient tourner, avancer, monter, descendre, zigzaguer, foncer, s'élever, tomber à pic, atterrir, danser, virer, comme cette mouche. Alors, les guérilleros seraient tous morts depuis longtemps. Pablo, les plus grands chercheurs du monde entier, les milliards d'Apollo, de Gemini et des autres programmes spatiaux n'ont pas encore réussi à produire une machine aussi maniable et qui est raisonnablement silencieuse et d'une solidité à toute épreuve, sans oublier son regard à trois cent soixante degrés. Pablo, la mouche c'est aussi la perfection pour les mouvements de guérilla. Tu as tué un chef-d'œuvre comme des milliards de gens et d'animaux ont tué, sans une larme, des milliards et des milliards de mouches. Pablo, je pense que je vais consacrer ma vie à étudier les mouches, pas les oiseaux comme ces imbéciles de Grecs qui voulaient voler, les lourdauds, et qui ont fini par y arriver, par descendants interposés, vingt-cinq siècles plus tard. J'étudierai les mouches et j'inventerai un appareil qui fera tourner les têtes partout dans le monde. La mouche c'est le triomphe de « l'intelligence », au sens anglais du terme comme au sens français de celui-ci. Il n'y a que la transparence pour l'arrêter. Et il y a peu d'endroits dans le monde où la transparence soit claire !*

Voilà, j'espère que ce texte vous donnera une idée du contexte culturel et social dans lequel je vis quotidiennement. À part cette espèce de désillusion qui s'installe devant le gâchis des potentiels perdus, sans parler des morts, car il y a beaucoup de futurs Mozart assassinés dans les cadavres qui parsèment le pays, je continue mon enseignement avec enthousiasme afin que les enfants qui le désirent puissent avoir le choix d'échapper à une vie toute tracée et que plusieurs antagonistes n'envisagent guère en dehors de chemins très restrictifs.

Je vous embrasse tous les trois très fort. Vous me manquez beaucoup.

Alex.

De leur avoir écrit lui avait fait du bien. Il avait retrouvé un monde d'ordre et de paix, d'amour et de jeux enfantins, de nounours en peluche et d'heures studieuses dans le calme de sa chambre, de ski de fond et de vélo de montagne, de gazons bien tondus et de piscines toutes bleues, de confiance et d'idéal, d'esthétique, de projets possibles, de respect et de tendresse, d'enthousiasmes naïfs et de sérieux efficace.

26

Il était onze heures vingt. Soudainement, il ne tint plus. Une angoisse profonde monta en lui, car l'attaque était déjà en retard de vingt minutes. La transparence brouillait son cerveau. Elle lui ouvrait des perspectives sur le néant. Sur l'avortement. Sur le fait d'avoir été transparent pour Sandra au point qu'elle ne l'avait jamais vu. Et que le placenta semi-transparent rajeunissant leur image était resté flou pour elle et avait fini à la poubelle. La mort résultait toujours de la transparence qui n'était que la manifestation de l'intégration primaire du jeu social. D'une manifestation qui affirme « Je t'aime » au lieu de demander « Qu'est-ce que je veux de toi et toi de moi, qu'est-ce que je peux pour toi et toi pour moi ? » Puis, soudain, il y a « Je ne t'ai jamais aimé ». Tout aussi radical. Même chose dans les rapports entre peuples et pays. L'attachement à la terre, à la mère patrie semble l'évidence d'un bien-être exalté par les chantres d'un romantisme qui n'en finit pas de servir les pouvoirs ; mais il est une exclusion féroce, enrobée de drapeaux frangés de la gloire des siècles, celle de cadavres candides au garde-à-vous, veillant ébahis sur leurs enfants affamés et à genoux.

Sur ces pensées, il ouvrit la porte, sortit sur le terrain de football. Et écouta. Rien. Le silence sous un ciel sans étoiles. Noir. Le sang allait vite devenir rose sous les grosses gouttes chaudes qui commencèrent à tomber. Elles couvriraient le bruit des pas. Il rentra. Il était onze heures trente. Rien. Il se fit un café qu'il huma longuement, à chaque gorgée. Il le faisait lentement tourner le long de ses papilles, dans sa bouche, comme un grand cru dont on évalue tous les arômes, toute la texture, savamment. Mais l'arrière-goût amer de l'arôme était celui de Sandra qui lui revenait en ce moment dans l'angoisse épidermique pour Dolorès, sa toute vive, sa basanée ardente, sa naïve pleine d'expérience, son amour pour la vie. Onze heures quarante. Rien. Il décida de préparer du *chilate*, cette eau de maïs avec des condiments et du gingembre. Un coup de feu, tout près, lui fit lâcher le pot en plastique qui se renversa dans le lavabo. Il courut à la fenêtre. Mais il ne vit rien d'autre que des étincelles à chaque détonation. Il pleuvait des torrents et les chemins étaient de boue. Il faudrait dégager les cadavres demain, quel que soit le camp qui gagnerait, et ça ferait comme un bruit d'aspiration. La terre ne voulait pas qu'on lui arrache ce qui lui appartenait, comme disait Gabriel, car tout appartient à la terre et y retourne. Gabriel était trop vieux pour séparer le mythe biblique nationaliste et le mythe marxiste de la libération nationale. Il mélangeait tout. Au moins, philosophait Alex, il permettait de voir qu'au cours du passage de la religion au laïcisme, l'identification à un lieu dominait toujours. Comme si les hommes avaient conservé le réflexe qu'ont les animaux à uriner pour marquer leur territoire. Sauf que la culture demandait de faire pisser du sang, pour être bien sûr que le territoire ait une valeur. « Passer à l'hominisation, c'était remplacer l'urine par le sang! » pensa-t-il. Il s'étonna d'avoir construit un tel rapprochement. Mais c'est cette identification avec la terre qu'Alex voulait rejeter. En effet, il importait d'unir les exploités indépendamment des découpages en part de tartes effectués par ceux qui détenaient les titres de propriété, tandis que les autres n'avaient que leurs muscles anémiés.

Une explosion interrompit ses pensées. Il sortit et se rendit compte que le poste de police venait de sauter. Quelqu'un lui cria de rentrer ou il était mort. Il obtempéra. Une minute plus tard, un individu frappa et demanda de l'aide, car il était blessé. C'était un jeune de dix-sept ou dix-huit ans dont la bouche était fendue jusqu'au milieu de la joue par un coup de machette et qui avait une balle dans la jambe. Rien de fatal apparemment, mais la joue saignait abondamment. Alex lui donna du *chilate* avec de la pénicilline et un calmant. Il le fit coucher dans la salle commune, prit du sparadrap et lui recolla la joue jusqu'à la commissure des lèvres. Quant à la jambe, la balle n'avait fait que traverser la viande. L'ennui était cette joue. Il faudrait recoudre assez tôt pour éviter de trop perdre de sang. Et après, tout le monde verrait la cicatrice et saurait qu'il avait participé au conflit. Il ne pourrait que rester dans la guérilla jusqu'à la fin des hostilités ou bien filer au Mexique. Le blessé s'endormit.

Bientôt le jour se leva. Les guérilleros patrouillaient les rues. Il sortit, les informa du blessé et demanda à être tenu au courant de la situation. L'un d'entre eux répondit que le gros des troupes était dans la banlieue de Santa Ana, qu'ils allaient tenter de kidnapper des exploiteurs, mais qu'ils se retireraient rapidement pour maîtriser la campagne.

Les gens du village sortirent petit à petit. La pluie avait cessé. Le soleil se mit à briller. La chaleur humide monta du sol. Ils aidèrent à ramasser les cadavres et à les enterrer sur place après que les vêtements, les armes et tous les objets utiles eurent été récupérés. L'après-midi, un médecin de Santa Ana escorté vint recoudre la joue du blessé. Puis Dolorès arriva, couverte de boue dans sa tenue encore trempée. Elle l'informa que les blessés allaient être regroupés dans la salle de classe. Il était content puisqu'elle serait avec lui quelques jours. Elle dit qu'elle viendrait certainement passer la plupart des nuits avec lui, car elle allait s'occuper de la surveillance du village, des villages avoisinants et de la région limitrophe. Elle ajouta que, désormais, même si elle n'était pas d'accord avec la décision, tout enseignement de l'anglais était interdit et que s'il continuait, cet acte serait considéré comme une trahison, punie comme il se doit. Alex avait de plus en plus envie d'entrer dans la clandestinité, avec Miguel, Cristina et Alfonso. Mais avec les blessés, impossible de tricher et de faire passer l'anglais dans la clandestinité de la clandestinité. Il pensa à Leonora Carrington qui se demandait comment tous les gens pouvaient accepter d'obéir à ces imbéciles qu'on nomme gouvernement ou à ce qui en tient lieu. Il se dit que Leonora avait raison et que *Le Cornet acoustique* faisait entendre la logique fondamentale de toute bureaucratie. Pour lui, la guérilla était devenue une autre bureaucratie contre laquelle il tenterait de lutter pour donner la possibilité aux enfants d'accumuler des savoirs différents et de pouvoir choisir une vie intéressante.

Il pensa à la lettre qu'il venait d'écrire à ses parents et se demanda comment il pourrait la faire parvenir à une poste qui était en contact avec le reste du monde. Il demanderait à Dolorès que faire de cette lettre, si elle revenait ce soir-là. En attendant, il alla s'occuper des cinq blessés, leur apporta des fruits, des crêpes, du *chilate* et des calmants. Comme l'école était fermée en ce jour de victoire, il se mit au soleil près d'eux et décida de se basaner l'épiderme en conversant avec ceux qui en avaient le goût. Mais la fatigue et les calmants triomphèrent bientôt de leurs mots. Certains tombèrent dans une semi-somnolence tout en écoutant la musique de Radio Venceremos couplée à des renseignements pratiques entrecoupés de slogans révolutionnaires. Il leur demanda de hausser un peu le volume afin de faire bonne impression au sujet de ses penchants politiques. Tout en regardant l'érythrine corail qui commençait à fleurir puisqu'on était début décembre, il songea que, aussitôt les blessés évacués, il reprendrait les cours d'anglais et couvrirait la conversation avec la radio et les programmes du Front.

Dolorès arriva vers neuf heures, affamée de lui et l'estomac vide. Elle alla directement dans la chambre et il lui apporta du sirop de canne à sucre, des tortillas et des bananes. Pendant qu'elle avalait les tortillas, il écrivait des arabesques au sucre de canne sur son corps qui frémissait de plaisir. Il cherchait la source de ses muscles, les rigoles de sa sueur errant entre ses petits poils ébène qui suivaient le parcours de ses nerfs. Il lui disait lentement :

– J'écris ton corps nu sur ton corps nu. Je trace la lettre de ta nuque sur ton profond désir de moi. Je trace la majuscule de ton nombril à la périphérie de ton sexe. J'écris ton sexe à l'encre de canne à sucre avec les mots qui font jouir tes seins, tes mains, l'anse de ton pied, le lobe de tes oreilles, réseaux de mots jouant tes latences à fleur d'épiderme. J'écris les mots qui te font jouir, tous les mots qui te font te perdre au bout de tes errances, sur ton corps grandeur culture, car le corps est la culture.

Puis il se pencha et inscrivit : « J'écris "car le corps est la culture" le long de l'arcature de ta cuisse. » Puis il la retourna et rédigea : « J'écris "j'écris car le corps est la culture le long de l'arcature de ta cuisse" au creux de tes reins. » Elle riait de plaisir, les jambes écartées. Il lui dit que, s'il était resté suffisamment d'espace, il aurait tracé du talon au menton : « J'écris "j'écris car le corps est la culture le long de l'arcature de ta cuisse, au creux de tes reins". » Et il effaçait lentement avec sa langue les lettres qu'il venait de tracer. Elle respirait à longs souffles profonds, totalement détendue, le visage dans le drap.

Soudain, elle se retourna brusquement et se jeta sous lui, car elle trouvait qu'il devenait trop intellectuel. Après avoir vu tous ces morts, elle avait besoin d'un sexe qui la fouille et de mains qui la pétrissent. L'estomac rassasié et sa peau satisfaite de tendresse, elle voulait être prise fermement. Sentir la violence de la douceur la cherchant longtemps avec une intensité qu'elle n'avait encore jamais connue et dont elle ne pourrait plus se passer. Il la pénétra lentement et fermement, « tendurement » comme il aimait lui dire. Ce fut la fête, longtemps, avec des pauses pour une mangue, des verres de *chilate,* des yeux de braise accompagnés de coups de langue érotiquement érudits. Ils continuèrent jusqu'à ce que leur sueur forme un petit lac entre leurs ventres et qu'épuisés, ils s'endorment dans le désir vibrant aux rythmes de la simplicité de leurs rires résonnant de leurs enfances retrouvées.

27

Elle se réveilla à six heures. Elle devait couvrir le transport des blessés plus à l'arrière en cas de contre-attaque. Le retrait tactique doublé de la défense élastique ne permettaient pas de les emporter à un moment crucial. Dans ce cas, ils seraient tués par leurs camarades pour qu'ils ne soient pas torturés, puis achevés. On frappa. Dolorès ouvrit et se trouva face à Pedro Falcon. Elle le présenta à Alex. Pedro le regarda sans aménité et lui demanda si c'était bien lui qui avait voulu enseigner la langue des impérialistes aux enfants. Alex hocha la tête tout en se disant qu'il avait déjà vu ce type quelque part. Mais, peine perdue, il ne trouva rien de précis dans ses souvenirs. Il lui parla en anglais, mais Pedro fit celui qui ne comprenait presque rien et répondit comme un Mexicain qui balbutie quelques mots gringos. Un camion attendait. Il aida les soldats à transporter les blessés. Il communiqua à Dolorès son impression au sujet de Pedro et lui conseilla de se méfier. Puis, il se retrouva seul.

À sept heures, les enfants arrivèrent et eurent droit à leur cours de théorie marxiste en plus des autres matières. Il prévint discrètement Miguel, Cristina et Alfonso qu'ils pourraient rester pour écouter les nouvelles du Front, ce qui serait leur expression codée, désormais, pour l'heure de conversation où il allait en profiter pour expliquer, par l'entremise du modèle canadien, les fondements démocratiques, la responsabilité personnelle, la démocratie sociale et ses programmes médicaux gratuits. À l'heure de la leçon d'anglais, Domitila apparut et leur demanda de l'autoriser à écouter avec eux les nouvelles du Front. Elle se doutait bien qu'il se passait quelque chose. Elle se souvenait de l'apprentissage de l'alphabet à l'aide du sucre. Après maintes questions, ils lui firent jurer le silence absolu et l'admirent parmi eux. Quand Alex parlait de la médecine gratuite, les enfants n'en revenaient pas et se demandaient si c'était vrai. Il devait constamment corriger ce rêve par l'évocation des difficultés rencontrées, au Canada, par les pauvres, les gens sans éducation, les femmes monoparentales.

Le soir, Dolorès revint bouleversée. Le *Comandante* avait décidé d'enrôler de force les fils de paysans de dix-huit à vingt-cinq ans dans les groupes de guérilla. Elle trouvait que c'était très dangereux et contre-productif. Des gens pourraient facilement les trahir. De plus, la popularité du Front allait en souffrir. Les paysans se sentiraient de plus en plus prisonniers. Cela était d'autant plus mauvais que c'était maintenant la saison sèche. Les vacances scolaires approchaient avec les fêtes de Noël et tous les bras seraient nécessaires pour récolter les grains rouges du caféier, les débarrasser de l'écorce et les faire sécher. Puis, elle s'enquit de nouveau de ce qu'il pensait de Pedro Falcon. Il lui répondit qu'il le trouvait très antipathique et qu'il avait l'impression de l'avoir déjà vu, mais où? Et s'il l'avait déjà vu, ce ne pouvait être qu'au Canada ou aux États-Unis, ce qui ne correspondait pas à ce que Pedro affirmait au sujet de ses origines. Cela signifierait qu'il serait une taupe. Et le meilleur moyen de se débarrasser des taupes, ce n'est pas de les enterrer, mais bien de les faire disparaître complètement, en les incinérant. Elle trouva le jeu de mots subtil et continua en évoquant alors les molécules de Pedro partant en fumée dans l'atmosphère et risquant ainsi de communiquer le message de son décès, comme jadis les Indiens des Plaines se servaient de la fumée pour transmettre aux tribus voisines des renseignements vitaux.

Fatigués, ils allèrent au lit. Il lui demanda comment il pourrait envoyer la lettre écrite à ses parents puisqu'il ne voulait pas que ses mots partent en fumée. Il était déçu des décisions concernant l'enseignement et avait la nostalgie de ce monde confortable et organisé qui lui paraissait si loin.

— Facile, dit-elle, la démarcation entre les zones d'influence est floue et perméable. Tous les jours, le groupe transmet des messages et reçoit des médicaments. Je vais joindre ta lettre aux autres messages et elle sera mise à la poste par un courrier clandestin. Moi aussi, je suis déçue par certaines décisions. Alors, je repense à ma vie chez mes parents, même s'ils ont donné mes poupées et mes nounours en peluche quand j'ai eu douze ans. Car, à douze ans, dans cette société égoïste et dure, une jeune fille bien éduquée doit renier son enfance et singer la grande dame qu'est sa mère et qui parade dans les mondanités. Mais je vais quand même aller leur rendre visite à Noël, dans le quartier huppé de San Salvador, car je dois m'occuper de faire parvenir des fonds ici, pour le Front, afin de payer les paysans.

— Moi aussi je vais essayer d'aller dans la capitale, à Noël. Mon amie brésilienne cinéaste vient me voir. Elle y sera les 27 et 28 décembre.

Dolorès lui donna l'adresse de ses parents, à appeler en cas d'extrême urgence seulement : M. Suarez Iraeta, Calle Florida 28. Elle lui précisa qu'il était le seul à connaître son vrai nom de famille et cette adresse.

Ils parlèrent tard, la fenêtre ouverte, en respirant les effluves des arbres en fleurs, en particulier celles, lilas, d'un *tahebuia rosea* dont le parfum s'épanchait dans la maison grâce à une brise chaude. Ils se racontèrent des épisodes de leur jeunesse. Ceux-ci n'avaient presque rien en commun. Ils convinrent par contre que leur présent était fondamentalement imbriqué l'un dans l'autre. Alors tout leur être parla et ils firent avec une grande douceur tout ce que font un homme et une femme quand ils s'apprécient sans contrainte.

28

La fin de l'année scolaire arriva. La sécheresse était de plus en plus intense. Les paysans récoltaient le café, mais la ferme Aqua Fría étant dans l'autre zone, il était impossible de vendre les grains. Le Front décida d'acheter les grains avec ses fonds. Dolorès fut chargée d'aller chercher un montant d'argent suffisant à San Salvador et de le répartir entre trois passeurs. Alex dit au revoir aux enfants. Il les informa qu'il serait de retour dès le 2 ou le 3 janvier, même si les cours ne reprenaient officiellement qu'en mars, car il s'était proposé pour organiser des cours d'économie marxiste le soir. Les guérilleros étaient contents. De plus, il comptait bien continuer ses cours d'anglais et de civilisation démocratique avec sa bande des quatre.

Dolorès et Alex partirent ensemble. La plaine était remplie de bananiers et de cannes à sucre. Elle marchait, séparée de lui par les barreaux juteux. Son visage cuivré, mêlant les traits fins de l'Italie, autour du nez et de la bouche, aux pommettes larges et saillantes et à la lourdeur des paupières des Indiens, éveillait en lui des désirs qui se manifestaient avec encore plus de force juste avant que la faim commence à se faire sentir. Son visage de gringo maigre et bronzé devint ocre. Celui de Dolorès aussi. Une absence étrange entourait ses yeux d'une intensité lumineuse.

Elle le regardait. Ses pommettes saillantes, de plus en plus ocre, démentaient ses vêtements trop propres. C'était si fort que la mort n'avait aucune importance. Ce n'était pas comme pour la plupart des guérilleros. Ils étaient prêts à mourir mais ne voulaient pas mourir. Ils voulaient voir leur triomphe. Ils voulaient voir leur arrivée dans les villages. Ils voulaient se voir acclamés. Ils voulaient améliorer leur vie. Transformer. Lui aussi, lui aussi, sans aucun doute. Non pas qu'il ne voulait pas. Au contraire. Mais s'il était tué, ça n'avait quelque part aucune importance. Elle lui avait fait don du manque et il savait que celui-ci était inépuisable, impossible à combler. Dans l'orgasme fou qui ouvrait à la dispersion moléculaire. Seule la torture l'angoissait. Mais, il lui était arrivé le présent. À chaque instant. L'intensité d'un présent effarant dans son foisonnement. Par instants, il était fou. Alors, la vie était essentielle et, simultanément, n'avait aucune importance. Par le manque, il savait que, quoi qu'il arrive, Dolorès était la femme de sa vie. Que Sandra n'avait été que la voie passionnante mais insuffisante vers ce qui était, parfois, une magie hallucinatoire. Que leur amour était infini et que paradoxalement, diraient ceux à qui cela n'était pas arrivé, il ne faisait que passer. Le plus profond attachement dans le plus grand détachement.

Dolorès et ses paupières lourdes qui façonnaient ses pommettes en statuaire inca! Les fibres des cannes vibraient au soleil déjà haut dans un ciel passant au vert lumière.

117

Ils marchaient lentement en se dévorant de leur vision latérale. Ils se vivaient, hiéroglyphes, au milieu des papyrus bruissant des feuilles de canne. Ils marchaient de biais vers la panaméricaine. Ils s'en approchèrent et rampèrent jusqu'au bord de la route, juste après un virage. Elle bondit et marcha sur la chaussée comme si de rien n'était. Elle lui fit signe. Il bondit et se trouva à ses côtés. Ils se rendirent jusqu'au prochain village et attendirent l'autobus pour San Salvador au milieu de quelques petits notables endimanchés comme eux. Le vieux bus, effondré du côté droit, arriva entouré d'un nuage de fumée noire et grasse goudronnant la poussière du stationnement taché d'huile. La montagne s'éloignait petit à petit et leurs beaux atours usés leur donnaient des airs de suppôts de l'autorité locale et des mythes ancestraux.

Le bus arriva à la gare centrale de San Salvador. Ils se séparèrent en s'embrassant du regard dans une rue avoisinante. Ils se donnèrent rendez-vous à San Cristóbal, le deux janvier. Elle tourna le coin de la rue. Il était seul. Il marcha en direction des beaux quartiers comme elle le faisait certainement en empruntant d'autres rues. Pour faire moins paysan endimanché, il retira son chapeau de paille et le plia dans son sac. Puis, il sortit de sa poche une cravate en soie rouge vin aux motifs de tapisserie. Dans l'encoignure d'une porte, il retira ses savates et mit des souliers noirs anglais à semelles de cuir. Puis, il passa une veste de ville qu'il tira de son sac en plastique. Il se redressa, marcha la tête haute et s'engagea dans les rues bordées de boutiques de luxe décorées de lumières de Noël. Il apercevait maintenant le Sheraton. Il demanda une chambre pour quatre nuits, paya avec sa carte de crédit Amex et se rendit immédiatement à l'étage. Surpris, il regardait les murs, si proches pour lui, habitué aux grands espaces. À sa droite, il vit alors le centre-ville. Il s'approcha de cette ouverture, mais son front heurta la vitre de la grande porte patio. Il songea qu'il avait perdu ses réflexes urbains et que la transparence, encore plus en ville qu'à San Cristóbal, était l'obstacle, le danger majeur. Il allait être prudent. Pour se ressaisir et fêter Noël, il se fit couler un bain. Un luxe. Le luxe de l'eau propre, purifiée, chaude et à volonté. Entre-temps il appela l'agence American Express et leur communiqua son numéro de téléphone au cas où Ana María serait au rendez-vous. En raccrochant, il eut l'impression qu'il n'avait ouvert qu'un robinet. De fait, il n'y avait qu'un robinet couplé à un mélangeur. Il avait laissé la flèche sur le froid. Il vida la baignoire dont la bouche d'évacuation grogna comme un porc heureux et recommença l'opération. Dans l'eau, il jeta tout le contenant de bain moussant à l'aloès et une savonnette à la violette. La brume envahit la pièce et fit disparaître son jumeau dans le miroir. Il enjamba le rebord, s'installa confortablement l'occiput sur deux serviettes épaisses et s'endormit.

J'ai sommeil théoriquement, disait Dolorès. Il rêvait qu'elle rêvait qu'il rêvait devant un piano à queue noir réverbérant les rayons solaires au sommet d'une mesa. La puissance des sons résonnait aux creux des précipices. Il cravachait les notes, en sueur, le regard fixé sur l'horizon, à cinquante kilomètres, coupé par un pic triangulaire de trois mille mètres. Tout proche, un cactus brandissait ses épines autour d'une fleur rose comme les rocs, pistils dressés. Le piano noir éclatait dans le vent brûlant, vague après vague, assourdissant. Le désert rugissait dans le bleu coupant du ciel tandis qu'un nuage blanc perçait la chape d'azur et ouvrait sur l'appel d'autres mondes. Les doigts de Dolorès caracolaient et les vibrations soulevaient le sable rose, poussière de romantisme. La mesa et le piano glissaient sur deux horizons parallèles, déplacés, éclatés. Un métal en fusion mauve coulait le long de la paroi rocheuse et se liait au sirop de canne à sucre d'un ruisseau immobile au pied de l'à-pic. Un serpent à sonnettes à tête de faucon se dressait, hyperréaliste, fasciné par une fleur soleil sortie du centre-ville dans laquelle était fichée une *navaja*. Il tomba au bas de la mesa. Le piano caracolait en plein vide, appelant une femme bronzée et nue, maigre de soif, de sueur, couverte d'une chevelure noire et laquée s'arrêtant au bas des fesses. Le pianiste lâcha un cri. Il était nu et rose comme le vent sec d'un soir solaire découpant la crête des Andes de l'Atacama sur le vide du cosmos. Le piano se figea comme un bloc de banquise avant de rejoindre le métal en fusion des gorges torrentueuses bardées de rocs tranchants.

Le pianiste fouillait cette chevelure noire et laquée. Sa verge se planta entre les dunes bronzées. Il la pénétra en remontant le long de sa chevelure noire. Ils hurlèrent jusqu'à l'horizon orange. Un nuage fleur soleil échancrait le mauve implacable du ciel. Le cactus était noir maintenant et le piano virait en une mesa indigo dans l'arc-en-ciel de leurs sommeils repus, bientôt ouverts à fleur de pupille. Deux immenses sourires, alors, se fendirent.

La tiédeur de l'eau le réveilla. Il se leva, tituba vers une serviette épaisse et longue comme un tapis de couloir. Il s'y enroba, se parfuma de diverses lotions hydratantes, se coiffa, se décoiffa et se recoiffa. Même nu, dans sa serviette, il avait l'air d'un vrai banquier en prise instantanée sur les marchés mondiaux. La transparence du miroir était bien un leurre. Il descendit à la boutique de l'hôtel et demanda en anglais le *Wall Street Journal*. La préposée lui répondit que c'était Noël et qu'il n'y avait pas de journal. Il se dit que son nouveau personnage n'était pas tout à fait au point. Mais à peine sorti, il entendit la préposée expliquer à une jeune fille que ces gringos étaient incroyables : ils voulaient toujours faire de l'argent, même le jour de Noël. Elles le regardaient avec un sourire moqueur. Il entra dans la boutique de souvenirs. Il fut attiré par les ours en peluche. Il acheta le plus petit, le mit dans une enveloppe rembourrée avec une carte postale représentant une immense fleur soleil. Il retourna au magasin de journaux qui servait aussi de bureau de poste. Sur l'enveloppe, il écrivit « Béatrice Suarez-Iraeta, Calle Florida 28, San Salvador ». Béatrice, nom de code Dolorès, allait retrouver son enfance par-delà leurs mondes antédiluviens.

Ensuite, il se paya un bon repas et comme, en ce 25 décembre, tous les magasins étaient fermés, il remonta dans sa chambre, regarda quelques magazines qu'il trouva stupidement monstrueux. Il ouvrit la télévision qui résonnait d'appels à la paix et à l'amour, surgis de la gorge déployée de pasteurs en transe suivis, tout de suite après, de militaires évoquant le bonheur dans l'accord patriotique et national. Il ferma la boîte à décervelage, prit la bible rangée dans le tiroir de la table de nuit, l'ouvrit au hasard et retint plusieurs phrases de l'épître de saint Paul aux Hébreux : « Par la foi, nous comprenons que les mondes ont été formés par une parole de Dieu, de sorte que ce que l'on voit provient de ce qui n'est pas apparent. » Mieux vaut lire la Bible, pensa-t-il, car on peut la contextualiser comme on veut. « Ce que l'on voit provient de ce qui n'est pas apparent » manifeste bien le fonctionnement de la désinformation omniprésente sous la pseudo-transparence des images et des mots. Il allait faire lire des passages de cette épître à ses futurs théoriciens. Il ouvrit le Livre à une autre page et lut : « La chair est faible. » Il rit et songea que, quand il serait vieux, il aurait envie de faire l'amour avec Dolorès plusieurs fois par jour, comme il en avait envie maintenant. Mais il serait tellement oxydé, comme disait sa grand-mère, qu'il ne lui resterait plus que le désir. Ses muscles ne répondraient probablement plus. Avec romantisme, avant que la réalité oxydante ne vérifie que trop l'affirmation biblique, il souhaita mourir au combat avec elle, ce qui est toujours enthousiasmant dans un Sheraton aux trois quarts vide le jour de Noël. Puis, épuisé d'une telle audace onirique, il finit par s'endormir.

À deux heures du matin, il se réveilla le cœur battant, assoiffé et angoissé au sujet de Dolorès. Il contempla le calme nocturne par la fenêtre, saisit une bouteille de Coca-Cola, la secoua pour qu'elle perde son contenu gazeux et s'en versa une rasade dans son verre à dents au-dessus du lavabo de la salle de bain, afin de ne pas éclabousser la moquette. « Je consomme du Coke sans bulles en pleine nuit, se dit-il. Je ne suis pas un noctambule ordinaire mais un Coke-sans-bulles. Un cocsamboules ! » Il éclata de rire devant le miroir et comprit soudainement la signification profonde de son geste. Il venait de faire disparaître la fantaisie, ce qui était conforme au contexte spatial immédiat où il se trouvait encoconé. En effet, la fantaisie est très éloignée de l'illusion, rumina-t-il, c'est même son contraire. L'illusion, c'est la normalité et le confort ; la fantaisie, c'est la conscience du mensonge. C'est-à-dire comprendre que, malgré ce que disent les religions et les États, la vie des gens ne vaut rien. Et que pour la plupart, il n'y a pas de lieu prévu pour eux. Ils sont de trop. Nés à la poubelle. Dans ce cadre, un des seuls éléments humains, c'est la fantaisie. Elle lutte contre l'illusion, car elle est le jeu qui cherche l'extrême dans la joie. L'illusion, par contre, est ce qui se conforme aux grands discours rassurants, générant l'oubli, c'est-à-dire l'intérêt unique pour le petit monde du confort habituel. Et le mensonge dans tout cela ? C'est ce qui permet de cacher la fantaisie à ceux qui ne veulent vivre que dans l'illusion ! Et le vrai alors ? C'est de savoir reconnaître la différence entre l'illusion et la fantaisie et de partager ce savoir dans la recréation et la récréation !

Ses méninges le menaient et il était aussi lucide qu'après la lecture critique d'un « torchon » médiatique particulièrement répugnant. Il reprit un verre de son grand cru préféré, ce qui contrôla ses surchauffes intellectuelles et émotionnelles. Il se dirigea vers la chambre et trouva que dans cet hôtel, il était aussi perdu que tous ceux qui passent leur temps à chercher le pouvoir ou le plaisir dans le dérisoire et la défense de leurs intérêts corporatistes, plutôt que de vivre et d'aider les autres passionnément. Ce sont des remarques à dormir debout, pourtant le lit n'est pas vertical, continua-t-il, en s'installant confortablement sur le matelas où son excitation ludique finit par perdre graduellement de son intensité.

29

Il paressa au lit jusqu'à dix heures et alla prendre le brunch dans la grande salle du Sheraton. Les tables étaient couvertes de fruits, de céréales, de pains divers, de confitures, de viandes, de fromages, de crème et de yaourts. Les serveuses passaient toutes les deux minutes entre les tables couvertes de nappe blanche pour proposer thé, café ou jus. Alex prit trois yaourts, car il n'en avait pas mangé depuis juillet, date de son arrivée à San Cristóbal. Puis des croissants, du jambon, du salami, du gouda et des filets de hareng marinés. Après ce savant mélange arrosé de plusieurs tasses de thé, il sortit. Le bruit l'agressa aussitôt passé les doubles portes. Les autobus passaient constamment et la circulation diffusait une essence au plomb lourde de conséquences pour les poumons des riches comme des pauvres. Il se promena dans les rues, regarda des boutiques, se procura des ampoules flash dans un magasin de films, acheta du savon Palmolive dans plusieurs magasins et finalement entra dans une bijouterie. Il demanda le prix d'une bague à diamants de chez *Cartier*. Quatre mille dollars, lui répondit-on. Il la prit dans sa main sous le canon vigilant d'une mitraillette, protubérance accrochée à un pantin recouvert de coton camouflage. Au moins dix ans de salaire pour la plupart des paysans de San Cristóbal, songea-t-il en voyant le visage de Dolorès se profiler dans la taille de la pierre. La transparence est vraiment insupportable. Il remercia, sourit et dit au revoir à la mitraillette Uzi du pantin.

En déambulant sur le trottoir, il saisit soudain que c'était la première fois depuis son bref séjour à l'aéroport qu'un ennemi avait pointé une arme aussi dangereuse sur lui. Non pas dans la zone de confrontation, mais dans une boutique de luxe de la capitale. Il suffisait donc d'oublier la transparence des images pour saisir la teneur réelle des relations sociales. Un mot, un geste de trop et c'était la mort. Il suffisait d'un rien, comme lors de la Seconde Guerre mondiale. À cette époque, un fonctionnaire écrivait : « Alain Lafon est juif. » Et c'était fini. L'adjectif menait au camp. Rien qu'un petit adjectif. Ici, c'était la même chose. Que quelqu'un dise : « C'est un sympathisant de la guérilla », et il était fini. Qu'il fasse un geste de trop dans le magasin, son squelette éclatait. La ville était bien un réseau extrêmement contraignant de relations réglées auxquelles il ne fallait surtout pas déroger. Il fallait être prudent mais, simultanément, marcher l'air dégagé, affairé, le visage quelque peu conquérant comme celui qui a une place de choix dans la société, et qui le sait.

Il aperçut un marchand de friandises et, tout en revoyant Alejandro en pensée, il acheta des arachides recouvertes de sucre. Il laissa la monnaie, puis se dirigea vers un marchand d'appareils photos et se procura encore des ampoules flash. Il en avait maintenant une bonne provision. Il acheta une autre fois des savons Palmolive dans un magasin où il n'était pas encore entré. Il donnerait les flashes et le savon à ceux qui confectionnaient les explosifs. Les flashes servaient de détonateurs et le savon était une base pour fabriquer le napalm dont la guérilla se servait pour les RPG-2 chinois. Il rentra à l'hôtel cacher son butin. Il démonta l'arrière de la télévision et y inséra les barres de savon. Il décousit la doublure de sa veste pour y dissimuler les flashes après les avoir retirés de leur emballage en carton, qu'il jetterait dans différentes poubelles, le lendemain.

À cinq heures, le téléphone sonna. Ana María Carvalho, sa collègue brésilienne, venait d'arriver avec son nouvel ami. Elle lui proposait une rencontre le lendemain dans un coin sympa de la ville où il y avait de bons restaurants folklo. Vu son vocabulaire et ses mots coupés par le milieu, il sut que son séjour à Paris avait été un succès « retentissant », comme elle disait. Elle aurait plein de petits détails passionnants à lui raconter. Elle était toujours aussi gentille, un vrai cœur en feuilles d'artichaut, avec des feuilles pour tous ses amis et connaissances. Ils s'embrassèrent plusieurs fois au téléphone... Elle oubliait toujours de dire quelque chose et la conversation s'éternisait. De quoi faire frémir les policiers spécialistes de l'écoute clandestine. Au bout d'une heure, son nouvel ami commençait à être jaloux d'International Telegraph and Telephone. Elle raccrocha.

Alex prit un bain, puis une douche pour se laver les cheveux plus confortablement. Il descendit manger, acheta le *Wall Street Journal* sous le regard ironique de la préposée et s'enferma dans la chambre. Il décida d'appeler sa famille à Ottawa. Mais il devait s'en tenir à une conversation anodine, car toutes les lignes du pays étaient sur écoute. Après plusieurs minutes, la communication fut établie. Seule sa sœur était à la maison. Après un échange de nouvelles concernant sa santé, la température, l'état de ses amours, il lui communiqua la recette de crêpes qui devrait contribuer à séduire un nouveau copain. Puis il raccrocha, heureux d'avoir entendu sa sœur rire à l'autre bout, avec une clarté qui lui donnait l'impression qu'elle était à son côté.

Le repos lui faisait du bien après ces mois intenses. Le lendemain, 27 décembre, il avait pris la routine : paresse au lit, brunch, regard vague sur les boutiques de l'hôtel, promenade blasée dans les rues. Ces activités le menèrent, avec l'aide du *Times*, du *New York Times* et de la Bible, jusqu'au soir. Il prit un taxi qui l'emmena dans un quartier à la limite de la zone décente et de la zone pauvre, dans un café pour gens du coin où se trouvaient sa touriste égarée préférée, Ana María, et son nouvel ami.

« Mon diamant m'a filé mon collant », commença Ana María qui revenait de Paris via Mexico, maintenant en transit pour Rio de Janeiro. Son nouveau mec, un psy comme le précédent, lui tendit la main et précisa qu'ils avaient aussi visité Venise, probablement pour stabiliser sa relation avec Ana María et lui donner des couleurs romantiques. Il affirma que cette ville est plus belle en photo qu'en réalité. Alex lui demanda, plaisantant, s'il était psy parce qu'il préférait les photos à du bien en chair et musclé et si, par conséquent, il n'y avait que des diamants pour filer les bas d'Ana María. Et il l'imaginait passant sa chemise et son pantalon « après », puis nouant sa cravate qui le faisait ressembler à un pendu récemment dépendu par l'ardeur de la canicule. Le psy prit la remarque avec humour et lui demanda s'il était agent provocateur de profession. La conversation partit immédiatement sur un ton léger et animé. Tout allait bien.

Quant à elle, ses talents de cinéaste à temps partiel s'exhibaient sous un flot d'idées béates pseudo-postmodernes. Dans ses scénarios, elle présentait toujours une nouvelle classe de postbabyboomers collaborant par contrats précaires avec la « globalisation tiers-mondialisante et son fric numérisé ».

– Mon prochain scénario se définit comme une décontextualisation parodiante des années de braise replaçant dans l'acte privatisant les aspirations communautaires des défavorisés et des intellectuels bourgeois des années soixante et soixante-dix, lança-t-elle.

– Pour le moment, la décontextualisation parodiante postmoderne s'applique mal au régime répressif du président José Napoléon Duarte. De plus, les guérilleros de ce Noël 1986 semblent fort actifs et dangereux, répliqua Alex.

– Oui, mais ça, c'est déjà dépassé, affirma Ana María. Nous sommes dans une ère où ces conflits vont finir par se résoudre par la négociation. Le réseautage de la planète par les satellites et par les liens entre ordinateurs contribuera à réduire ces activités conflictuelles à du local contrôlé de loin. Donc, sous forme de narration pour l'écran, ça donne le préscénario postpopuliste suivant : « Par une belle matinée du mois de mai, Martinez cheminait dans la sierra, ses grenades en bandoulière. Soudain, il aperçut des paysans rustiques aux vêtements chamarrés. Des hommes en armes déambulaient avec eux. Ces guérilleros, pauvres mais propres, sortaient des maisonnettes avoisinantes, nichées au creux d'un joli vallon caché sous les palmiers. Martinez fut fait prisonnier et passa la journée à écouter les oiseaux pépier. Puis le calme revint. Et la vie reprit. » Évidemment, ce n'est pas fini. Mais le tout est de se tromper de cliché. Ainsi, je dédramatise les horreurs de ces années qui, au Brésil, avaient d'ailleurs permis à mes parents d'atteindre des postes bien rémunérés. Il faut inventer des buts nouveaux qui seront l'expression des différences tournées vers un avenir plein de promesses. C'est du toc, c'est du kitsch, mais du kitsch qui le sait et qui reprend le monde ancien non pour le sacraliser, mais pour le détourner et en faire un monde ludique où le « je » rejoint les autres dans l'instant d'occasions à inventer.

En écoutant ces élucubrations qui l'inquiétaient quand même, car Ana María avait un don pour saisir l'air du temps à venir, Alex observait discrètement un petit cireur. La conversation avait bifurqué vers d'excellents repas parisiens qu'ils avaient pris en compagnie des grands du cinéma français. Tout en écoutant distraitement, Alex imaginait les fossettes marécageuses du psy où croissaient quelques poils maladifs, comme ces plantes aquatiques devenues noires à force d'agoniser dans une vase ignorée du soleil, attirant la sauce persillée des cuisses de grenouille qui sautaient innocemment dans ce gouffre béant.

Enfin, le temps était arrivé de se quitter. Le psy se recula sur sa chaise et équarrit ses ongles sur ses dents jaunâtres ou bien ses dents sur ses ongles jaunâtres. Il contempla le bout de ses phalanges, comme un paysan le soc de sa charrue pleine de glaise. Bonne recherche anthropologique, lui dirent-ils, joyeux de la conversation et des talents du cuisinier, mais heureux d'échapper à cette ville, pour eux probablement aussi affreuse en photo qu'en réalité.

En tout cas, le café lui aura peut-être donné une idée de la réalité, mais l'incarné a plutôt l'air de faire blêmir ce psy que de le faire tourner à l'incarnat, songeait Alex, maintenant seul. Quant à Ana María, avec lui, elle faisait la femme-ange, heureuse des émotions les plus simples, de cette simplicité qui vogue de sensations fugaces en sensations superficielles. Encore un couple parfait, bien assorti et en symbiose avec son environnement médiatique. En même temps, il se rendit compte que le petit cireur le regardait de ses grands yeux bruns se perdant au milieu de sa peau basanée. Sept ans peut-être, avec un petit frère déguenillé, en retrait, six ans probablement. Le petit tenait de sa main gauche les chiffons gris pour faire reluire les chaussures. Dans la droite, une sardine cuite, étêtée et croquante. Le plus grand portait la boîte à cirage peinte de couleurs vives.

Il offrit ses chaussures. L'enfant sortit de la boîte les cirages, le chiffon et se mit à l'œuvre avec un professionnalisme remarquable.

— Comment t'appelles-tu ?
— Juanito. Et toi ?
— Moi ? Antonio, mentit Alex.

– Antonio ! Quand tu marches, tu as l'air d'un gringo. Et les gringos ne se nomment pas Antonio. Les saints des gringos n'ont pas de noms comme ça.

– M'as-tu observé ?

– J'observe les pieds et les chaussures. Ils parlent. Mon petit frère apprend.

– Il s'appelle comment ?

– Miguel.

Juanito avait fini. Miguel posa sa sardine sur un chiffon et fit reluire les chaussures.

– Tu as quelque chose pour moi aussi ? demanda Miguel.

Il lui donna un colon.

– Tu payes comme les gringos, dit Juanito.

– Écoute, je ne suis ni de cette ville ni de ce pays. Je viens du Mexique ; c'est pour ça.

– Non c'est pas ça, dit-il.

– Comment ça, c'est pas ça ?

– C'est comme tu regardes aussi.

– Comment je regarde ?

– Comme si tu pesais ta mort et ma vie, comme si tu n'en avais jamais vu comme nous.

– Au contraire, c'est comme si je vous connaissais beaucoup. Comme vous, il y en a beaucoup. Beaucoup qui cirent, au Mexique aussi, qui ne vont pas à l'école, qui donnent l'argent aux parents, pas vrai ?

– Si.

– Tu veux de la viande ou un gâteau avec ta sardine ?

– De la viande et deux gâteaux.

– D'accord.

– Pour toi aussi, Miguel. Et un Coca-Cola.

Il laissa tremper sa sardine dans le Coca-Cola et engouffra le premier gâteau.

– Si vous voulez, Juanito et Miguel, on se revoit ici, demain à midi. D'autres gâteaux et on parlera.

– D'accord. D'accord, gringo, dit Juanito.

30

Le lendemain, 28 décembre, Miguel arriva portant la boîte et les chiffons. Ses grands yeux étaient des gouffres, ses joues jaunes étaient barbouillées de cambouis et de poussière.

— Que se passe-t-il, Miguel?

— Mon frère est mort.

— Juanito? Comment?

— Hier soir, on est passés près du centre et des magasins avant de rentrer au *barrio*. Juanito a volé un transistor dans une vitrine brisée. Deux policiers étaient tout près. Ils ont hurlé d'arrêter. On s'est sauvés. Alors, ils ont tiré. C'est Juanito qui portait le transistor et la boîte à cirage. Ils ont tiré dans ses jambes et dans sa poitrine. Ils ne veulent pas abîmer le matériel volé. Ils sont arrivés quand je prenais la boîte à cirage. Ils ont ramassé le transistor. Ils m'ont gardé là jusqu'à ce qu'une auto de police arrive. Ils ont mis le transistor sur la banquette et Juanito dans le coffre dans un cageot à fruits. Ils m'ont dit que, si je voulais, je pourrais le ramasser dans une heure au dépôt d'ordures. J'ai couru au *barrio*. Mon père a dit que c'était comme ça. Ma mère a pleuré. On a été au dépôt d'ordures. On l'a ramené près du *barrio*. Mon père a fait un trou au bord de la route. On a mis une croix, on a collé dessus une fleur déchirée sur un panneau publicitaire pour du savon et on a déposé sur la terre un enjoliveur de roue.

Alex fut soudain désespéré. Il se dit que Miguel allait continuer à cirer, en attendant de se faire enculer par des riches ou des touristes s'il se faisait voler sa boîte ou tabasser trop souvent par son père. Ou si son adolescence lui faisait saisir qu'il pourrait peut-être gagner un peu plus ou manger ailleurs que dans les poubelles, s'il se décidait à faire la pute.

— Maintenant je cire seul, sanglota Miguel.

Et il se mit à pleurer des larmes grandes comme ses yeux immenses.

— Comment vas-tu cirer seul toute la journée?

— Je vais cirer, mais ça va faire moins d'argent. Mon père va me battre tous les jours. C'est moins facile seul avec les gens et contre les autres cireurs. Surtout que la boîte est lourde toute la journée et le soir il faut la porter jusqu'au *barrio*.

— Alors, Miguel, veux-tu venir avec moi? On va aller se perdre dans les montagnes. Il n'est pas question de cirer des chaussures, mais il faudra parfois faire des choses dangereuses. Porter des messages de la montagne à la ville sans que les policiers te voient. Aimerais-tu ça? Tu seras nourri et protégé. Et tu iras aussi à l'école. Et tu apprendras beaucoup de choses; et plus tard tu ne seras pas cireur.

Une lueur d'espoir brilla dans ses yeux.

— Alors, viens au café chez Pepito. Demain vers midi. Avec tes meilleurs habits, car on va partir pour les montagnes. Mais n'en parle à personne, sinon tu es mort. Et moi aussi.

— D'accord, murmura Miguel. À demain.

Alex partit et se demanda s'il aurait dû lui dire de venir avec lui tout de suite. Mais il ne pouvait pas l'amener au Sheraton, cela aurait été suspect. Il aurait été pris pour un pédophile. Et il devait aller à la banque le lendemain pour retirer l'argent des profits de son autobus de frites. Il achèterait des vitamines et quelques médicaments plus difficiles à trouver à Santa Ana. Pour la nourriture, Roberto s'en occuperait sur place. Cela laisserait le temps à Miguel de réfléchir et de savoir s'il voulait vraiment prendre le risque.

31

Le lendemain, Alex, sans cravate et en savates, était chez Pepito à midi. Cependant, il était inquiet, car il venait de lire dans le journal que le général Barana avait été trouvé mort chez lui et que, selon toute vraisemblance, il était décédé d'un arrêt cardiaque. Il y avait maintenant davantage de patrouilles dans les rues. Miguel arriva à midi et vingt avec sa boîte à cirage. Ils mangèrent ensemble. Puis, Alex prit la boîte et ils se dirigèrent vers un arrêt d'autobus de banlieue car, dans ce contexte, ils ne voulaient pas être repérés à la gare. Ce n'est que le 31 décembre au soir qu'Alex dit au revoir à Miguel et à Roberto. Il passa dans l'autre zone sans encombre et retrouva la maison et l'école, le premier jour de l'an 1987. Mais il y avait des traces de balles sur les murs. En se couchant, il se demanda comment Dolorès avait réagi lorsqu'elle avait reçu son ours en peluche.

Le 2 janvier à huit heures trente-deux du soir, Dolorès poussa la porte de la salle commune. Il lisait *Cent ans de solitude* de García Márquez.

— Est-ce que cela t'a paru si long? demanda-t-elle en l'embrassant.

Leurs lèvres se mêlèrent, puis leurs langues qui adoraient aller au fond des choses. Elle sortit son nounours de sa poche et lui annonça qu'elle avait pleuré. Non pas à cause du manque d'affection qu'elle avait souvent ressenti dans son enfance, mais en saisissant qu'il l'avait comprise très profondément. Que, quand elle était avec lui, elle aimait parfois être la petite fille que son père et sa mère auraient vraiment désirée. Il l'embrassa, regarda le nounours et lui demanda :

— Comment l'appelles-tu?

— Maple, Érable, répondit-elle.

Il la caressa tendrement et lui demanda pourquoi il était recousu.

— Parce que la sécurité militaire l'a ouvert pour voir s'il y avait quelque chose dedans. Et que je ne sais pas très bien coudre.

— Bon, la prochaine fois, je t'enverrai un diamant. La sécurité militaire ne l'ouvrira pas, car un diamant est transparent.

Tout sera clair. Et la transparence, c'est l'obstacle, c'est ce qui cache le mieux, pensa-t-il en se remémorant la lettre concernant la mouche, qu'il avait envoyée à ses parents.

Elle rougit comme elle n'avait encore jamais rougi.

— Sauf que la sécurité militaire le volera et je ne saurai même pas que tu m'avais envoyé un cadeau. Je préfère Maple.

— Viens, souffla-t-il.

Après de tendres explorations, elle lui raconta que c'était elle et deux guérilleros urbains qui avaient tué le général Barana. Ils avaient réussi à pénétrer dans sa maison, en plein quartier résidentiel. Il s'agissait d'un fanatique particulièrement enthousiaste, prêt à faire torturer à fond tout syndicaliste ou tout étudiant quelque peu de centre gauche. Ils l'avaient enfermé dans une chambre. Les deux collaborateurs clandestins l'avaient maintenu au sol. Alors, elle avait sorti un Magnum 357. Dans le canon se trouvait une balle vidée de sa poudre aux trois quarts. Ainsi, la détonation serait plus silencieuse, tout en gardant assez de force pour un « suicide » assisté. Elle avait mis le Magnum dans la main du général, contrôlée par un collaborateur qui avait porté l'arme à la tempe du gradé. Elle avait enrobé l'arme et les deux mains de trois sacs à ordures verts dont elle avait collé l'ouverture sur les deux bras, celui du général et celui du collaborateur, avec du ruban adhésif argenté très large. Ainsi, le tout était étanche et formait une chambre qui tamiserait le bruit. De plus, près de la gueule du canon, elle avait incisé les sacs pour que la poudre passe et se dépose sur la tempe. Le guérillero urbain avait alors pressé sur le doigt du général ce qui avait déclenché le mécanisme. La déflagration avait été minimale. Ils avaient récupéré les sacs et filé en douce. Tant que la balle ne serait pas analysée, tout le monde croirait à un suicide, ce qui était plausible, car le général Barana connaissait de nombreux déboires sentimentaux et financiers.

Alex trouvait que le monde de l'enfance et le monde des adultes se mariaient avec un équilibre parfait dans la personnalité extrême de sa Dolorès.

Ils continuèrent à s'explorer intimement dans le confort de leurs lenteurs retrouvées. Elle put alors se laisser aller à ses fantasmes les plus intimes, ceux qui mêlent l'angoisse de la vie et l'inquiétude de la mort. Elle se glissa sur le ventre d'Alex qui la pénétra plus lentement que d'habitude, car elle avait ses menstruations et la lubrification était fort différente. Puis elle se retira et laissa couler de son sang sur le ventre et la poitrine d'Alex. Ainsi, elle sublimait la violence à laquelle elle était confrontée. Celle de son avortement et celle qui l'obligeait à tuer des soldats de vingt ou vingt-cinq ans. Elle exorcisait les cadavres sanguinolents ou désarticulés de ses camarades qui demandaient juste à vivre un peu mieux : des soins de santé pour tous, trois repas par jour, l'école gratuite, l'électricité et le tout-à-l'égout dans les logements. Ils jouèrent ainsi à dessiner artistiquement des arabesques et des formes élancées avec ce sang évoquant la capacité à donner la vie, tout en mesurant calmement l'absurdité terrible de ce monde qui tue les fœtus et prolonge la vie des vieillards avec des machines, qui envoient les jeunes se battre pour défendre des oligarchies réduisant la vie de peuples entiers, des enfants et des femmes en particulier, à des calvaires quotidiens. Tracer ces lignes de vie sur la peau plutôt blanche d'Alex la reliait à des mythes immémoriaux, ceux où la candeur et le pourpre se renforcent, ceux où la neige et le sang fascinent, ceux où la pureté et la passion s'épousent. Ils jouèrent longuement avec ces tatouages. Elle rajouta quelques gouttes de sang sur les seins d'Alex. Ils en explorèrent les méandres qui les menèrent aux surprises ineffables d'une étrangeté inquiétante n'offrant aucune autre prise que celle des dérives sensorielles et fantasmatiques. Ce rouge mobilisait leurs désirs intenses l'un pour l'autre et, pour la première fois, l'intuition qu'ils pourraient s'unir dans une sexualité procréatrice effleura le croisement de leurs regards. Au bord des larmes, il l'embrassa avec une très ferme tendresse. Elle lui souffla dans l'oreille : « Je caresse doucement mon enfant gâté, mais je vais vampiriser avec violence mon amant pervers. »

32

Les jours qui suivirent, Alex enseigna le calcul, la stratégie des débats et l'histoire révolutionnaire internationale à tous ceux qui voulaient apprendre quelque chose. Maintenant, en zone révolutionnaire, l'école était ouverte à tous et il n'y avait pas de temps pour les vacances. Néanmoins, vu le travail relié aux récoltes, la plupart des cours se donnaient le soir. Alex avait d'ailleurs développé un cours très populaire exposant les types de stratégies communicatives de l'ennemi à partir des nouvelles internationales et nationales repiquées de quelques transistors. Le soir, il animait des groupes de lecture critique des journaux et magazines qui parvenaient de Santa Ana avec les médicaments et la nourriture. Les cours d'hygiène de base étaient aussi très suivis car, en période de sécheresse, la diarrhée était endémique. Les bactéries se multipliaient dans les points d'eau. Un soir où Alex n'avait pas fait bouillir l'eau assez longtemps, Dolorès dit : « Tu sais, une eau qui n'a pas bouilli, ça met de l'humidité dans le goût du café. » En même temps, elle prit son AK-47 et le pointa vers l'étang, au loin, car elle aurait bien aimé se taper un poisson, même vaseux, plutôt que des haricots avec du poulet famélique assommé à coups de crosse et carbonisé au maximum pour assassiner la dernière salmonelle. Alex admirait beaucoup la capacité de Dolorès à échapper à la fatigue en passant du raffinement du futile au simulacre de violence.

Comme elle l'expliquait à Alex, la chiasse était un problème sérieux qu'il fallait maîtriser. En effet, la chiasse était au service de la contre-révolution. Un ventre en déroute représentait une tête aux abois. Sans oublier que les traces odoriférantes mettaient les chiens contre-révolutionnaires sur la piste de la résistance. Tout chiasseux risquait donc de devenir un traître potentiel. Le premier devoir du guérillero était d'avoir les intestins bien accrochés. La cérémonie du café super bouillant était donc très utile. Les révolutionnaires aussi ont besoin du luxe, même simple, et de mots pour rêver. Pour échapper à l'obsession intestinale généralisée.

Il y avait eu une recrudescence de maladies intestinales dans la région récemment et plusieurs paysans étaient morts en se vidant de leur sang. Même chose pour certains guérilleros. Dolorès trouvait cela suspect et se demandait si un traître n'avait pas réussi à contaminer certains points d'eau. Depuis, les guérilleros essayaient de ne prendre l'eau que dans les ruisseaux coulant du haut de la montagne. Pour les paysans, ils avaient même organisé une action armée dans la banlieue est de Santa Ana et volé un camion rempli de canettes de Coca-Cola qu'ils avaient distribuées gratuitement. Les paysans n'avaient évidemment pas les moyens d'en acheter. Les enfants étaient contents, car ils buvaient la même chose que les riches des villes. Mais le problème était de faire disparaître les contenants vides car, si l'armée regagnait du terrain, toutes les maisons où on en trouverait seraient immédiatement soumises aux représailles.

Alex trouvait en effet que la diarrhée était au service de la dictature et que se battre pour du Coca-Cola transformait dangereusement la mission révolutionnaire. Il imaginait les publicités que la compagnie pourrait offrir à ses consommateurs mondiaux avec gros plan sur un guérillero muni d'un AK-47 et décapsulant le breuvage aseptisé avec comme slogan : « Pour changer : une soif révolutionnaire ! » Cela fit rire Dolorès aux éclats.

Ainsi se passa le mois de janvier. Mais, le 4 février, l'armée gouvernementale accumula des forces supérieures et la guérilla se décida à jouer de sa défense élastique et à remonter dans les montagnes. Dolorès se prépara pour le combat. Elle embrassait Alex tendrement quand Isidoro arriva dans la cour, très excité par le bruit de quelques coups de feu dans le lointain, au sud. Il hurlait: « Pedro, *navaja!* Pedro, *navaja!* » Alex et Dolorès le regardèrent sans comprendre. Il eut beau répéter le mot *navaja*, plusieurs fois, personne ne saisit. Elle partit et Isidoro s'en fut en criant *navaja*. Alex, dévasté par le départ de Dolorès, regardait la route. Dix minutes plus tard, les derniers guérilleros passèrent. Alex répétait à voix basse « Pedro, *navaja* », en se concentrant sur le visage de Pedro Falcon. Et c'est quand Miguel Castillo, une jeune recrue qui était venue à presque toutes les séances de cours et de discussions, passa qu'Alex, horrifié, comprit. Pedro était navajo. C'était le type qu'il avait rencontré chez l'institutrice dans la réserve navajo quand il avait ramassé cette fille en auto-stop, avant de connaître Sandra. C'était l'ancien du Viêtnam qui avait été le boute-en-train de la soirée. Il avait raconté ses exploits contre les Viets et affirmé que, s'il n'y avait eu que des Autochtones pour se battre contre les communistes, les États-Unis auraient rapidement gagné. L'institutrice l'avait observé toute la soirée, admirative, tandis que sa copine auto-stoppeuse avait eu l'air dégoûtée. Il est vrai qu'elle était plutôt dans le voyage contre-culture psycho-zen.

Toute la scène se déroula devant ses yeux avec une rapidité fulgurante. Il se souvint même que l'institutrice avait mentionné qu'elle et lui avaient des noms qui se complétaient. Il commença à partir de Pedro devenant Peter, mais cela ne donna rien. Il se concentra sur les visages de ces trois personnes. Soudain, il revit Pedro, la main durcie et tendue comme s'il avait une arme à la main. Ce soir-là, l'arme était une dixième bouteille de bière qu'il buvait au goulot après avoir brandi un poignard qu'il portait fièrement à la ceinture. Comme dans la région de San Cristóbal. Il affirmait qu'il les aurait tous tués avec son Smith et Weston. Il se nommait Peter Weston, et l'intellectuelle primaire pâmée, Candy Smith. Aucun doute, ce type travaillait pour les services secrets gouvernementaux ou pour une agence soutenant tout le réseau des Contras en Amérique centrale. Mais Dolorès était déjà loin.

Il fit un signe à Miguel Castillo, lui expliqua sa découverte et lui demanda de rejoindre Dolorès le plus vite possible en gardant le secret. Miguel informa ses coéquipiers qu'il devait se diriger le plus rapidement possible vers la montagne. Les derniers guérilleros partirent et, non loin, des coups de feu se firent entendre, puis des rafales de mitraillettes qui se perdaient dans le chant des oiseaux. Alex se dit que ce mélange incroyable de sons aurait plu à Ana María. Si elle avait inventé ça pour son film, il aurait ri et lui aurait dit que c'était du mélange facile et invraisemblable. Pourtant, le mélange facile est bien la musique sombre que les producteurs ajoutent à toutes les scènes de guerre, après un grand silence. Il venait de le vivre. Les oiseaux continuaient de chanter, les insectes de bourdonner et les activités de la flore et de la faune se déroulaient normalement. Mais la tête d'Alex bouillait.

Une demi-heure plus tard, les camions de l'armée régulière passaient devant l'école et reprenaient possession de la plaine. Ils fouillèrent l'école et la maison de fond en comble puis partirent en emportant García Márquez et quelques autres auteurs dangereux. Ils soulignèrent que les vacances duraient jusqu'en mars et qu'il était interdit de donner des cours avant la rentrée officielle.

Le lendemain, Alex apprit qu'Isidoro avait été tué d'une balle dans la tête.

33

La retraite élastique se fit en bon ordre, et Miguel Castillo parvint à rejoindre Dolorès qui comprit immédiatement le danger que représentait Pedro Falcon. Elle décida de prévenir le *Comandante* le plus rapidement possible en ne montant pas immédiatement sur les lignes de crêtes mais en coupant en ligne droite vers le nord-est. Elle se fit accompagner de sept autres guérilleros. Mais la stratégie de l'armée, informée probablement par Pedro, était de foncer le plus rapidement dans cette direction pour couper toute retraite vers les camps situés plus loin dans la forêt, non loin des frontières du Honduras et du Guatemala. En début de soirée, une escarmouche eut lieu entre le groupe de Dolorès et des éléments avancés des troupes gouvernementales.

Les sept guérilleros et Dolorès avaient failli être encerclés. Mais il était déjà sept heures trente. Vers neuf heures, il allait faire nuit et les soldats se retireraient. Il fallait donc les retarder afin que Miguel

Castillo et une autre jeune recrue puissent prévenir le gros du groupe de ce qui se passait, et le *Comandante* de l'identité de Pedro. Ils pourraient alors franchir la première ligne de crêtes et rejoindre la base en allant plus au nord avant de bifurquer vers l'est. Dolorès et les cinq autres décidèrent de retenir les forces gouvernementales le plus possible en profitant des arbres qui couvraient le flanc de la colline et des rocs qui permettaient de se protéger. Elle enfonça dans sa poche l'ours en peluche que lui avait donné Alex et prit position pour affronter l'ennemi.

Tout était sous contrôle. La stratégie était excellente. L'obscurité avançait lentement mais sûrement. Même les lois de la science étaient respectées. En effet, à cinquante-huit mètres de Dolorès, une balle de neuf millimètres sortit à six cent quatre-vingt-quinze mètres par seconde de la mitraillette Uzi tenue par le soldat de première classe, Carlos Menendez. Bouillante, elle écarta les molécules d'O_2 qui alourdissaient l'atmosphère et les réchauffa encore plus que ne le faisaient les rayons du soleil. La température, dans la proximité immédiate de sa trajectoire, monta à quatre-vingt-sept degrés durant les premiers onze mètres, puis la trajectoire suivit une courbe décroissante dont les points d'intersection de l'abscisse et de l'ordonnée formaient une droite presque parfaite. Elle heurta de plein fouet un rayon de soleil qui, se réfléchissant pendant un millième de seconde sur une aile de papillon blanc particulièrement délicate, y laissa un cercle brunâtre de deux microns de diamètre.

Puis, ivre de liberté, elle se dirigea vers une tige d'herbe jaunie par la canicule et agit comme la lame savante d'une faucille pour laquelle les positions idéologiques étaient particulièrement déterminées. La tige s'effondra dans le fracas des cellules qui se desquamèrent sur le dos d'une fourmi harassée par des efforts répétés pour traîner une coccinelle jusqu'à la fourmilière. À cause de cela, cette fourmi arriverait en retard et serait blâmée par ses consœurs respectant les horaires et la division du travail. Elle serait tenue en suspicion par le groupe et n'obtiendrait qu'une demi-portion de la patte avant gauche du coléoptère. Cela en ferait définitivement une rebelle cherchant des consœurs pour réorganiser la fourmilière selon des règlements moins dépendants des impondérables d'un contexte difficile à maîtriser.

La tige avait quand même ralenti la vitesse de la balle plus que ne le faisaient les molécules d'O$_2$. Elle passa à côté d'un moustique affamé, à six cent quatre-vingt-neuf mètres par seconde. Celui-ci, possédant une grande expérience de la guérilla, saisit en un éclair que là où va une balle, il y a probablement un épiderme souple qui cédera facilement à la finesse de son dard. Ragaillardi, il changea de direction et, évitant de s'engager tout de suite dans la trajectoire encore chaude dont les remous lui auraient déchiré les ailes, il accéléra son vol. Son grésillement couvrit le chuintement de la balle qui se trouvait déjà quelques mètres plus loin que lui. Il eut soudain peur qu'elle aille droit au but et ne lui laisse qu'un cadavre vidé de son liquide rutilant. Étant gourmet, il ne voulait déguster que de la chair palpitante et en bonne santé. Il n'était pas comme les rats, les porcs et surtout les chiens errants, êtres dégénérés qui débarrassaient la sierra en quelques heures des guérilleros à la tête dure et aux idéaux à fleur d'une peau beaucoup trop mince.

Tout était donc remarquablement normal. La science tenait bon, même dans le cadre bucolique d'une soirée tropicale embaumée des senteurs des arbustes aux épines suintant de sucs. À vingt et un mètres, la balle tailla en bonsaï famélique un de ces rares arbustes accrochés aux roches. Croissant près d'un barbelé rouillé et poussiéreux, oublié lors d'une attaque précédente, on aurait cru qu'il avait réussi à secouer ses chaînes et à pousser comme il l'entendait. On eût pensé qu'il parvenait enfin à atteindre une taille adulte et que les entraves de la domination ne l'atteignaient plus. Il manqua de chance et ses sucs suintèrent le long des fibres éparpillées de sa brindille maîtresse. Même si les insectes, les vers ou les oiseaux ne l'exploitaient pas, il lui faudrait désormais, de cette trajectoire inflexible, petit à petit, réparer l'irréparable outrage. Et pour se sustenter à de plus riches territoires, commencer tout d'abord par travailler avec effort à étendre son réseau de racines. Comme beaucoup, il ne pouvait se développer que souterrainement.

La balle filait toujours. Déjà, elle avait couvert trente-deux mètres, lorsqu'une brise légère souffla de l'ouest et fit vibrer son ombre. Prise sur le travers à six cent soixante-treize mètres par seconde, sa trajectoire, si elle avait été théoriquement portée sur la distance terre-lune, aurait dévié de quatorze mètres. Cet écart considérable représentait la part du hasard, c'est-à-dire la rencontre fortuite de causes indépendantes, qui pouvaient se glisser dans la projection scientifique de la méthode Uzi-Menendez. Mais, sur les quelque trente mètres restant, la variation n'était même pas de l'ordre du micron. Dès lors, l'hypothèse scientifique pouvait se permettre de tenir cette brise rafraîchissante pour négligeable.

Tout allait bien. Le positivisme se maintenait intact. À trente-sept mètres, il était clair que la balle ne traçait pas une ligne droite infinie mais une courbe. Cependant, un œil exercé aurait encore pu faire fi des données de la science et penser que sa courbe était parallèle à celle de la terre. Cet œil subtil aurait alors aperçu un objet non identifié qui circulait autour de la planète sans sembler être attiré par ses inévitables forces de gravitation. Comme si l'entropie n'existait pas. Mais nier l'entropie, serait être atteint de myopie et nier utopiquement la gravité de la situation. Car, suivant les formules mathématiques intégrant rationnellement les variables fondamentales de la dépense d'énergie, sagement la balle courbait sa courbe et se rapprochait insensiblement de la surface terrestre.

Le chuintement rencontra un bourdonnement à quarante-neuf mètres. Le chuintement l'emporta facilement et, à cinquante mètres déjà, la balle était sèche. Il restait seulement une vague couleur jaune-vert sur le point d'impact et des fragments d'ailes transparentes abandonnés parmi les molécules d'O_2, étonnées d'un tel trafic à cette heure du jour.

Cinquante-sept mètres soixante. La balle fonçait toujours sans se douter qu'un obstacle de taille allait définitivement gâcher l'esthétique de la courbure mathématique de sa destinée. Les molécules d'O_2 agissaient comme un brouillard. Elle avait l'impression de foncer dans un crépuscule blanchâtre où, maintenant, il faisait presque froid. Soudain, une silhouette se profila. La balle tenta une manœuvre de dernière chance, mais les lois de la balistique sont telles que cet effort s'avéra inutile. Elle fut obligée de passer à travers un treillis de fils de coton brun-vert, humide de sueurs et de sécrétions salées. Elle avait toujours eu peur de la rouille et n'était pas à l'aise. Heureusement, elle réussit à s'échapper de ce guet-apens. Aussitôt, ce fut pour se jeter tête baissée dans l'embrouillé d'une fibranne blanche qui grinça comme les dents d'un mauvais rêveur lors d'un cauchemar qui l'aurait fait pisser au lit.

Elle n'allait plus qu'à six cent soixante et un mètres par seconde et la température venait brusquement de monter. C'est alors que la sueur salée revint en force. Elle passa entre plusieurs cellules basanées qui s'écartèrent prestement. Mais elle tomba de Charybde en Scylla. Un monceau de cellules la laissèrent passer pour mieux l'enserrer et la noyer dans un jus chaud et asphyxiant. La rationalité semblait ne plus être au rendez-vous, même si les lois de la résistance se comportaient selon les jeux de la défense élastique et du retrait tactique. Il lui sembla que l'ensemble, qui est plus que la somme des parties, comme l'affirment tous les fondateurs de grandes entreprises multinationales et tous les théoriciens de l'exploitation par la plus-value, entraînait les cellules dans un mouvement lent, mais inexorable, qui les orientaient vers l'horizontalité.

Elle glissa alors mieux à travers cette poisse coagulée dont le liquide contribuait à la rafraîchir. Cependant, elle dut percer une peau blanchâtre et visqueuse qui la fit déboucher dans un amas brun, ordurier et nauséabond. Il semblait ne pas avoir sa place à cet endroit. Elle s'en échappa vite en perçant un trou dans une seconde paroi blanchâtre. Elle se débarrassa de cette boue brune contre des cellules plus fraîches et rougissant immédiatement de honte. Sa vitesse avait décru considérablement et tournait autour de cinquante mètres par seconde. L'obstacle semblait maintenant horizontal. La trajectoire était irrémédiablement orientée vers la surface terrestre. La balle finit sa course en heurtant violemment un élément dur, muni d'espèces de petites ailettes, qui ressemblait à une roche crayeuse. Elle cassa une de ces ailettes qui se sépara d'un long serpent d'éléments similaires en disséminant des échardes dans les cellules avoisinantes. Cela produisit un flot de liquide rouge qui contribua à l'étouffer complètement. Elle resta prise là, noyée.

Les lois de la balistique avaient fait leur œuvre. Ce qui s'était produit correspondait à l'ordre des choses. La rationalité et la science, encore une fois, avaient triomphé. La balle demeura prisonnière. Elle ne pourrait désormais s'en sortir qu'à l'aide d'un corps étranger.

Les fragments d'ailes rencontrés à quarante-neuf mètres venaient tout juste de se poser délicatement sur les grains de poussière secs, car nulle brise n'agitait plus l'atmosphère. Le moustique, quant à lui, arriva trop tard pour la gastronomie quatre étoiles, mais à temps, toutefois, pour se sustenter fort copieusement, car les globules rouges étaient encore tout chauds.

Menendez, Uzi au poing, s'approcha prudemment et contempla quelques instants le délicat cadavre de la guérillera. Il regretta beaucoup que les lois scientifiques existassent. Il aurait voulu la rencontrer dans un monde sans lois. Il saisit confusément qu'il n'avait peut-être pas fait le bon choix. Qu'il n'était peut-être pas du bon côté. L'obscurité commençait à tomber. Le caporal siffla la retraite. Ce n'était pas encore cette nuit que Menendez se ferait foutre une balle dans le cul par ces guérilleros de merde. Les chiens allaient la bouffer cette nuit et entrer en compétition avec les oiseaux, les rongeurs et les fourmis. Il songeait que les animaux sauvages étaient peut-être mieux nourris que lui, soldat civilisé et encaserné. Il se préparait à écraser un moustique dodu qui se régalait goulûment sur son oreille gauche. Mais son zézaiement ne lui permit pas d'entendre le chuintement d'une balle qui suivait les lois de la balistique contemporaine telles qu'établies par les derniers modèles de AK-47. La balle de 5,45 millimètres, avec un espace d'air dans sa pointe pour qu'elle s'arrête plus efficacement dans une cible molle, prit sa main de court et eut raison du moustique alourdi par la transfusion. Avant de s'écrouler, Menendez songea qu'il aurait dû étudier les mathématiques et, en particulier, les équations à multiples inconnues.

Alex apprit la mort de Dolorès deux jours plus tard. Le messager lui rapporta le nounours Maple trouvé sur le cadavre à moitié dévoré ainsi que la balle, souvenir aussi impérissable et résistant qu'une bague de fiançailles. Le messager l'informa aussi que le *Comandante* le remerciait au sujet de l'identité de Pedro. Celui-ci n'était cependant jamais revenu au camp de base, ce qui confirmait la véracité de l'information. Mais cette disparition couplée à la mort d'Isidoro signifiait qu'Alex devenait une des prochaines cibles. Il fallait faire vite. Le *Comandante* proposait donc de l'aider à quitter les lieux avant qu'il disparaisse vers un monde moins soumis aux rigueurs humaines. Alex devait attendre un guérillero qui, le soir, le guiderait jusqu'au camp de base. De là, il passerait au Guatemala. Alex songea que Pedro devait bien savoir d'où venait la découverte.

Il chercherait à se venger et peut-être à le faire torturer pour savoir qui il était vraiment, qui était Dolorès et quels étaient les plans du groupe, car il savait certainement qu'ils avaient entretenu une relation intime.

Alex était désespéré, dévasté. Il ne lui restait rien, sinon Maple et cette balle. Il resta prostré des heures, pleurant par intermittence. Anéanti. Il prit du café, puis des calmants, puis du café. Il songea à faire sauter l'école en provoquant une fuite de gaz afin de se disperser en molécules en partance. À la recherche des cellules de Dolorès, de son fantôme dispersé dans la galaxie. Mais il se dit qu'il détruirait le monument le plus précieux de San Cristóbal, celui de l'émancipation par le savoir. À deux heures du matin, personne n'était venu le chercher. Il prit d'autres calmants et finit par sombrer dans un semi-coma. Il se réveilla à huit heures, pâteux et l'estomac malade. Mais sa tête et son cœur le faisaient encore plus souffrir. Il regarda le lit des heures durant, puis le bananier dehors, témoins muets de ce qui avait eu lieu et ne pourrait plus jamais être effacé. Puis l'instinct de survie lui revint. Il songea que Pedro était peut-être dans les parages et qu'il voudrait lui faire la peau. Mais c'était lui qui voulait venger Dolorès.

Un élève vint lui dire que les soldats tentaient de cerner les guérilleros et qu'ils tenaient la première ligne de crêtes. Il semblait que les soldats voulaient reprendre le contrôle des abords de la panaméricaine. Alors, Alex prit le nounours, mit quelques vêtements bourgeois dans un sac, grimpa sur son vélo et se mit en route vers Santa Ana. Il croisa Cristina et Alfonso et leur envoya la main. Il arriva à quatre heures trente à la porte de la maison de Roberto. Après qu'Alex lui eut tout raconté, Roberto décida qu'il resterait caché jusqu'au lendemain matin, 8 février, pour prendre du repos et se calmer les nerfs. Il partirait alors dans le camion de Jesús pour San Salvador où il viderait son compte afin d'acheter un billet d'avion pour la première destination internationale. Au cas où cela ne serait pas possible, Jesús tenterait de le mettre en contact avec le FFMLN de Chalatenango et, de là, il passerait au Honduras.

34

Le matin du 8 février, Roberto souhaita bonne chance à Alex, qui monta dans le camion avec Jesús. Ils refirent le même chemin qu'en juillet mais ne s'arrêtèrent nulle part. Alex avait envie de vomir et vivait un état de dépression fébrile. Par instants, il sortait de sa torpeur pour se précipiter dans une sorte de transe intérieure où il revivait, halluciné, la complicité admirative qui l'unissait pour toujours à Dolorès, l'amour de sa vie. L'amour de sa vie ! Car, quoi qu'il arrive, jamais plus il ne pourrait vivre ce que tous deux, de concert, avaient vécu dans la jouissance. Cette présence attentionnée de l'un pour l'autre, cette intelligence intime où s'étaient trouvés réunis le délire du désir et le respect, l'étonnement pantelant devant la générosité et l'accord juvénile des mouvements, l'émoi face à un plissement imperceptible du visage ou à un changement discret des ardeurs et des parfums physiques. Il ne voyait rien et répondait à peine aux remarques de Jesús qui faisait de son mieux pour l'amener à prendre conscience de ce qu'il allait faire dans la capitale.

Ils arrivèrent dans la banlieue. Jesús lui dit qu'il allait se stationner aux alentours du 42, rue Esteban Cristiani, cinq rues plus loin que le boulevard où se trouvait la Banco de Mercado. Au 42 se trouvait le Catamarca, un café tenu par un de ses cousins. Il serait là et attendrait près du téléphone la confirmation que tout allait bien ou un appel à l'aide. Si tout allait bien, il l'emmènerait à l'aéroport. Sinon, ils fileraient vers Chalatenango. Le père Chavez avait annoncé leur arrivée possible à un ami qui pourrait les mettre en contact avec la guérilla, beaucoup plus forte et mieux organisée là-bas. Il passerait alors au Honduras.

Semi-comateux et plein d'appréhension, Alex le remercia et se dirigea vers la banque. Tout allait bien. Il entra dans l'immeuble cossu, fit la queue au guichet comme d'habitude et demanda deux mille cinq cents dollars, ce qui ne posa aucun problème. Il laissa le reste, soit environ mille dollars, dans son compte pour ne pas éveiller de soupçons. Il sortit de la banque et, au lieu de revenir sur ses pas, il prit la direction opposée pour rejoindre la rue Esteban Cristiani en faisant le tour complet du pâté d'immeubles. C'est alors que, de l'autre côté de la rue, il pensa reconnaître une Ford Falcon bleue qu'il croyait avoir aperçue avant d'entrer dans la banque. Il décida alors de ne pas tourner dans la première rue à sa droite mais d'aller dans la galerie piétonnière couverte où s'alignaient des dizaines de boutiques. Il verrait bien si la Ford était dans l'autre rue, à la sortie de la galerie. Il en profiterait aussi pour entrer dans le magasin de téléphones publics d'où il appellerait les parents de Dolorès, qu'il ne connaissait pas, pour leur faire part de l'horrible nouvelle. Ainsi, avant de téléphoner au café où l'attendait Jesús, il aurait le temps d'observer ce qui se passait aux alentours et de voir si quelqu'un le suivait.

Toutefois, par mesure de prudence supplémentaire, il décida de faire semblant de flâner dans la galerie. Il regarda les devantures des boutiques puis revint sur ses pas, entra dans un magasin près de l'entrée de la galerie et acheta une chemise. Il vit la Ford Falcon bleue arrêtée en double file. L'adrénaline lui monta dans tout le corps. Il sortit lentement du magasin et fonça vers la boutique de téléphones. Il allait d'abord appeler Jesús. Il fit semblant de flâner et tenta de repérer qui le suivait. Il entra dans un magasin et acheta des lunettes de soleil bon marché et un chapeau de paille que la vendeuse cacha dans un grand sac en papier. Il serait prêt à se déguiser rapidement si nécessaire. Il remarqua plusieurs personnes qu'il avait déjà aperçues dans la galerie. Il s'approcha de la boutique de téléphones et appela le café Catamarca. C'était occupé! Il composa alors le numéro des parents de Dolorès. Il regarda à travers la vitre de la cabine, ce qui lui donnait une perspective sur la vitre de la boutique ouvrant sur l'espace fermé de la galerie piétonnière. Une voix de femme lui répondit.

— Allo, Madame Iraeta?

— Oui, à qui ai-je l'honneur?

Cette expression le troubla et pendant quelques secondes, il ne sut quoi dire. Puis, il chuchota très vite:

— Madame, excusez-moi, j'ai une mauvaise nouvelle, je suis désolé, je suis l'homme qui a aimé passionnément votre fille ces derniers mois et cet amour était partagé. Elle a été tuée par balle, les armes à la main, il y a trois jours près de Santa Ana par les forces gouvernementales.

— Qui êtes-vous? Où êtes-vous? entendit-il proférer d'une voix affolée.

Il raccrocha. Il appela le café Catamarca. Le cousin lui passa Jesús à qui il expliqua la situation.

— Essaye de sortir de la galerie et de repérer qui te file, dit Jesús. Puis tente de les semer. Ensuite, précipite-toi rue Cristiani. Nous partirons de là pour Chalatenango. Si tu n'es pas sûr de les avoir semés, ne prends pas de rues où tu serais seul, car ils pourraient te kidnapper ou te tuer. Reste dans la foule et déguise-toi.

— Et si tout cela ne fonctionne pas?

— Prends un taxi, va dans la rue Santa Teresa, au numéro 32, passe dans les jardins, ressors de l'autre côté dans la rue Domingo Miguelez et rejoins la rue Cristiani en passant par le patio et le jardin de la maison du 44, Domingo Miguelez. Elle est tout à côté du café. Alors, on saute dans le camion et on file incognito.

Alex raccrocha tout en observant la foule. Il décida d'appeler Steve au Canada, au (416) 722-8260. Un répondeur automatique se mit en marche. Il laissa la phrase codée et convenue: « Les frites ne sont ni croquantes ni fondantes. » Puis il donna des précisions au sujet de Pedro qui était un Navajo travaillant probablement pour les services de renseignements de la dictature. Ensuite, il se dirigea vers la sortie qui donnait sur l'autre rue. Il regardait des deux côtés comme s'il cherchait quelque chose dans les devantures. Rien. Il s'était peut-être trompé. Il acheta quand même une paire de chaussures de sport Dike Air, qui tiennent bien au pied et permettent de courir vite sans déraper. Finalement, il entra dans un grand magasin où la clientèle était assez clairsemée, fit plusieurs fois le tour des rayons tout en observant les chalands qui s'arrêtaient devant la vitrine. Il se rendit vers le fond de la boutique et expliqua au vendeur qu'il désirait essayer un pantalon bleu. Il lui dit qu'il prendrait son temps. Il voulait mettre la chemise qu'il venait d'acheter ainsi que les chaussures, pour voir si la couleur allait bien. Il passa dans un couloir où se trouvait une salle d'essayage avec des cabines individuelles. Il prit la dernière, près d'une porte en métal où était écrit « Sortie de secours ». Quand il eut fini, le vendeur fut étonné de le voir si transformé et entreprit de le convaincre que le pantalon lui allait à merveille. Alex le remercia, l'informa qu'il achetait le pantalon mais qu'il aimerait laisser ses vieux vêtements dans la salle d'essayage, car une chemise bleue et blanche du magasin l'intéressait. Avant, il voulait toutefois passer une cravate qui lui plaisait, quelques boutiques plus loin. Donc, il payait le pantalon, allait voir la cravate et reviendrait pour la chemise et ses vieux vêtements. Le vendeur plaisanta un peu sur sa frénésie d'achat, et Alex répondit qu'il aimait une femme très élégante. Il était temps qu'il se mette à son niveau.

Il enfonça le chapeau sur sa tête et, en se dirigeant vers la porte du magasin, couvrit ses yeux de ses lunettes teintées. Avant de sortir, il se força à marcher plus lentement, traversa la galerie de biais pour se diriger vers un marchand de patates frites. Il lui rappelait son autobus sur le campus. Il se disait qu'il pourrait en partie cacher son nez et sa bouche derrière sa main pleine de frites et derrière le sac en papier. Même Dolorès ne l'aurait pas reconnu. Tout en attendant d'être servi, il s'appuya sur la colonne de ciment qui soutenait la voûte. Il entendit distinctement parler navajo. Les mots provenaient de l'autre côté de la colonne. Quelqu'un parlait dans un walkie-talkie et disait : « Ici, Joe, Alex n'est pas encore sorti du magasin ; qu'est-ce que je fais, Pedro ? » Et Pedro répondit : « Surveille encore, je t'envoie quelqu'un dans une minute. Aussitôt que ton collègue arrive, tu explores le magasin. Les issues de la galerie sont toutes sous surveillance ; j'attends la confirmation. On va le coincer. Je suis à la sortie de la galerie et je vais le reconnaître même s'il a changé de vêtements. Il y a aussi quelqu'un qui est capable de le reconnaître à l'entrée. »

Le marchand lui donna son sac de frites. Il paya, n'attendit pas la monnaie et rentra dans le grand magasin le plus naturellement qu'il pouvait, son visage dans le sac de frites. Il retourna voir son vendeur :

— Vous n'avez pas acheté la cravate, s'enquit-il ?

— Non, mais j'en ai vu de toutes les couleurs !

— Voulez-vous essayer une chemise ?

— En fait, j'aimerais utiliser votre sortie de secours. Je viens de voir l'époux de la femme que j'aime et je pense qu'il est accompagné d'un détective. J'ai peur d'avoir des ennuis sérieux.

— Mais je ne peux pas vous laisser faire.

– C'est pressé, vous aurez cent dollars.

– Je vais voir le gérant.

– Voilà cent dollars tout de suite.

Le vendeur disparut, troublé, mais revint une minute plus tard avec le gérant.

– Bonjour monsieur. Si j'ai bien compris, vous voulez sortir par la porte des artistes?

– Oui, et c'est vous deux qui obtiendrez le cachet.

– Vous n'avez rien volé, au moins.

– Juste l'épouse d'un mari maintenant furieux, et seulement à temps très partiel. Nous devions nous rendre ensuite au Sheraton. Mais je pense que je vais me reposer ailleurs, et seul.

– Vous pouvez me décrire l'intérieur du Sheraton?

Alex évoqua sa chambre et le merveilleux brunch de Noël pour gloutons convaincus.

– Je vois que nous fréquentons les mêmes endroits et que nous apprécions les bonnes choses de la vie, remarqua-t-il.

Alex prit encore cent dollars et les mit dans la main du gérant qui ouvrit la porte. Elle donnait sur une cour où jouaient les enfants d'un immeuble contigu. Il y rentra, jeta ses frites dans une poubelle et sortit par la grande porte avec un locataire qui le salua. Alex, pour passer inaperçu, lui demanda si c'était bruyant le soir, en précisant qu'il désirait louer un appartement pour sa famille. L'homme lui expliqua les avantages de l'immeuble, lui parla des bonnes mœurs des locataires et ils se quittèrent deux rues plus loin.

Alex tourna à droite, héla un taxi, s'assura qu'il n'était pas suivi et se fit déposer au 42, rue Cristiani. Jesús, nerveux, l'attendait. Alex lui raconta tout. Ils conclurent que si les gars parlaient navajo, c'était pour ne pas être compris. Mais ça voulait aussi dire qu'il ne s'agissait pas d'une vengeance « personnelle ». Il y avait un autre collaborateur parlant navajo. Et la police salvadorienne. Donc, il était considéré comme une proie de choix pour les services de renseignements, ce qui signifiait que son signalement avait été transmis à l'aéroport. Ils décidèrent de se diriger vers Chalatenango. Alex se roula en boule sous le tableau de bord.

Ils sortirent de la banlieue. Sur la route de Suchitoto, Alex reprit la position normale du passager et s'enfonça dans son chagrin. Les plantations de café succédèrent aux plantations de coton. Ils s'arrêtèrent dans un petit restaurant au nord de la ville et tâchèrent de savoir s'il y avait beaucoup de barrages de l'armée. Pas avant San Felipe, leur dit-on. Cela correspondait aux renseignements qu'ils avaient obtenus à Santa Ana. Ils s'arrêtèrent donc chez Octavio Lempres à San Felipe et se souhaitèrent bonne chance. Octavio, un grand maigre décidé, l'informa qu'ils passeraient le soir même dans la zone de la guérilla, car les nuages cacheraient les étoiles. Il lui conseilla de dormir. Pour l'aider, il lui donna du *pito* en bouillie dont les graines ont des effets similaires aux somnifères, surtout pour ceux qui n'en consomment pas régulièrement.

Alex s'endormit au bout de quelques minutes. Octavio le réveilla à onze heures du soir. Ils partirent à travers champs puis marchèrent dans une savane à épineux. Ils croisèrent quelques vaches efflanquées. Ils arrivèrent au bord du grand lac séparant la zone gouvernementale de la zone de guérilla. Octavio meugla comme une vraie femelle cornue. Une autre femelle lui répondit. Ils approchèrent. La vache était en tenue de camouflage et avait remplacé ses cornes par un AK-47. Alex et Octavio se serrèrent la main. Octavio disparut. Le AK-47 se présenta comme étant Juan. Alex le suivit jusqu'à un bateau. Ils embarquèrent. Juan maniait la rame sans bruit. Ils se perdirent dans la brume.

Même pas le temps de lui donner vingt-cinq centavos, rit Alex intérieurement en pensant à Octavio. La ville, la campagne, les bourgeois, les révolutionnaires, tout ce monde fonctionne avec des codes sans commune mesure. Mais on appelle tout cela une nation et tout le monde est censé croire la même chose et avoir les mêmes buts! Surtout quand il n'y a pas la révolution. Ces mondes s'ignorent profondément. Ils auraient besoin de faire des échanges interfamiliaux pour avoir la moindre idée de ce que l'autre groupe vit. Les paysans ont tout en commun avec les paysans des pays limitrophes, du Mexique à la Bolivie, et les riches ont eux aussi tout en commun avec les riches de ces pays. Sauf que les riches fonctionnent dans un territoire délimité tout en voyageant et en ayant établi des rapports financiers et militaires avec les autres territoires. Par contre, les paysans pensent seulement en fonction des conditions locales. Et ceux qui ont un peu réfléchi dans le cadre d'une pensée révolutionnaire, pensent en terme de nation. C'est leur perte.

Arrivés au milieu du lac, Juan lui donna une rame et lui dit de pagayer avec vigueur. Ils arrivèrent sur la berge et débarquèrent dans un banc de nuages frôlant les joncs. Alex suivit ses pensées et sa vache camouflée en guérillero. Il était quatre heures. Ils étaient dans la zone tenue par la guérilla. Juan meugla quand même trois fois. Une vache toute « guérillerette » répondit. Elle s'appelait Susana. Elle conduisait une vieille Jeep. Ils arrivèrent à cinq heures à Chalatenango et à six heures au-delà de Chalatenango, dans un camp où il put se reposer. Le capitaine informa Santa Ana sur ondes radios qu'Alex était bien arrivé, grâce à un code préétabli : « L'autobus de patates frites est en bon état. » Le codage était essentiel. En effet, de Chalatenango à Santa Ana, les guérilleros ne pouvaient pas utiliser les fils de fer barbelés clôturant les pâturages en guise de transmetteurs de messages, comme dans l'environnement immédiat, les zones étant coupées par des espaces tenus par l'armée régulière.

35

Durant les jours qui suivirent, assommé par ses souvenirs, Alex partit dans la montagne rejoindre un camp de base. Une seule fois, trois hélicoptères survolèrent les flancs de la montagne, en dessous de lui. Il se sentait filigrane dans les arbres et ne se cachait guère. Dolorès le protégerait, sinon il la rejoindrait. L'hélicoptère, plus bas, remontait le versant sud-ouest comme un scarabée aux pattes vibratiles cherchant des proies de ses pinces dentées. Alex traversa sans encombre des forêts de *balsamos* et de *ceibas* de plus de trente mètres. Il arriva à un camp de base organisé comme un village, avec infirmerie, atelier de réparation des armes, école, émetteur radio. Tout était beaucoup plus structuré que dans la région de Santa Ana. Une véritable armée occupait le territoire. Il y resta quelques jours, perdu dans ses fantasmes. Il ne distinguait pas clairement les détails de l'espace. Il les couvrait plutôt du corps de Dolorès qui devenait son visage qui devenait son sourire. Et ce sourire le faisait pleurer ou tomber dans une amertume profonde nouant son plexus. Il donna des cours de conversation anglaise aux dirigeants en songeant aux enfants de San Cristóbal, les larmes aux yeux. Le jour du départ, il donna au *Comandante* cinq cents dollars pour acheter des médicaments. Ce dernier les accepta avec plaisir. Puis, il se mit en route avec un petit groupe qui allait se ravitailler en médicaments et en munitions du côté du Honduras. La marche, d'abord facile, devint plus pénible à cause de la chaleur et des moustiques. Alex était au bord de la fièvre et de la diarrhée. Ses pensées gigotaient dans sa tête autour de la mort de Dolorès. Il avait hâte d'être de l'autre côté, puis dans un avion sur le chemin du retour. Pour le moment, le chemin montait toujours et certaines vallées luxuriantes étaient particulièrement marécageuses.

Les moustiques vrombissaient comme une rafale d'hélicoptères lâchant leur napalm sur les pores de la montagne. Ils zézayaient leurs slogans dans ses oreilles comme s'ils voulaient brouiller par des parasites les pensées qui s'effilochaient dans sa tête.

« Quelle vengeance ! Quelle merde ! » grognait-il. « Des heures à se faire pomper la couenne ! » Et il repensait à la lettre qu'il avait écrite à ses parents, peu de temps avant la mort de Dolorès. Quand il était dans l'euphorie totale. À cette lettre optimiste où il leur présentait la vie par l'entremise d'une mouche.

Eh bien, oui ! La mouche, c'est la guérilla. C'est là et pas là. Ça attaque et ça se retire ; ça harcèle, ça repart, c'est le travail politique dans l'aisance sportive de l'accrochage et du décrochage. Le moustique, c'est l'infiltration de la réaction. Ça bourdonne, ça foisonne, ça vibre comme un vieux foc étiré qui faseye, ça infiltre sournoisement pour une goutte de sang. On tape, on écrase, il y en a autant. Ça pullule comme les informateurs, comme les soldats qui s'encasernent pour avoir la bouffe et foutre leurs zizis dans le con d'une pute, une fois par mois, en récompense de tous les coups de pied dans le cul reçus de la hiérarchie.

Les moustiques, ça s'insinue, ça pompe, ça tombe pas comme des mouches, ça fouille, ça grouille, c'est la zizanie, ça besogne dans la traîtrise pour des croûtes. Ça gigote dans le jus cérébral sur lequel flottent des yeux glauques exorbités par la souffrance et des siècles de torpeur. Ça bousille une grève pour un billet crasseux, pour l'approbation d'un chef, pour se faire pardonner un larcin, une putain de trop.

Les moustiques descendaient en piqué à quatre-vingt-dix degrés et vrombissaient comme une rafale de mitraillette dans un crâne qui éclate à dix-huit images par seconde et dont les lambeaux de cervelle couleraient mollement sur les rocs lisses et humides comme des glaviots de tubards. Les moustiques crissaient comme une rafale de neige dans le visage de l'explorateur gelé, enfoncé jusqu'aux hanches dans l'ouate mollassonne. Les moustiques zézayaient à huit cents décibels comme une ampoule de cinq cents watts qui s'apprêterait à lâcher dans une cellule sans fenêtre.

« Quelle vengeance ! Quelle merde ! » marmonnait-il ! « Encore des heures à se faire pomper la couenne. »

Une de ses Dike Air était trouée. Misère. Misère. Des heures à marcher dans la boue. Pour aboutir dans un marécage qu'il fallait franchir en enfonçant jusqu'aux mollets. Et cette odeur de dinosaure lui faisait penser à Dolorès, à leurs jeux tactiles sur leurs os quand ils exploraient le ptérodactyle enfoui en leur architecture. Il en frissonnait dans la moiteur. Ses vertèbres vibraient doucement, musique antédiluvienne que Dolorès savait évoquer en son squelette. Il pensait à leurs rires repus après que leurs orgasmes avaient crépité. À leurs paroles naïves comme celles où il lui demandait : « Sais-tu comment s'appelle un dinosaure homosexuel ? » et qu'après sa réponse négative, il éclatait de rire avant même d'avoir prononcé les mots et bafouillait : « Un Tripotalanus. » Et elle le rejoignait dans un rire qui n'en finissait pas, et l'amenait à frotter sa colonne contre cette main fervente.

À la sortie du marécage, la chaussure aspirait l'eau, la crachait, l'aspirait à nouveau, la recrachait. La chaussure devenait vase autour du pied-sangsue s'enfonçant dans le visqueux qui enrobait le mollet, lui-même devenant algue. Le pied devenait éponge dans un monde d'orteils blêmes et bruns pataugeant dans les glaires d'un cauchemar à l'agonie. Les os devenaient papier mâché flottant à l'abandon dans une crue saumâtre. Le pied perdait pied dans ce double marais. La semelle cherchait le point d'appui que le pied cherchait et ne trouvait pas au-dessus de la semelle. L'angoisse du sans-fond à chaque mouvement, de la chausse-trappe. C'était comme les combattants débutants qui passaient de village en village expliquer le programme de renouveau aux populations et qui avaient peur de ne savoir quoi répondre à des yeux qui demandaient un peu plus à manger et la paix.

Ce pied le suivait partout et ne prendrait jamais racine. Ce pied n'était même pas impression quadrillée sur le sol sec et rugueux des sentiers de montagne. Ce pied angoissant d'absence d'attaches, d'absence d'empreintes, dans la disparition. Ce pied guérillero, insaisissable, impossible à retracer et pourtant là. Là, mais dans l'inconfort d'une technologie qui avait fait défaut. Car le plastique et ses compléments, le nylon et le caoutchouc synthétique, étaient peut-être le bond technologique le plus important du XXe siècle. Il avait permis la survivance des mouvements de libération précaires qui dépendaient souvent d'un pied en bon état, à sec, vaillant, avide d'un morceau de plastique pour se protéger d'une pluie qui n'en finissait pas, d'un sac en plastique pour collecter l'eau qui se faisait rare. Encore plus, d'un sac à ordures vert pour dormir la nuit sur un espace sec, pour sauvegarder les vêtements au sec comme dans le carré d'un voilier dans la tempête, ou pour garder les ordures qui ne laisseraient pas couler le moindre jus à l'odorat des chiens au service de la dictature.

Son pied revenait sans cesse à la mémoire de son mollet et montait vers un genou qui s'humidifiait à mesure que l'eau grimpait à l'assaut de son pantalon bleu. Impossible d'oublier ce trou bénin qui l'alourdissait à gauche. Son pied lui faisait oublier son plexus noué! Et il rêvait qu'un cordonnier-garagiste-réparateur de pneus se trouverait bientôt quelque part, pour lui coller une énorme rustine avec un restant de vieille gomme.

Son pied perdait le sens des profondeurs dans la boue ayant phagocyté la semelle dont l'empreinte lui donnerait droit, peut-être, à une rafale de la part d'un pauvre soldat qui faisait ça par peur du lendemain. Parce que, autrement, ce serait lui qui crèverait de faim comme ses parents. Il restait à durer jusqu'à ce que les herbes s'espacent en touffes sur une terre qui se durcissait par plaques au soleil, jusqu'à ce que les arbres et leurs feuilles laissent place à des épineux et à des rocailles même pas bonnes pour la culture des haricots ou du maïs. Mais, là aussi, il faudrait durer, car la peau détrempée allait se desquamer par plaques, dans un frottement constant contre le rebord des chaussures. Des milliers de fois, un petit frottement qui tenaille jusqu'aux intestins et donne presque la dysenterie, sous le soleil de l'après-midi. Et grimper, roc après roc, au flanc de la montagne. Jusqu'à l'affolement. Comme ces orignaux devenus fous à cause des piqûres de moustiques et qui se jettent dans un marais et y restent des heures, les narines seules dépassant à la surface.

Il faudrait tenir en regrettant le marais du matin et son humidité. Un trou dans une chaussure, et tout le corps faisait mal. Un trou dans une chaussure et une journée difficile tournait au cauchemar. Un trou dans une chaussure pouvait même tourner à la tragédie s'il fallait décrocher rapidement dans une escarmouche. Un trou dans une chaussure en annonçait un autre en pleine tête, en pleine poitrine. Aussitôt arrivé au Canada, il se plaindrait de ce trou à la compagnie. Il avait encore la facture dans la poche de son pantalon. Il se plaindrait de ce trou qui avait saboté sa fuite. Il se plaindrait que les Dike ne résistent pas aux barbelés ni aux morceaux de métal éparpillés dans les sierras. Il demanderait des dommages et intérêts pour torture multinationale alliée indirectement aux réactionnaires qui voulaient lui couper l'herbe sous le pied. Sa prochaine fuite, il la ferait chaussé d'une marque concurrente. Ça, ça leur ferait peur. Parce que la guérilla, ils s'en foutent. Si ça va pas là, ils déménagent en Thaïlande ou au Zimbabwe! Et pour durer, il inventait des morceaux de lettre dans sa tête.

« Monsieur, c'est avec un regret infini que j'ai l'honneur de vous demander de me rembourser le prix d'une paire de Dike Air achetée le 8 février 1987 à San Salvador. En tant qu'aide-guérillero à temps partiel poursuivi par un escadron de la mort, j'ai failli perdre la vie à cause d'un défaut dans une semelle qui m'a fait un pied de nez. Je demande, de plus, deux mille cinq cents dollars pour la torture psychologique qui m'oblige à voir régulièrement un psychanalyste deux fois par semaine. Ci-joint, preuve à l'appui, la photo du pied dont les cloques profondes ont laissé des traces indélébiles sur ma peau juvénile. Avec mes remerciements, recevez Monsieur, l'expression de mes sentiments guérilleresques les plus distingués. » Et il éclatait de rire, ce qui faisait penser aux compagnons qui le précédaient et le suivaient qu'il était emporté par le délire d'une fièvre particulièrement agressive.

Marcher des heures, le pied tordu, pour éviter ce frottement sur la chair à vif, ouvrait un flot d'idées sombres sur l'avenir. Les cadavres en sang séché tournaient déjà en pus noirâtre. Une chaussure trouée, aggravée de la perte de Dolorès, menait à miner le moral, à miner la rage de survivre pour la venger plus tard, et ouvrait sur le désespoir. D'où la nécessité de la réflexion théorique et idéologique. Pour vivre dans ces conditions, il fallait la convergence de l'intellect, de l'amour et du pratique. Sinon, la politique réactionnaire vaincrait, soumettrait les exploités pour une paire de savates, pour un seau en plastique, pour une boîte de conserve, pour des riens primordiaux sans lesquels le délicat équilibre entre vie et mort serait rompu. Sans lesquels la solitude et la souffrance s'accroîtraient et deviendraient intenables.

Il y avait un minimum d'objets à posséder, à entretenir, à réparer et à partager, afin de lutter efficacement contre l'amoncellement du matériel au service de la dictature. Il y avait un minimum sans lequel il n'était plus possible de lutter, car toutes les énergies étaient tournées vers la survie. L'impuissance des gens, c'était cela, souvent. On les réduisait au minimum, ce qui les empêchait de faire autre chose que d'assurer leur survie. En dessous, c'était la mort lente avec désespoir et révolte non canalisés. Au-dessus, c'étaient les revendications pour encore un peu mieux, pour du plus humain pour tous. Donc, on déménageait aussitôt qu'ils atteignaient un niveau qui permettait de penser au-delà de la survie.

« Heureusement, je vais pouvoir réparer cette chaussure au Honduras », se répétait-il. À ce moment, des pensées plus ordonnées revenaient. La douleur du deuil reprenait l'intensité de son omniprésence. L'optimisme contrôlé concernant la révolution remontait à la surface. Le synthétique est l'arme qui transforme le groupe de survie en groupe combattant. Pour atteindre sérieusement les paysans guérilleros, il suffirait que les épiceries n'aient plus de sacs en plastique, que ceux-ci soient bannis, interdits, et que toute personne en possédant au moins un, soit condamnée à mort pour conspiration contre la sécurité de l'État. Pas besoin de tanks, d'obus, de poison. C'est simple. Mais la dictature, heureusement, ne comprend rien aux problèmes simples de gens simples survivant en symbiose avec l'environnement. On ne lutte pas avec des tracts parmi des gens qui ne savent pas lire, mais avec des sacs à ordures verts. Les poubelles de la bourgeoisie sont leur espoir, de même que le matériel et les armes prises à l'ennemi. La pléthore causée par l'exploitation est ce qui menace l'exploitation, délirait-il.

Guarita, enfin. Le Honduras à portée de semelles. Son pied-plaie lui monta au cerveau, une dernière fois. Les guérilleros lui souhaitèrent bonne chance. Ils attendraient la nuit pour leur livraison. Lui pouvait prendre l'autobus et se rendre à Tegucigalpa. Mais, il alla droit à la pharmacie recouvrir son pied de *Calendula Cerate*. Puis, il entra chez un cordonnier et acheta une paire d'espadrilles. Alors, il se dirigea vers la gare d'autobus qui allait l'emmener à La Esperanza. De là, il prendrait un autre bus pour La Paz et Tegucigalpa. Après un somme de deux heures dans le véhicule où s'accumulèrent une série de scènes d'horreurs, il savait que la dictature pouvait être vaincue et que les guérilleros construiraient une société meilleure. Le corps est le foyer des convictions. Il est la réflexion. Tout apprentissage ne peut passer que par le corps, ses expériences, son endurance. Et sa jouissance.

Il monta dans un autre bus à La Esperanza. En rêve, il rejoignit Dolorès, ses cent un mille et cent une nuits. Sensations sans sensation, les herbes folles et libres de moustiques caressaient le ciel de ses pupilles et sa toison rayonnait des soleils de ses cils, pinèdes bardées de désirs. Le sol calquait ses reins, statue grecque emportée à l'horizon de glaise... les herbes folles, les herbes douces, leurs transhumances...

Il se réveilla aux abords de Tegucigalpa. À la gare, il décida de se munir des armes du parfait voyageur international. Il flâna dans les rues commerçantes et acheta des chaussures en cuir, une chemise, une cravate, une veste et un pantalon. Un peu plus loin, il se munit d'une splendide mallette en cuir. Il prit un taxi et se rendit à l'aéroport. Il acheta le *Time* et le *Wall Street Journal* qu'il tint à la main avec sa mallette. Il se procura un billet pour le deuxième avion qui partait. Le premier se rendait à San Salvador. Mais le suivant se dirigeait vers la capitale du Guatemala, puis celle du Mexique. Il s'acheta des friandises. Il avait aussi laissé un billet de cinquante dollars entre les pages de son passeport. C'est pourquoi le préposé ne lui demanda pas pour quelle raison il n'avait pas de tampon d'entrée au Honduras. Le billet servit de tampon universel comme le petit rectangle blanc remplaçant toutes les lettres de l'alphabet au jeu de Scrabble. Le fonctionnaire lui souhaita bon voyage et lui adressa un sourire. Alex monta dans l'avion. C'était le 14 février.

36

Alex arriva à Ottawa le 16 février. Il téléphona à Georges Dupuis, le responsable de son autobus de frites. Georges lui dit que financièrement tout allait très bien. Il lui apprit aussi que Steve, le syndicaliste, était mort le 12 février, empoisonné après avoir dégusté un sandwich au thon acheté à la cafétéria de l'usine où il travaillait. Il tenait à le préciser pour qu'Alex ne s'inquiète pas des repas vendus à l'autobus sur le campus. Georges trouvait ça plus que curieux. Alex le remercia et songea que faire des recherches au sujet de Pedro Falcon et des liens entre les Autochtones et les services de renseignements menait à avoir bien des ennuis. Il décida de prendre tous ses repas en famille.

Les jours suivants, il raconta sa vie à ses parents. Aux voisins, il expliqua qu'il avait été faire des fouilles au Guatemala et qu'il était revenu plus tôt à cause des activités de la guérilla. Tout était normal. Sauf qu'il avait Dolorès dans la peau. Qu'il tenait à elle tout autant à Ottawa qu'à San Cristóbal. Il réserva cet aspect de son séjour au Salvador pour sa sœur Laura. Il lui expliqua en détail comment il se sentait. Fébrile, plein de désir pour Dolorès avec qui il n'avait connu qu'une relation heureuse, qu'il écoutait intellectuellement, qu'il admirait et dont il avait terriblement envie. Il oscillait entre la dépression et la joie d'avoir eu la chance de vivre ce qu'il avait vécu. Il repensait à leurs rencontres avec avidité, avec la puissance illimitée d'un bonheur extrême qui n'avait pas eu le temps de se perdre dans une quelconque banalité. Laura l'écoutait avec attention, songeant à ses amants passagers, interchangeables, dont le but n'allait pas au-delà d'acheter une auto de luxe et de se trouver un emploi payant grâce auquel ils pourraient progresser dans la hiérarchie. Il lui avoua que souvent, la nuit, il croyait entendre Dolorès

155

gratter à sa porte ; il se masturbait longuement en évoquant sa peau caramel et ses senteurs intimes. Il la sentait sur lui aller et venir, puis il se retournait et s'étendait sur elle, léchant le duvet le long de sa colonne vertébrale ; il n'en pouvait plus. Quand il se laissait aller à l'éjaculation, il pleurait dans l'oreiller, secoué de spasmes, et finissait par s'endormir aux premières lueurs du jour. Quand il se réveillait, vers onze heures ou midi, la clarté lumineuse réfléchie par la neige lui faisait mal aux yeux. Il ne voyait pas ce qu'il pouvait faire, comment vivre dans ce cirque où la banalité masquait l'horreur. C'est pour cela que, quand il sortait, il portait des lunettes de soleil. Elles lui permettaient de marcher dans ses rêves. Laura tentait de le calmer. Elle lui avoua qu'elle se demandait comment faire pour qu'une relation amoureuse intense, ce qu'elle n'avait de toute manière jamais connu, ne se terminât pas dans la banalité bourgeoise où la qualité des relations humaines est remplacée par le confort. Alex ajouta que le tout était de savoir comment faire pour qu'une relation ne finisse ni dans la mort ni dans l'habitude. Par cette phrase, ils mesurèrent la distance entre leurs expériences réciproques, et partirent à rire. De leur amitié. De l'absurdité.

37

Il décida de se reposer tout en envoyant son curriculum vitæ pour obtenir un poste de professeur. La routine de la capitale canadienne ne fut rompue que par une soirée mémorable pour fêter sa grand-mère maternelle. Elle venait d'atteindre cent ans et avait rédigé un testament où elle donnait son corps à une·fondation pour la promotion de l'apprentissage médical par la pratique, ce qui permettrait une déduction d'impôts sur le revenu transférable à ses héritiers, vu que ladite fondation était dûment enregistrée au ministère des Finances. Elle voyait loin, Armelle Lemieux ! Ses sœurs, ses frères encore vivants, et la plupart de ses enfants et de ses nombreux petits-enfants vinrent de partout. Du Québec, de l'Ontario et de l'État de New York, juste pour fêter le un devant deux zéros. En fait, ce sont les zéros qui impressionnent. Même chose pour l'argent. Comme Armelle avait un certain nombre de tous ces zéros-là, elle était tout à fait « fêtable ». De plus, se disait Alex, la nouvelle frontière, ce n'est plus l'espace car, avec l'électronique, les ordinateurs, le réseautage financier et communicationnel de la planète, l'espace est dépassé. Le temps maintenant est la nouvelle frontière qu'il faut conquérir. Armelle et ses deux zéros représentaient donc un défi. À cause de son âge rétro, elle était dans le vent des technologies de pointe et de la science-fiction qui bientôt serait de la science.

Un des oncles d'Alex organisa une soirée grandiose à Laval, près de Montréal. Il fallait revivre l'enracinement et la communauté de pensée des Lemieux, tous issus originellement de Saint-Zéphirin. Pas question de fêter aux États-Unis ni chez les Anglais. Les racines, rien de moins, devaient souligner la vigueur des zéros des Lemieux. D'où le choix de la région de la métropole québécoise, ce qui convenait parfaitement à tout le monde. Laval était au centre du rayonnement des Lemieux et personne n'était à plus de sept cents kilomètres du restaurant retenu. Il ne fallait pas que la distance ajoutât un zéro spatial, plus de mille kilomètres, aux deux zéros de la centenaire.

Ainsi, le 7 mai, les automobiles convergèrent, à sept heures du soir, dans le grand stationnement d'un restaurant, sur le boulevard des Laurentides. L'immense affiche lumineuse en français et en caractères chinois plus petits annonçait simplement Wong Ho. Elle arrivait à peine à trancher sur l'énorme M majuscule du McDonald's situé entre un imposant poste d'essence libre-service-épicerie Petro Canada et un grand magasin d'appareils électroniques. À perte de vue s'effilochaient les fils du téléphone liés à ces immenses cannes à pêche en bois déracinées qui les soutenaient, afin qu'ils pigent en plein éther les mots humains ou même, peut-être, divins. Le ciel bleu marine faisait ressortir le rouge et jaune de Monsieur Wong et de son palais impérial en plaques au plâtre recouvert de tuiles goudronnées vertes. Des caractères chinois dorés encerclant un dragon rieur et coquin ouvraient sur une double porte rouge vif dont l'avant-toit était soutenu par des colonnes corinthiennes. C'est sous ces colonnes qu'arriva la Cadillac blanche aux vitres teintées, style chef mafieux, louée pour l'occasion à la compagnie de limousines en tout genre, Hector Vaudreuil.

Armelle et quelques-uns de ses enfants en sortirent, et tous entonnèrent : « Ma chère Armelle, c'est à ton tour… » Les racines allaient bon train et cousins, cousines, oncles et tantes que certains reconnaissaient à peine, s'embrassaient et parlaient des liens familiaux, du village, du défrichage et du commerce. Armelle vit Alex et, connaissant son humour, elle lui dit : « Ma prochaine promenade aura lieu dans une Cadillac noire familiale, comme les autos que tu achètes ! » Ils rirent mais furent bientôt séparés par des dizaines de lèvres qui voulaient saisir cellulairement le goût véritable des zéros.

Tout le monde entra dans le restaurant. Les serveurs aux cheveux laqués, comme les canards qui attendaient avec impatience d'être dévorés, les guidèrent vers la salle de réception numéro trois, au sous-sol. Au premier, il y avait déjà un mariage et deux anniversaires. La musique les assourdit quelque peu. Elle était fournie par Jules Lachance, un spécialiste du folklore qui faisait passer des cassettes de violoneux des pays d'en haut, ce qui rendit Armelle joyeuse. Elle se mit à danser avec un de ses petits-fils dont l'anneau dans l'oreille gauche l'orientait plus vers le post-punk. Mais la joie y était, et Armelle et Jean-François firent un beau couple, franchissant en quelques pas bien sentis le gouffre des générations.

Le maître de cérémonie, un Jamaïcain possédant un diplôme en administration des affaires, leur précisa le déroulement de la soirée, le contenu des différents plats et les informa qu'ils pouvaient rester jusqu'à deux heures du matin. Après quoi l'oncle Armand fut le maître. Le repas consistait en un immense buffet sur lequel tout le monde se jeta. Les moules s'ajoutaient aux poulpes, les rouleaux du printemps vietnamiens à la soupe aux arachides thaï, les spaghettis à la sicilienne aux canards laqués, les pommes de terre en salade au pâté de Paris. Tout le monde se servit dans le désordre et ce fut la fête des conversations impromptues où Alex saisit des bribes confuses tout en répondant aux questions de nombreux membres de la famille.

« L'orge immaculé – Est-ce que tu sais – Descend les gorges assoiffées – de la subjectivité – qui s'affolent – Alors comme ça tu – regardes l'orignal et – Mets ton pouce dans ta bouche – étais en Amérique centrale ? – J'ai demandé si je pouvais entrer – On m'a répondu que – Le roman renverse le geste du conteur en tant que démarche insuffisante et – Oui, au Salvador – Tu mets tes souliers et tu viens en pantoufles ? Je mets mes souliers et – Il conteste le savoir de l'événement et le pouvoir de reproduction de celui-ci – des fouilles intéressantes – par le conteur – Elle est gentille – dû revenir à cause – La droite libérale promet de nous – Le récit – Grande question! – L'or git – de la guérilla – sous le matelas – C'est la question des appâts – Tous des communistes – Est une structure incomplète – T'as blanchi ma belle *peanut* – Pour les Français, le cul c'est l'ensemble devant et derrière – et inadéquate lorsqu'il est confronté à l'état des modalités – alphabétiser les masses – Tu mets ta veste? Oui l'air conditionné est trop – Tu viens, oui? – Mais, pour les Anglais – L'état des finances publiques contrecarre – revenu bronzé en tout cas – Qu'est-ce qu'il y a? – Qui définissent – Ce que tu cherches est à portée – allez cherche toi aussi le récit de cette négation – Pour Albuquerque – Armelle m'impressionne toujours – Il est en neuvième année – Le gouvernement fédéral vient de décider – Mouche ton nez, ça coule dans ta – Elle a un cancer, mais – Où sont les toilettes? – La limousine était – T'as vu tante Pierrette? »

L'oncle Armand fit soudain entendre sa voix de stentor. Il couvrit le brouhaha des commissures des lèvres essuyées d'un grand coup de serviette en papier, et du mucus des nez manquant d'habitude face à des épices qui auraient perforé la majorité des carapaces des virus de la planète. Il annonça le discours pour la fêtée. Georges Ouellet, un des fils d'Armelle, avait préparé un court texte qu'il sut lire avec les intonations fleuries d'une scolarité toujours aussi inspirante. Puis, les violoneux invitèrent les gens à danser. Les racines s'agitèrent sur le plancher de danse. Ensuite, on mit du rock pour les jeunes. Armelle y trouva beaucoup de plaisir. Certains, même, étaient en train de suer tous les kilos qu'ils venaient de prendre et se préparaient des arrêts cardiaques précoces. La soirée fut en tout point un succès. À deux heures, les adieux démontrèrent le plaisir que tout le monde avait eu à se retrouver et à rire ensemble. Alex et ses parents reprirent la route d'Ottawa.

Le lendemain, il reçut un appel téléphonique de l'Université d'Albuquerque lui demandant de passer une entrevue. Deux semaines plus tard, il s'y rendit. Il parla aux étudiants de ce qu'il pensait qu'ils connaissaient des Hopis et des Navajos. Mais si quelques-uns étaient très au courant, si certains parlaient même le navajo, si d'autres même étaient Navajos, beaucoup vivaient dans leur monde d'anglos à côté d'une civilisation passionnante dont ils ignoraient presque tout, sauf les artefacts pour touristes. Il les intéressa beaucoup en leur rappelant que, durant la Seconde Guerre mondiale, les services de renseignements américains utilisaient le navajo pour communiquer. Les Japonais n'avaient jamais deviné. Ainsi, annonça-t-il en se remémorant Pedro, la guerre avait peut-être été gagnée grâce à une langue états-unienne peu connue. Il les fit rêver à la puissance, par la mise en application pratique d'un savoir étrange. C'est avec les bits électroniques, le Hopi et le Navajo que l'on peut partir civiliser le monde et répandre la démocratie, conclut-il, euphorique.

L'avenir de leur présent

L'amour serait encore plus simple :
un regard et dans ce regard
un homme et une femme nus, mais vraiment nus,
intérieurement et extérieurement, tout en conservant
tout leur mystère.
Augusto Roa Bastos
Morencia

38

À LA MI-JUIN, Alex décida de partir faire du vélo de montagne à Crested Butte, au Colorado, et à Moab, en Utah, avant de prendre son poste d'anthropologue à la Faculté des sciences sociales de l'Université d'Albuquerque. Il dit au revoir à ses parents, à sa sœur et à ses poissons rouges. Il promit à ces derniers de leur rapporter une belle roche rouge du Nouveau-Mexique à Noël. Il mit son vélo Trek en aluminium, qu'aurait adoré sa grand-mère Angelika, dans sa Chevrolet familiale avec sa glacière, quelques livres, et prit la route. Il la connaissait bien, ayant souvent fait le trajet Ottawa-San Francisco via Big Sur ou Mendocino avant de connaître Sandra. Il se prépara à ses trente heures de conduite sans interruption avant d'arriver à Denver et aux Rocheuses.

Après plusieurs jours d'exploration des pistes de Slick Rock sur son vélo et une chute mineure qui avait fait enfler son poignet gauche, il décida de quitter Moab et l'Utah et de visiter Mesa Verde, à la limite du Colorado, du Nouveau-Mexique et de l'Arizona. De là, il pensait se rendre en territoire navajo afin de parler à l'institutrice qui l'avait accueilli trois ans plus tôt et essayer d'en savoir un peu plus au sujet de Pedro. Il prit la direction du Colorado pour aller vers Cortez. Il s'arrêta au col de Lizard Head avant la descente plein sud vers Mesa Verde. Il stationna, descendit, ferma la porte, mit les clés dans sa poche, frissonna dans le vent frais, reprit les clés, ouvrit la porte, saisit un chandail, referma la porte, mit les clés dans sa poche, enfila son chandail.

La tête à peine sortie du col, il vit une Saab turbo stationner. La porte s'ouvrit, elle descendit et mit les clés dans sa poche. Elle ferma la porte. Une bourrasque s'empara de ses cheveux. Elle sortit les clés, ouvrit la porte, se pencha sur le siège avant, ses longues jambes surmontées de deux fesses frissonnantes moulées dans un jean délavé très serré. Elle se redressa, passa son col roulé en mohair pardessus sa crinière, le gratifia d'un rire d'une fraîcheur à la limite du manque d'oxygène. Elle ferma la porte, mit les clés dans la fente qui lui servait de poche et partit s'égarer sur la maigre végétation picotée de petites fleurs mauves et orange, toutes drues, au bord d'un lac noyé dans un ersatz de tourbière.

Il l'oublia et se perdit dans les pics neigeux, rejoignant l'obscurité chlorophyllienne des vallées. Il l'oublia et observa au loin un grand lac bordé de sapins tranquilles. Il l'oublia et fixa les rocs éclatés sous les coups de l'eau et du vent. Le rêve. Le zen…

Sur le fond splendide d'une masse informe, les accords de la bise s'écoutaient à contre-jour dans l'aurore des soleils lacustres. L'espace printanier des cimes encore enneigées en juin gobait les névés qui raffolaient des amours irradiant les graines apicoles. Une abeille bourdonnait, bourdonnait, bourdonnn, donne, donne, one, one, on on, om, om, om…

Om, om, om. Le zen. Le vent cinglant. La balafre du frimas. Course à l'auto. Moteur. Chauffage. Tout ronfla. Ça tournait. La route. Lacets. La descente. Sans freiner. L'hilarité. L'asphalte et les pneus. Ça chauffait. Dérapage très contrôlé. Coup d'œil dans le rétroviseur. Saab. Joli visage au sourire en clin d'œil au-dessus d'un col roulé en mohair. Il avait la direction assistée dans l'estomac, la suspension dans le ventre, comme sur son Trek lorsqu'il rebondissait sur les rochers après un saut périlleux. Un désir fou quelque part le lançait dans les courbes mugissantes frappant l'occiput. Les sapins caracolaient. Il la regardait dans le « vitro-rêveur ». Sa crinière châtaine s'écartait devant les longs cils qui balayaient la route. Une courte ligne droite. Elle le dépassa. Dérapage contrôlé. Il lui colla au derrière. Épingle à cheveux. Elle rétrograda, il rétrograda. Plus facile pour elle que pour lui avec son automatique. Courbes d'autant plus dangereuses que je n'ai pas de frein-moteur, songea-t-il, en ayant l'impression d'avoir déjà eu cette idée quelque part. Et puis la plaine. De grandes courbes et un pont. Il la désirait intensément. Cette femme me plaît, s'avoua-t-il. Elle a l'air sain. Elle voyage seule.

Mais la Saab s'estompait. Un relent de panique. Il accéléra. Une côte. Elle grimpa. Il escalada. Redescente. Alors, les pins et les collines semi-arides et rocailleuses. Au loin, la vallée chaude et verte. Elle accéléra. Il accéléra. Des lignes droites. Pas de flic. Soudain, les collines s'écartèrent. Le semi-désert. Un vent chaud souleva son enthousiasme. Ils foncèrent vers l'agglomération. Il frisa la vitesse maximum. Équipe impeccable. Limite soixante. Le centre bientôt, dans la chaleur. Elle tourna à droite en direction de Cortez ; Mesa Verde était à gauche. Il clignota à droite. Il fila, au ralenti, au milieu des panneaux publicitaires. Elle décéléra. Il circula au pas. Elle tourna là où il n'y avait pas de panneaux immenses et s'arrêta devant un petit restaurant mexicain. Il stationna. Elle ouvrit la porte. Il ouvrit la porte. Elle retira son col roulé. Il retira son chandail. Elle ferma la porte, il ferma la porte. Elle lui sourit.

Il lui dit que c'était magnifique, qu'elle avait soulevé son enthousiasme, qu'il avait aimé la route. Cette énergie. Cette maîtrise. Cette décision. Que du col au désert, il y avait des millénaires et des milliards de cellules qui avaient rattrapé des lustres de retard dans un temps inédit. Elle rit. Elle s'affola. Ils voguèrent de concert vers une table.

Face à face. Cette grande fille avec un cheveu blanc! La clarté de son regard au travers de ses mains bronzées qui s'agitaient en grands gestes pour décrire l'excitation de la route. « *Dos tortillas con cervezas. Gracias, gracias.* » Délicieux. Ils oubliaient ce qu'ils disaient à mesure que leurs éclats de voix s'égaraient dans l'accord de leurs genoux et que leurs phalanges se frôlaient dans le panier de croustilles poivrées. Il était midi cinq et les tables se remplissaient. La chaleur, à chaque fois qu'un travailleur ouvrait la porte, bronzait ses bras, finement musclés, d'une ardeur de soie. Il lui dit qu'il voyageait seul et qu'il allait camper à Mesa Verde. Elle lui dit qu'elle avait un chalet à vingt kilomètres dans la montagne et la forêt. Elle l'invita! Il accepta.

Il y avait un bonheur extraordinaire dans ces mots et une intensité d'autant plus intense qu'après, il n'y avait que le présent. Chaque instant à goûter, à mémoriser, à se remémorer en le vivant. Ce qui a lieu si brutalement a lieu plusieurs fois, dans de multiples temps, simultanément. Cet instant lui rappela Dolorès dans l'instant même. Avec elle aussi, c'était le miracle. Cela se répétait. Encore. Je vais la suivre, se dit-il. En un instant, elle avait commencé à lui retirer une angoisse profonde. L'oubli. L'oubli l'enveloppait. Le zen…

Elle roulait devant lui. Elle tourna quelque part, à gauche, sur une route non goudronnée. Elle allait vite, d'une manière très sûre. Tout à coup, il se rendit compte qu'il n'y avait plus de poussière. Ils tournèrent sur un petit chemin de terre abrupt. Lentement, lentement. Un dernier virage. Un chalet en plein soleil avec vue au nord sur les pics neigeux et à droite sur le désert et les mesas. L'orgasme…

Ils s'étendirent au soleil et contemplèrent goulûment cet espace foisonnant de mirages, tremblants dans la canicule. Longtemps. Quelquefois, un premier plan sur sa jambe mince, veloutée de fins poils châtains, blondis d'ultraviolets! Et l'immensité. À cinq heures, ils s'embrassèrent et, nus, ils foisonnèrent, ils frissonnèrent, ils se humèrent avec des nuages plein les regards et des symphonies de Schumann plein les oreilles, les yeux vibrant de kaléidoscopes. Ils se pénétrèrent, lentement, dans la chaleur de la chaleur et hurlèrent à briser des faisceaux d'arcs-en-ciel. Le calme de la luminosité qui hésitait à effleurer le dessus de la mesa! L'air diffus qui se remplit du trouble de tous les pollens alentour! Une grande dune ocre passa, soudain, dans son front de braise traquant la finesse de ses bras, de ses épaules, et la mince ardeur de son cou respirant le bleuté d'une nuit claire.

Ils mangèrent dans le silence de leur épiderme repu et ils s'éperdirent lentement dans le bruissement d'un antique drap rustique. L'oubli dans le souvenir du soleil qui claquait sur la nuque. Le bonheur de l'oubli dans les csardas de sa vigueur aux arêtes brûlantes des mesas tandis qu'un café, soudain, s'éclaircit dans les pics neigeux comme un cliché publicitaire. Un sommeil tendre escalada par poussées vivaces les fantasmes des récits cocasses : « Alors sur ses skis, il traverse le lac gelé en un éclair. La glace fond. Il choit. Il se noie presque. Il reprend ses esprits et de la vitesse. Il zigzague entre les crevasses. Ses skis deviennent nautiques. Il se plante dans la berge, de neige couverte, qui le rattrape en plein visage. Harassé, il titube de congère en congère jusqu'au chalet où l'attend, alpine, sa skieuse frisée de désirs. Enlaçant leurs skis, ils s'étreignent tout contre la douce chaleur du poêle. Leurs orgasmes crépitent. Ils sortent. Ils givrent instantanément. Au printemps seulement, on les retrouvera, icebergs de cristal fondant de déhiscences transies dans le bouillonnement du torrent. De skis, point! Ils formeront embâcle au premier confluent déboussolé par l'arcature du torrent. »

La bouilloire bouillonnait. Une odeur de café tranquille emplissait les rayons matinaux. Elle lui dit, comme pour traverser les nuées de son dernier rêve : « Tu sais, je m'appelle Vanessa. » Il lui sembla respirer une odeur de gaz dans la chaleur sèche du matin. Pourtant le poêle fonctionnait à l'électricité. Pendant plusieurs secondes, le visage de Dolorès, d'une précision hyperréaliste, s'arrêta devant son regard qui se figea. Elle lui offrit son sourire ouvert sur la vie. Puis, elle le regarda droit dans les yeux et brandit son nounours en peluche. Soudain elle disparut. Il resta figé, les larmes aux yeux et l'expression illuminée. Il observa les hanches et le ventre de Vanessa. Il lui sembla voir s'y dessiner les contours d'une chair toute neuve. Il s'entendit répondre : « Je t'aime, Vanessa. Je t'aime. Nous n'avons rien d'autre à faire. » Le zen. L'oubli.

Après plusieurs jours d'intenses lenteurs, son poignet, gonflé à cause de sa chute de vélo à Moab, était redevenu normal. Les fluides électriques et magnétiques circulaient. Ses os en ressentaient un bien-être profond. En bonne psychanalyste, Vanessa remarqua cette amélioration et lui dit que la meilleure thérapie, c'était justement quand on n'avait pas besoin de thérapie. Ses patients étaient, pour la plupart, des gens qui avaient attendu trop longtemps la satisfaction de leurs désirs. « Leur cul a fait la queue trop longtemps », cria-t-elle, en éclatant de rire ! Et elle l'embrassa. « Exemple : une patiente célibataire, timide et pas très jolie, a commencé à imaginer que le voyant rouge de son système de sécurité permettait à un homme de la compagnie de sécurité de la regarder. À chaque fois qu'elle entre dans son salon, elle fixe ce témoin rouge et se masturbe jusqu'à ce qu'il s'éteigne. Le problème est qu'il reste allumé tant que la cellule saisit un mouvement relativement prononcé. Elle a le clitoris à vif et les lèvres gonflées. J'essaie donc de la déprogrammer, car son médecin n'a pas pu la convaincre de vivre sans système de sécurité puisqu'elle a peur d'être violée ! »

En l'écoutant, il songeait aux recherches démontrant que l'être humain est composé d'eau à quatre-vingts pour cent, ce qui suggère que la fluidité est ce qui définit l'humain. Ce n'était pas le cas de cette patiente. Mais il trouvait que Vanessa était son H_2O préférée et que la réciproque était vraie. Il lui fit part de ses réflexions et ajouta : « H_2O et H_2O bis s'en vont en canot », en songeant au cliché pseudo-comique « Paul et Pierre s'en vont en canot, Paul lâche un pet et Pierre tombe à l'eau. » Mais, après « s'en vont en canot », Vanessa, ne connaissant pas l'adage québécois, ajouta « et s'en servent comme d'un lit d'eau. Ainsi, l'eau est l'élément stratégique par excellence, beaucoup plus encore que les microprocesseurs et que le silicium. C'est ce que dit régulièrement mon père qui est dans les tuyaux. Tuyaux d'acier, tuyaux de PVC, tuyaux de polyéthylène, tuyaux d'inox. Moi, je l'ai imité, je suis dans le flot de paroles et les tuyaux acoustiques ! » Elle avait le sens de l'humour et la repartie crue, la gamine dans la trentaine. Il sentit une douceur le chatouiller sous le plexus, juste au centre de la respiration, et se propager dans ses poumons, dans ses bras, dans son visage, dans ses poils, dans ses jambes, dans ses mollets, dans ses orteils. Alors ils bâtirent de nouveau une oasis luxuriante en face de la sécheresse des falaises creusées par les Puyes et les Anasazis mais qui, autrefois, étaient nourries par une eau désormais disparue.

Mais, il fallut bien laisser la lenteur. Elle partit pour son cabinet à Santa Fe. Il devait se rendre à Albuquerque prendre son poste et se consacrer à des recherches concernant les Anasazis. Ils se promirent de voyager régulièrement la centaine de kilomètres séparant les deux villes et de se rencontrer au moins chaque fin de semaine.

39

La première fin de semaine arriva et Alex prit l'autoroute qui grimpait la chaîne de montagnes en direction du nord, vers Santa Fe. Il évita de passer par le centre-ville et ses touristes fascinés par la place style mexicain et ses marchands Zunis ou Hopis vendant leurs bijoux d'argent et de turquoises. Il se dirigea directement vers l'est de la ville et rejoignit bientôt le Paseo de Peralta. Il chemina lentement et arriva à un mur en adobe couvert de plantes semi-tropicales, de yuccas, de cactus grimpants. Il klaxonna devant la porte en fer forgé qui glissa silencieusement sur ses rails. L'allée était faite de poussière et bordée de cactus saguaro épars et de bosquets de divers arbustes en fleurs aux épines parfois fort longues. La maison était ocre en adobe et par le toit du deuxième étage sortaient des poutres en bois parcheminées par le vent et le soleil.

Ils se sautèrent au cou. Ils entrèrent, ils s'embrassèrent, elle le poussa dans le salon sur un sofa de cuir aux bras et bordures ornés de gros clous de cuivre. Elle le déshabilla, il la déshabilla. Ils se ruèrent l'un sur l'autre, frénétiquement. La surface de sa peau dorée, de ses fesses dorées, le saoulaient de rotations planétaires où s'insinuait la blancheur de son sexe foisonnant de tendresses subtiles.

Simultanément, elle affirmait la douceur de son duvet cambré, aiguilles de pin clair sur le sable, par vagues. Puis, elle parla comme l'enveloppement marin des déferlantes en pleine boîte crânienne. Elle parlait les déferlantes brusquement étales, bourdonnant dans l'apesanteur. Elle parlait son désir qu'il avait contribué à élargir comme elle avait attisé le sien.

Ses yeux agrandis le dévoraient, très proches, et le projetaient parallèlement, au-delà de l'horizon, car elle le sentait aussi très loin, parcouru de vitesses, au-delà de l'arcature planétaire.

Elle le caressa et il frissonna des pieds à la tête. Chairdepoulisé. De son ventre, elle hurla : « Je t'aime ! » Ce « je t'aime » qui la déchirait contre le sillage de son sexe affolé. Ils étaient criblés de spasmes, emportés d'orgasmes. Ils hurlaient de déchirement en déchirement sans savoir quand cela allait arrêter. Renversés. Le savoir des flots emportés les balayait, agrippés l'un à l'autre, dans l'élan de la vitesse gravitationnelle.

Et puis soudain, le calme. Leur sommeil. Le présent en pleine sève. Les délires du fantasme où il lui contait l'histoire de cet aviateur qui avait suspendu le lit conjugal au plafond par des cordages marins afin que les dérives, embaumées de varech, transforment le ciel du lit en matelas d'où ils gravitaient dans le stellaire.

Ils se réveillèrent quarante-cinq minutes plus tard. Elle lui proposa de visiter la maison. Elle lui expliqua qu'elle l'avait achetée à un dentiste qui était un de ses patients. Il avait décidé de traverser les Amériques en moto, de l'Alaska au Cap Horn, après avoir terminé une psychanalyse ardue. Elle l'avait cru guéri jusqu'au moment où il lui avait dit que l'Amérique du Nord ressemblait à une molaire reliée à une canine par un filet de salive et qu'il voulait vraiment circuler dans cet univers. Il était obsédé par les dents et, en particulier, par le contact entre le dur de l'ivoire et le mou de ses doigts. Cela l'entraînait dans des pratiques sexuelles originales mais trop répétitives pour toutes les femmes a priori intéressées à sortir avec un homme à l'aise, cultivé et séduisant. Elle lui montra la salle de bain. Elle était recouverte de tuiles blanches et lisses, du plancher au plafond inclus. De temps en temps, y était incrustée une tuile dorée comme une dent en or, ou une tuile noire comme une dent cariée. Elle lui raconta que la lunette des toilettes était en plastique ivoire et avait été modelée en forme de molaire. Elle l'avait remplacée par une autre, tout aussi originale, peinte comme une bouée de sauvetage. Elle s'harmonisait à la fenêtre ronde entourée d'un cadre en bois des îles, ressemblant à s'y méprendre à un hublot. Un immense jacuzzi, surmonté d'un tableau bleu où un énorme poisson tétait les seins d'une femme au visage cubiste, occupait une partie de la salle de bain dont elle avait fait tomber le mur et qui, maintenant, ouvrait sur une serre remplie de plantes tropicales.

— Voilà qui rejoint la sensation océanique que j'ai vécue sur le sofa, s'exclama-t-il.

— Merci, je rêve de la mer en plein désert et j'aime aller dans les Caraïbes faire du voilier.

— Et la lunette de la toilette?

— Essentiel, car nous sommes surtout faits d'eau, comme tu dis. Le monde tient en équilibre sur l'eau, et la vie est la capacité à retenir l'eau et à la rendre productrice, à la retenir, mais pas trop. Car si c'est trop, les troubles physiques accourent; si ce n'est pas assez, c'est la mort. L'équilibre entre la diarrhée et la constipation passe par la bouée de sauvetage du genre humain, la lunette des toilettes.

— Lecture psychologique d'une situation biologique et économique, proposa-t-il.

— En as-tu une autre?

— Oui, socio-anthropologique.

Il lui expliqua le point de vue des rapports entre la réaction, la dictature et la situation des paysans et des guérilleros au Salvador; ainsi que la raison du triomphe de Coca-Cola, mondialement. C'est le symbole de la réussite nord-américaine qui se fonde sur la domination de la pénurie, sur la production de nourriture par l'irrigation, et de la production de l'électricité par des turbines. Canaux et barrages, adduction d'eau, obsession de la propreté, profusion des piscines sont le symbole du triomphe qui s'incarne dans le cola qui est l'eau propre euphorisée par la couleur, le pétillant, un zeste de coca et du sucre synthétique.

— Mais la diarrhée et les multiples dysenteries sont le fond du problème. C'est en partie pour les combattre que j'ai aidé les paysans à tenter d'améliorer leurs conditions.

Elle le regarda pour la première fois avec admiration.

— Alors tu voudrais vivre dans les îles, s'enquit-il? Acheter une île déserte? Pourtant ton chalet au-dessus de la montagne dominant Mesa Verde est une île déserte parfaite pour nous deux.

– Non, au contraire, je ne suis pas intéressée par l'île mais par la mer déserte autour. Je veux acheter une mer déserte et être une pirate sur mon voilier.

– Original! Voilà qui me rappelle un voyage à Kayenta, en Arizona, quand j'étais plus jeune, parce que j'avais joui de la fraîcheur de la piscine qui était comme une île déserte au milieu du désert.

– L'eau et le sable nous intéressent, mais la taille des contenants diffère nettement!

Elle l'emmena dans la cuisine où une île avec four et gril trônait au milieu de ce laboratoire d'une blancheur éclatante. Il avait cette particularité que les tiroirs pour les couverts étaient transparents et extrêmement minces. Chaque couvert y avait sa place et rappelait la méthode de rangement des ustensiles d'un dentiste. Ils rirent! Alex songea encore une fois que la transparence était bien ce qui empêchait d'avancer. C'était l'obstacle majeur qui contrôlait les obsessions difficilement vivables du patient de Vanessa. D'une certaine manière, rien n'était caché et pourtant la répétition des mêmes attitudes empêchait le patient de les saisir dans leurs conséquences perverses ou mortifères.

Ils s'attablèrent devant des spaghettis au parmesan et aux oignons frits, puis se consacrèrent à une tarte aux pacanes chaude enrobée d'une crème glacée à la mangue. Immédiatement le souvenir de Dolorès s'empara d'Alex. Il la respirait à travers les mangues. Il sentit sa sueur grimper dans ses narines, troubler sa pupille, rosir ses pommettes. Vanessa observa le passage de ce songe et lui demanda ce qui le faisait frémir. Pour toute réponse, il sortit la balle de sa poche et la posa sur l'assiette de Vanessa à côté de la crème glacée fondante.

– Elle s'appelait Dolorès, souffla-t-il; elle était le cri de mon corps, elle m'a marqué de ses dons.

Il passa la nuit à raconter sélectivement cette histoire en buvant du thé vert en vrac dont les feuilles éparses, gorgées d'eau chaude, se promenaient sur sa langue et lui rappelaient les poils drus du sexe de Dolorès se glissant entre ses dents.

40

Le lundi, Alex était de retour à Albuquerque où il dirigeait un séminaire consacré aux processus d'intégration des savoirs autochtones, notamment navajos, dans les savoirs spécialisés anglos. Cela allait, suivant les intérêts de ses deux étudiants et de ses trois étudiantes, des points de vue philosophiques et de leur influence sur le marketing nouvel âge, à l'utilisation de la conception de l'espace pour la survie en zone semi-désertique inconnue, en passant par l'utilisation de la langue et de son cryptage en fonction de la transmission rapide de renseignements spéciaux. Ce point était l'objet de toute l'attention de Marie-Ishina Wexford, une Navajo de Tuba City, particulièrement brillante et qui avait transformé certains aspects de la langue navajo pour l'utiliser comme un code secret afin de communiquer avec d'autres femmes et échapper à la domination des mâles. Ses amies tenaient à affirmer leur individualité et leur volonté d'accéder aux mêmes possibilités que les hommes, ce qui était fort difficile dans ce contexte culturel. Cela était vu par les traditionalistes comme une assimilation totale au monde des Blancs qui imposaient leurs valeurs et déstructuraient la culture authentique.

Marie-Ishina revenait de trois ans de formation à l'Université Brown et au Massachusetts Institute of Technology où elle s'était consacrée au cryptage à l'aide d'ordinateurs. Elle tenait à assurer ses bases culturelles et linguistiques pour les utiliser dans ce cadre, tout en gardant en tête de faire évoluer sa culture pour en venir à une égalité entre hommes et femmes. Elle communiquait avec des étudiantes de tous les genres : des marginales spiritualistes zen recyclées dans les racines profondes de l'Amérique d'avant les envahisseurs, aux surdouées des bits et des microprocesseurs ouvertes à toutes les possibilités de promotion dans n'importe quel système hégémonique. Pour les étudiantes surdouées, le monde était un réseau de luttes inscrites dans une série d'intrigues à suspense où la survie se joue constamment. Le but ultime est de gagner, quels que soient les enjeux. Comme au soccer où il y a nous et les autres, où les grandes questions humanitaires et éthiques sont absentes.

Marie-Ishina avait aussi une relation avec Ruby Hackzensky, dingue des circuits intégrés. Elle avait voulu lui faire visiter Tuba

City avec ses histoires de bijoux mis en dépôt pour deux caisses de bière, avec ses cérémonies spirituelles et avec son commerce touristique florissant. Mais il lui avait répondu : « Merci, Tuba c'est joli, mais c'est ton cul qui m'intéresse », ce qui avait mis un terme à l'interculturel, mais non à leur relation. Alex trouvait ça bizarre pour une féministe. Cette attitude était peut-être celle qui permettait le plus le développement de la personnalité de Marie-Ishina, car n'y a-t-il pas plus contraignant que l'amour, que les attentes qui sont projetées sur l'autre par ce sentiment, que la présence intérieure d'un visage, d'un épiderme, d'une parole qui obsède, qui gouverne ou qui pousse à réagir ?

Un jour, après avoir terminé un brillant exposé, Marie-Ishina, connaissant les positions philosophiques peu orthodoxes d'Alex, s'adressa à lui en navajo et lui demanda s'il voulait bien aller manger avec elle tout de suite. C'est le *tout de suite* qui le fit lui répondre par l'affirmative car, presque toujours, les individus repoussent leurs envies, qu'il s'agisse de dialoguer, de faire l'amour ou d'aller se promener. Alors, les échéances s'accumulent. La spontanéité se perd dans l'organisation d'horaires compliqués qui bureaucratisent ce qui aurait pu se dire et ne se dira jamais. La modernité avait apporté la distanciation et c'est cet aspect du monde anglo que détestait le plus Marie-Ishina. Elle cherchait plutôt, dans les multiplicités des combinatoires liées aux possibilités avancées par les nouvelles technologies, une ouverture vers un spontané qui échapperait aussi aux dominances des traditions.

Ils se rendirent à la pizzeria branchée The Upper Crust. Ils commandèrent des pizzas végétariennes bien pimentées, arrosées d'un honnête Coca-Cola d'appellation contrôlée. De but en blanc, elle lui dit qu'elle avait fondé son rapport de séminaire sur des éléments très importants et réels qu'elle avait tus dans le travail qu'elle lui avait remis.

– C'est normal, répliqua-t-il, le plus intéressant est souvent tu dans les recherches savantes qui peuvent avoir des applications pratiques. Il n'en reste pas moins que je vous félicite pour votre travail de documentation. En particulier, pour les liens établis entre certains paradigmes du navajo concernant les rapports formes/espaces/temps avec ceux des langues indo-européennes, et la possibilité de coder un texte secret en utilisant des termes déplacés ou complémentaires du paradigme, plutôt que le terme adéquat. Cela permet de brouiller davantage les pistes et représente un niveau de codage supplémentaire. Cela peut être très utile, même si les programmes pour mélanger les données et les restructurer à l'autre bout donnent des résultats passionnants. Votre méthode permet d'établir un filtre culturel s'ajoutant au filtre technologique qui peut toujours être déjoué par des programmes plus sophistiqués ou par le vol des données des programmes.

– Merci, mais j'aimerais vous parler des finalités de ce codage puisque vous êtes un admirateur de notre culture et que vous parlez navajo.

– J'écoute, dit Alex.

En sueur, il se précipita sur ses bulles de cola pétillant autour de deux glaçons maintenant presque ovoïdes, afin de calmer la clameur de ses papilles survoltées par la sauce *jalapeño*.

– Mon problème est de savoir ce que je vais faire de mes connaissances. Je veux qu'elles servent à faire progresser non seulement ma communauté vers plus de savoir, de liberté et de pouvoir, mais aussi tous les Amérindiens, des Mayas aux Coyas. Et surtout les femmes. Je veux qu'elles développent leur culture en échappant aux traditions sclérosantes, en s'épanouissant dans le monde moderne. Je veux qu'elles y occupent une place économique et politique.

– Pour cela, dans beaucoup de pays, il va falloir lutter très fort, car il s'agit en presque totalité de paysans qui sont exclus du monde technologique et des réseaux économiques. Et les femmes sont considérées par ces paysans comme n'ayant pas droit à la parole et encore moins à l'action.

– Oui, c'est bien cela le problème. Je détiens un savoir culturel et technologique dont les peuples autochtones ne peuvent pour ainsi dire pas encore profiter.

– Sauf si des Autochtones nord-américains vont se joindre à eux et tentent de bouleverser les structures. Mais là, on entre souvent dans des rapports armés. Ton savoir, dit-il en passant soudain à la sympathie du tutoiement, dans le contexte prémoderne où ils vivent, n'a d'applications, pour le moment, que dans le conflit armé. Et même là, l'extension de ce savoir est limitée.

— Mais, je ne veux pas être prise dans un conflit armé.

— Je peux comprendre cela…

— Et je ne veux pas exercer ma profession pour les services secrets. Ils aident souvent les régimes en place qui oppressent les Autochtones. Ou bien ils tentent de faire évoluer le régime vers une démocratie qui est surtout utile pour les classes bourgeoises des villes.

— Dans ce cas, je pense que ton savoir restera pour un certain temps largement inemployé! Tu n'as plus qu'à devenir professeure et à communiquer ce que tu sais à des gens qui travailleront peut-être pour la machine centrale. Mais peut-être qu'en plus, tu pourras faire des séjours dans des communautés qui commencent à s'éveiller, comme les Coyas du nord de l'Argentine.

— Le pire, c'est qu'il y a des hommes de chez nous qui travaillent pour les services secrets!

— Je sais. Je pense que j'en ai rencontré un quand j'étais plus jeune. Il revenait du Viêtnam et codait en navajo pour que les Vietnamiens ne saisissent pas les messages.

— Tu as peut-être rencontré Mike Chavi ou Peter Weston.

Alex replongea dans son cola comme s'il avait trop avalé de sauce *jalapeño*. Il sentit une légère sueur sourdre à ses sourcils.

— Je ne sais pas. Il était très excité, assez foncé, très musclé et rablé.

— C'était probablement Peter Weston, car Mike est plutôt grand.

— Et qu'est devenu ce Peter Weston?

— Il est parti travailler en Amérique centrale mais il a été blessé là-bas dans une explosion et il est revenu à Tuba City depuis peu. Il ne va pas très bien psychologiquement. Il part souvent pendant plusieurs jours méditer sur les mesas non loin de Lake Powell et se saoule.

— Et tu ne voudrais pas finir désespérée et ivrognesse, j'imagine.

— Non, ça ne risque rien. D'ailleurs je déteste Peter Weston.

— Pourquoi?

— Jure-moi de ne pas le répéter.

— D'accord, je le jure.

— Il m'a violée quand j'avais quinze ans. C'est ainsi que j'ai été initiée à la sexualité.

– C'est terrible! Et tu l'as dénoncé?

– Non, j'avais trop peur.

– Et depuis ce moment, comment t'es-tu sentie avec les hommes?

– J'ai eu des relations mais jamais d'orgasme. J'ai peur qu'à un moment ou à un autre ils deviennent violents. Alors, il y a un an, j'ai commencé une psychanalyse.

– Je ne dirai rien du tout. J'espère que la cure sera efficace.

– En fait, je rêve de tuer Peter ou que quelqu'un d'autre le fasse. Quand j'exprime cette pensée, je vois bien que ma psychanalyste ne l'aime pas. Elle a d'ailleurs plusieurs amies autochtones, mais elle a une vision anglo politiquement correcte de notre culture; j'ai parfois l'impression qu'elle s'imagine que tous les Autochtones sont plutôt bons et que la civilisation blanche les a pervertis. Le second aspect n'est pas complètement faux mais c'est très rousseauiste! Et très naïf.

– Et tu penses qu'une psychanalyste naïve va t'aider? Pratique-t-elle au centre-ville d'Albuquerque?

– Non, elle travaille à Santa Fe.

– Si je me fie à tes remarques, elle est relativement jeune.

– Oui, trente et quelque. Elle est extrêmement concentrée sur l'écoute et très originale. Ainsi dans sa maison, la fenêtre de la salle de bain est en forme de hublot comme dans un bateau, probablement parce qu'elle est une championne de l'écoute flottante et qu'elle est capable d'entendre ma sous-conversation et de construire des liens insoupçonnés entre les sons de mes flots de paroles.

Et elle rit à ces jeux de mots entre hublots, flottante et flots!

– Original en effet! Ainsi, la psychanalyse t'aide à ne pas passer à l'acte et à ne pas réaliser ton rêve meurtrier.

– Oui, mais cela m'aide surtout à vouloir réaliser mes autres rêves. Je veux parvenir à aider les Autochtones et surtout les femmes autochtones. Mais je ne sais pas encore comment.

– C'est un bel idéal. Je suis sûr que tu vas trouver une occasion. Mais dis-moi, où se trouve Peter? J'aimerais pouvoir le rencontrer et parler avec lui de son expérience en Amérique centrale.

– Il habite une maison mobile avec son frère, au croisement des routes quatre-vingt-neuf et alternative quatre-vingt-neuf à Bitter

Springs, un peu à l'écart, côté sud-ouest. Il va souvent méditer, avec la vieille Buick bleue de son frère, sur les hauteurs d'Echo Cliffs, au sommet d'une mesa, en direction du plateau de Kaibito. Quand tu voudras, tu me le diras, ma tante pourra te présenter. Elle habite Tuba City et connaît bien John, le frère de Peter.

— Merci, mais pour le moment, j'ai trop de travail. Je ne peux pas faire cinq cents kilomètres avec toutes les recherches qui attendent. Mais aussitôt que j'aurai un moment libre, je te ferai signe. En parlant de travail, il va falloir que je rentre bientôt.

— Ne voudrais-tu pas venir prendre un café chez moi, j'aimerais te parler encore. J'aime ta manière de m'écouter avec beaucoup d'attention et aussi ton intensité intellectuelle qui se marque si fort dans la carrure de ton maxillaire inférieur. Et dans ta sueur, ajouta-t-elle plus bas.

— Merci, lui dit-il avec un grand sourire, mais ce soir j'ai encore des préparations et je suis déjà fatigué. Une autre fois, peut-être.

41

Le vendredi, il partit pour Santa Fe. Soudain la Chevrolet tira sur la gauche et il s'arrêta sur le bas côté. Le pneu avant gauche était crevé. Il serra le frein à main, ouvrit la porte arrière, sortit la roue de secours, mit des cales derrière les roues arrière, glissa le cric sous le châssis, retira l'enjoliveur, débloqua les écrous, leva l'auto, dévissa les écrous, retira la roue, mit en place la roue de secours, revissa les écrous en les serrant dans un système diagonal, les serra avec sa clé en croix, descendit l'auto, les bloqua, remit l'enjoliveur, jeta le matériel à l'arrière et fit le tour du véhicule pour voir s'il n'y avait pas un autre problème. Il aperçut une plaque d'immatriculation dans le fossé. Il la ramassa. Elle était de l'Illinois. Il la glissa dans une poche porte-journal derrière le dossier de son siège. Il démarra. Les trois cent quatre-vingts chevaux l'emmenèrent à cent vingt en quelques secondes. Il voulait rattraper le retard et se précipiter sur sa Vanessa qui l'attendait.

Enfin, il arriva. La porte était ouverte. Elle l'embrassa de ses lèvres ductiles. Cette fois, c'est lui qui la jeta sur le sofa. La lenteur les unissait. Elle abolissait les distances. Elle leur venait au bout des bras, leur faisait parcourir de délicieux tremblements de basse intensité dans leurs plus petits nerfs. C'est la lenteur qui les faisait se rejoindre au-delà de leurs passés différents, qui les éveillait à leurs désirs les plus profonds. La lenteur offrait la subversion d'un ordre qui accablait les patients de Vanessa. Ceux-ci n'en pouvaient plus d'être obligés de répondre, dès l'enfance, à des demandes incessantes. Alex, de la lenteur de sa paume, explorait l'arcade sourcilière de Vanessa, puis sa cuisse et la courbure de ses poils fins hérissés.

— Tu es un écorché, lui dit-elle en se souvenant des paroles d'Alex concernant sa vie amoureuse avec Dolorès. C'est pour ça que je t'aime car, de cette sensibilité, tu tires ta générosité.

— Tu es une anarchiste, répliqua-t-il, et c'est pour ça que je t'aime car, de cet idéal, tu ouvres à une candeur poétique originale.

C'est là qu'il pointa du doigt les grains de beauté sur la cuisse de Vanessa. Ils formaient la Petite Ourse, sa constellation préférée.

— Tu vois, ajouta-t-il, quand tu seras petite vieille, tu n'iras pas au ciel, car le ciel vient à toi. Ton infinité est inscrite dans la finesse de tes muscles.

Immédiatement, la Petite Ourse de Vanessa lui fit penser au nounours de Dolorès qui était dans sa chambre à Albuquerque. Il ne l'avait pas encore présenté à Vanessa. Mais ces mots avaient éveillé en elle des désirs encore plus forts, comme chez lui la coprésence des désirs pour deux femmes exceptionnelles. Il la pénétra lentement et longuement, plusieurs fois, et plusieurs autres fois longuement et lentement, jusqu'à ce que les gémissements de Vanessa rejoignent les siens et deviennent des cris. Alors, il ne se retint pas au dernier instant. Des milliards d'enfants possibles se tenaient maintenant bien au chaud, dans une humidité protectrice. Il se serra contre elle. Ils burent chacun un grand verre de jus d'orange plein de pulpe. Mais cette fois, ils ne s'endormirent pas tellement ils avaient faim. Il la tira sur le tapis persan et ils se dirigèrent, nus, vers la cuisine. Ils se précipitèrent sur un fromage de chèvre à point et se consacrèrent goulûment à un pain navajo. Alex s'empara d'un appareil photo et saisit sur le vif Vanessa nue dans la cuisine, assise sur un tabouret, le visage défait par les heures de caresses et d'excitation. Elle lui dit qu'elle était contente que ses descendants, dans cinquante ans, puissent regarder ces photos. Elle en était fière. Ces heures de bonheur marquées dans son laisser-aller étaient ce qui pouvait être le plus délicieux pour n'importe qui. Ces photos ne pourraient que rassurer les gens qui se diraient que ceci pouvait arriver, que cela pouvait se vivre ; et ils retrouveraient un certain espoir dans leur morosité quotidienne.

Dans sa nudité épanouie, Vanessa repoussa le sachet de thé vert qu'avait saisi Alex. Elle ne voulait pas qu'il parle de nouveau de Dolorès. Elle saisit une bouteille de Johnny Walker, s'en versa une rasade sur des glaçons, y mêla du jus d'orange. Elle en garda une gorgée dans sa large bouche puis l'embrassa en laissant couler la boisson mêlée à sa salive. C'était un moyen astucieux de lui faire consommer de l'alcool qu'il refusait à tout coup. Elle continua et il prit goût, petit à petit, à Vanessa J. Walker. Après quatre baisers profonds et très liquides, il commença à sentir les degrés lui monter entre les oreilles.

— La seule manière que j'aime l'alcool, c'est quand il est mêlé avec au moins cinquante pour cent de ta salive.

Ses yeux oscillaient de la poitrine de Vanessa à un tableau moderne où un poisson orange et goulu tétait le sein pointu d'une femme rouge aux profils multiples. Petit à petit, le rouge l'avala tandis que l'orange et l'or du whisky devinrent les pupilles de Vanessa.

Le lendemain, ils furent réveillés à onze heures par la sonnette qui jouait les cinq premières notes de *Für Elise* de Beethoven. Une Lincoln Town Car bleue était stationnée en bas. Un homme assez grand, à la chevelure grisonnante, regardait en l'air. Vanessa jeta sur elle un manteau de cuir et ouvrit la fenêtre en criant :

— Bonjour papa.

Le papa cria :

— Bonjour Vanessa et bonjour Alex.

Elle alla ouvrir. Alex entendit un chien aboyer et monter l'escalier. Le chien sauta dans le lit, fit la fête à Vanessa, puis le lécha amicalement et redescendit en courant. C'était un cocker jaune paille. Alex se jeta dans son pantalon et passa un t-shirt où il était écrit : « Si vous pensez que l'éducation coûte cher, essayez l'ignorance. »

Arrivé en bas, le chien sauta de nouveau sur Alex. Kevin Brook, le père de Vanessa, dit en allemand :

— *Sigmhund Platz, bleib ruhig!*

Le chien se coucha immédiatement. Alex engagea la conversation en allemand, mais Kevin, comme son chien, n'en savait pas plus de soixante mots. Il avait appris le vocabulaire du champ sémantique des chiens bien élevés pour que personne d'autre que lui ne donne des ordres à son cocker. Évidemment, par effet contextuel, le chien avait fini par apprendre aussi l'anglais. Il était désormais bilingue, mais il n'obéissait cependant qu'à Kevin en allemand.

– Quand je pense, commenta Alex, que certains de mes collègues sont incapables d'apprendre une seconde langue!

– Si vous pensez que l'éducation coûte cher, essayez l'ignorance, cita Kevin.

Ils rirent. Kevin demanda cependant qu'on parle anglais à Sigmhund, car ce serait un choc psychologique épouvantable pour cet animal s'il se rendait compte que quelqu'un d'autre que son maître parlait allemand, langue grâce à laquelle ils avaient tous deux forgé des liens très forts. Alex commença à entrevoir d'où provenait l'intérêt de Vanessa pour la psychanalyse!

– Il est même trilingue, dit Kevin. J'ai une bonne mexicaine qui lui parle espagnol en préparant les repas. *Te gusta una fresa con azúcar?* dit Kevin.

Sigmhund se mit sur son arrière-train et fit la belle en attendant la fraise au sucre. La belle, car Sigmhund était une femelle!

– Et Sigmund, c'est en l'honneur de Vanessa?

– Ce n'est pas Sigmund, mais Sigm-Hund, répliqua Kevin. Il y a un « h » qu'il faut aspirer. C'est un jeu de mots sur le prénom de Freud, avec le substantif « *Hund* », qui signifie chien en allemand.

– Excellent, mais le prénom, c'est à cause de la profession de Vanessa?

– Non, c'est pour qu'elle écoute.

– Elle, qui elle? ajouta Alex.

Ils rirent de nouveau. Kevin continua en précisant que Vanessa n'était intéressée que par les hommes qui écoutent, ce qui était normal puisque, toute la journée, elle se farcissait les élucubrations des autres et usait ainsi un fauteuil par an. Elle était connue au café Donatello pour ça. Car avec elle, les mecs ne duraient pas longtemps. Elle les renvoyait à une heure du matin en les réveillant sans ménagement. Pour ceux qui n'étaient pas venus en auto, elle appelait un taxi qui les déchargeait souvent, la barbe à moitié poussée, devant un triple espresso chez Donatello.

— J'en ai rencontré un une fois, un entrepreneur-entreprenant agressif. Je venais de vendre trois mille tuyaux d'acier et je voulais lui refiler un de mes clients quand…

— Eh! ça suffit! cria Vanessa. Mon père est terrible.

— Donc j'en conclus que vous devez écouter ma fille et c'est pour cela que mon brunch n'est pas prêt.

— Tout est prêt, dit Vanessa. J'ai tout préparé en attendant Alex hier après-midi.

Alex et Vanessa allèrent chercher les œufs, le bacon, le pain navajo, les fruits, les salades de nouilles, les gâteaux, la crème glacée, le thé et le café. À ce moment, Alex remarqua avec plaisir que Vanessa avait mis sa jupe la plus moulante, celle qu'elle portait sans slip, car les rebords de celui-ci se distingueraient au travers. Elle lui rappelait discrètement qu'elle aimait qu'il la prenne par surprise sur le comptoir de la cuisine quand ils préparaient un repas ensemble. Ils disposèrent tout sur la table pendant que Kevin entrait avec un gros sac.

— Je reviens de Nouvelle-Zélande où j'envoie deux cargos de tuyaux de PVC. As-tu rêvé à ton manteau en agneau doublé en pure laine vierge?

— Non, je ne suis pas matérialiste, répliqua Vanessa.

— Autrement dit, être matérialiste, pour une psychanalyste, c'est rêver à quelque chose de cher, suggéra Alex.

— Excellent, excellent, s'exclama Kevin. En effet, ce n'est pas l'acheter qui rend matérialiste, car c'est le père capitaliste matérialiste qui fournit l'objet. Mais il n'y a là rien de mal, n'est-ce pas, car on a toujours besoin d'un matérialiste dans toutes les bonnes familles si on veut organiser sa vie.

— Juste, souffla Alex qui pensait à toutes les difficultés qu'avaient vécues les guérilleros.

Souvent, ils ne savaient pas comment faire marcher un radio-émetteur. Quand on est illettré ou formé aux sciences linguistiques, sociales ou politiques, il faut un matérialiste, songeait-il.

— Tu as trouvé le gros lot, Vanessa. Voilà un anthropologue qui est d'accord avec un capitaliste. C'est rare par les temps qui courent!

Ils s'esclaffèrent de nouveau et passèrent à table juste au moment où des voisins sonnaient. Ils annoncèrent fièrement qu'ils venaient d'obtenir l'ultime autorisation leur permettant d'adopter un enfant brésilien. Après avoir partagé les politesses et les exclamations d'usage dans ces circonstances, ils partirent étaler leur bonheur chez d'autres voisins.

– Ça leur fera du bien aux Perez, commenta Vanessa. Et ils sont sympa. Quatre-vingt-quinze ans à eux deux. Heureux à deux, mais souhaiteraient être encore plus heureux à trois, autour de leur foyer couplé à l'air climatisé et ronronnant par trente-cinq degrés à l'ombre. Le vrai confort, celui où le désir nie l'environnement. Avec les portes-fenêtres ouvertes sur la piscine chauffée laissant filer dehors l'air rafraîchi de l'intérieur. Bonheur dans les vases communicants, les tourbillons d'air, le tout accompagné d'une consommation phénoménale de M. Net.

– Elle est encore plus ironique que moi, applaudit Kevin, et quand on sait qu'elle les a eus comme patients pendant quatre ans pour qu'ils arrivent à accepter qu'ils n'avaient plus aucune chance d'enfanter et qu'ils devaient prendre la décision d'adopter, voilà un enfant qui a son prix !

– Oui, mais la cure, c'était aussi parce qu'il était pilote au Viêtnam, d'où ses problèmes de conscience « pilotique » qui lui ont fait souhaiter un enfant de pays à palmiers un peu décapités. Le Brésil fait quand même l'affaire !

Ils imaginèrent alors l'enfant de cinq ans, aguerri à la survie en favelas et au bord des autoroutes, habitué à vendre le journal ou de la gomme à mâcher, sautant au milieu des autos avant que la lumière soit rouge, se retrouvant au 13 214 Paseo de Peralta à faire du vélo vingt et une vitesses, à pneus orange, en bouffant du camembert en tube sur un toast éjecté automatiquement par General Technics pendant que ses parents, macrobiotisants récents se fouteront des suppositoires au carotène pour avoir les yeux brillants et des suppositoires au caviar de la partie russe de la mer Caspienne pour être encore plus contre-culture-de-consommation-yuppie.

– De Russie et pas d'Iran, continua Vanessa, car le fanatisme islamique envoyant les enfants sauter sur les mines pour que les soldats passent et fassent triompher Allah en tuant des enfants irakiens est terrible. D'ailleurs, le tapis persan a disparu du salon. Il a été vendu aux enchères à des métèques et ils ont racheté un Boukhara de Mahé en échange.

— Pour les Perez, la troïka, c'est le chiffre idéal, ajouta Kevin. La Perez troïka amoncellera bientôt des requins en plastique et des crocodiles gonflables dans la piscine amazonienne kitsch où s'immiscent déjà, indiscrètes, les racines de cactus qui en ont marre d'être ascétiques et tiers-mondistes et qui voudraient participer à l'orgie du désir nouvel âge cool.

— Vous êtes poète, commenta Alex.

— Quand il s'agit de l'eau, oui. Mais ce n'est pas toujours de l'eau qui circule dans mes tuyaux. Souvent c'est de la boue, parfois du pétrole. Mais je préfère vendre des tuyaux pour l'eau, comme récemment pour une compagnie canadienne.

— Ah oui, dit Alex, j'aimerais en savoir plus.

— J'ai reçu un appel d'offres, il y a quelques semaines, pour une compagnie qui vend de l'eau minérale partout dans le monde : au Japon, en Argentine, en Indonésie, au Canada, aux États-Unis. Elle pompe une nappe phréatique au Québec, mais comme le niveau de l'eau commence à baisser, elle a exploré plus loin au nord. Elle en a trouvé une réserve immense, d'une qualité extraordinaire. D'où l'appel d'offres.

— Comment se nomme cette compagnie, demanda Alex.

— Vous la connaissez sûrement, c'est l'eau Navaja. Je suis sûr qu'il y en a dans le réfrigérateur, ici, ou dans la réserve.

— Dans la réserve, dit Vanessa qui se leva pour aller en chercher une bouteille.

Alex écarquillait les yeux à cause des coïncidences de vocabulaire. De l'eau Navaja dans la réserve, pensait-il, me revoilà avec le problème Pedro, même s'il ne s'agit pas de la même réserve.

La bouteille contenait un demi-gallon d'eau dans un plastique aussi transparent que le verre, pour bien prouver la pureté de ce précieux liquide. Une étiquette bleue et blanche rappelait les couleurs du Québec. Mais, l'exportation représentait quatre-vingt-quinze pour cent des ventes et ce n'était pas l'ancrage par l'identité nationale qui importait. Le bleu, c'était la pureté du ciel d'où venaient les eaux de pluie ; le blanc, c'était la propreté, la candeur de la neige qui s'infiltrait à travers les roches et, par ce filtre naturel, obtenait sa valeur.

— Eh bien, cette compagnie m'achète trente-trois kilomètres de tuyaux car, grâce aux ingénieurs et aux chimistes à qui je donne des contrats, j'ai été le seul à pouvoir prouver que mes tuyaux, même à long terme, n'influenceront pas la qualité de l'eau.

— Autrement dit, vous vendez le matériel plus le savoir !

— Exact, dans notre monde où on insiste de plus en plus sur la qualité totale, il n'est pas suffisant d'avoir un bon produit. Il faut accumuler des savoirs qui représentent la maîtrise des rapports entre ce produit et l'utilisation particulière qui en sera faite. C'est pourquoi j'adore le slogan de votre t-shirt : « Si vous pensez que l'éducation coûte cher, essayez l'ignorance. » Je vends le savoir et le produit qui va avec lui.

— Tu prends des risques, dit Vanessa, car si l'étude est erronée, tu vas être obligé de changer tous les tuyaux à tes frais.

— Et peut-être obligé de payer des dommages ! Car si on s'apercevait que l'eau contient des particules synthétiques ou chimiques, cela représenterait des pertes phénoménales pour cette compagnie qui, maintenant, vend plus que la marque concurrente.

— Elle a eu des « déboires », c'est le cas de le dire, lança Vanessa, il y a quelque temps, car on avait dit que des chercheurs avaient trouvé des traces de pétrole dans les bouteilles.

Ils rirent du jeu de mots facile et débouchèrent la bouteille de Navaja. Ils s'en versèrent chacun un grand verre et la humèrent comme un grand cru.

— Une bonne année, suggéra Vanessa en fixant Alex.

— Quelle robe ! dit Alex en dévorant Vanessa du regard.

— Gouleyante, ajouta Kevin après en avoir consommé plusieurs gorgées. Avez-vous remarqué que le Coca-Cola se boit souvent avec une paille, mais pas cette eau minérale. Elle se boit à même le verre. Signe de pureté naturelle. Différent rituel. Autre groupe cible. L'écologie demande des tuyaux sans effets secondaires et rejette la paille. Le tout, quand on investit, est de ne pas se tromper de grandeur ! J'ai investi dans la bonne grosseur de tuyau. Et je vais me lancer aussi dans la commercialisation de parois qu'on va installer dans les nouveaux superpétroliers. Ils auront désormais l'intérieur des coques qui forme le réservoir complètement lisse. Ils emmèneront du pétrole au Canada ou aux États-Unis et en reviendront avec de l'eau. Et pour cela je vais coupler des tuyaux à un réservoir! Ça peut faire de belles choses, non?

Vanessa regardait Alex avec beaucoup d'amour. Il rougit. C'était la première fois qu'une femme manifestait en public son désir d'un enfant de lui. Il prit une gorgée d'eau Navaja. Sourit. Fit fondre une cuillerée de crème glacée à la mangue dans sa bouche et dit:

— Quand j'étais au Salvador, l'eau était une denrée extrêmement stratégique. Les paysans et les guérilleros, dans certaines régions, étaient constamment préoccupés par cette question. Dans les villes, l'aisance se mesurait à la capacité des familles d'acheter d'énormes bouteilles de cinq gallons que distribuaient les camions à domicile.

— Vous êtes resté longtemps au Salvador?

— Quelques mois. J'ai enseigné là-bas tout en faisant des recherches concernant les Indiens.

— Ma nouvelle compagne, Sue, a voyagé en Amérique centrale et en Amérique du Sud et elle est d'origine canadienne comme vous.

— Oui, de quelle partie du Canada?

— De Montréal, une bilingue biculturelle, comme vous.

— Qu'est-ce qui l'intéressait en Amérique du Sud?

— Le plaisir du voyage, je crois. Et la passion de la photo. Elle en a rapporté de splendides qu'elle a vendues à des magazines. Mais elle est aussi spécialiste des systèmes informatiques et des communications au sujet desquels je ne connais rien. C'est elle qui vérifie discrètement ce que font mes programmeurs. Elle est capable de découper l'information afin qu'aucun d'entre eux n'ait accès à l'ensemble de mes données concernant l'interaction entre les différents types de tuyaux et les sortes de liquides qui y circulent.

— On parle constamment des ordinateurs, des programmes, des satellites. On amuse les gens avec des jeux, d'ailleurs très sophistiqués et qui contribuent à élever la débrouillardise de la population obligée de s'accrocher de moins en moins à la stabilité. Mais on ne parle pas de l'essentiel. La domination par le contrôle des ressources naturelles difficilement renouvelables.

– Comme le pétrole ou l'eau, ajouta Vanessa.

– Comme l'eau. Le pétrole peut en partie être remplacé par le gaz, le charbon et surtout l'énergie solaire, le jour où on investira des sommes suffisantes pour développer cette manière immémoriale d'utiliser l'énergie.

– Est-ce si difficile d'être une feuille ? suggéra Alex.

– Réflexion zen, commenta Vanessa.

– Non réflexion d'ingénieur intéressé à la photosynthèse, ajouta Kevin.

– La feuille, c'est comme la mouche, sauf en cas d'interférence par la transparence d'une vitre, c'est génial, mais on n'en est pas encore là dans nos inventions, continua Alex.

– Virevolter comme une mouche, capter des rayons brûlants et en faire une telle délicatesse de ramures et de ramifications, c'est extraordinaire, renchérit Vanessa.

Au travers des détours de la conversation, Alex songeait à Isidoro mort d'une balle dans la tête après avoir répété *navaja*, signifiant poignard en espagnol, alors qu'il tentait d'indiquer que Pedro était un Navajo travaillant pour les services de renseignements. Il se disait que cette eau Navaja était une épée de Damoclès, non un poignard immense visant le monde. Il était fasciné par ces sons qui coïncidaient et qui évoquaient des réalités différentes. Pourtant, ils menaient à des enjeux qui convergeaient, à des finalités qui se recoupaient dans le désordonné même des intérêts amoureux ou économiques, du quotidien de vies qui se croisaient sans le savoir.

Vanessa suggéra d'aller s'asseoir sur la véranda et de déguster la luminosité de la chlorophylle des cactées barbues pointant l'azur, une image semblable à la page glacée d'un magazine de luxe présentant un nouveau modèle de bicyclette de montagne ou de planche à neige. Ils se levèrent, allèrent humer les sèves rissolantes et se réjouir du grésillement de la canicule.

En fin d'après-midi, Kevin partit et leur souhaita de s'amuser beaucoup. Nus, ils sautèrent dans la piscine. Après quelques minutes, Alex s'approcha d'elle. Il la serra contre lui et la pénétra dans l'eau. Elle lui dit dans un souffle :

– Je voudrais un bébé de toi. Bientôt.

– Je t'aime intensément, lui souffla-t-il.

Et ils vibrèrent à l'unisson de leurs pulsions communes.

42

La vie continua au même rythme pour Vanessa et Alex. Fin septembre, elle vint le rejoindre à Albuquerque un jeudi car, le vendredi, elle partait à un congrès de psychanalyse à Mexico. En prévision de cette fin de semaine seul, Alex lui avait demandé de venir avec sa Jeep, car il voulait explorer la région de Tuba City et de Lake Powell pour parler, avait-il dit, avec des guides qui connaissaient les grottes et pour voir s'il ne trouverait pas des traces de dessins anasazis intéressants. Il l'emmena à l'aéroport et partit à leur maison de Santa Fe. Là, il dévissa les plaques d'immatriculation et remplaça la plaque arrière par celle de l'Illinois qu'il avait trouvée le long de l'autoroute lors de sa crevaison. À l'avant, il n'y en avait pas, mais on pouvait penser qu'il l'avait perdue. Il passa la nuit dans leur lit. Il se leva à cinq heures. Comme il ne voulait pas laisser de traces sur la mesa, il mit les bas-culottes de Vanessa sous son jean et par-dessus son sous-vêtement afin que le nylon retienne ses poils au cas où il y aurait combat. Il prit des gants en plastique, des gants en cuir, des sacs à ordures, un poignard et deux autres paquets de bas-culottes. Puis il partit pour Tuba City.

De là, il se dirigea vers Bitter Springs où il arriva vers quatre heures. Il tourna à droite vers Page. La route montait raide vers le dessus de l'immense plateau bordé de falaises à pic. Les lacets s'enfilaient les uns aux autres. Bientôt, il arriva près du sommet, là où la route a été creusée dans le roc et permet de voir les couches géologiques. Juste avant, il s'arrêta dans un stationnement qui domine la vallée. En bas, à deux kilomètres, il pouvait observer de ses jumelles les petites maisons et, en particulier, celle de Pedro, bâtie un peu à l'écart des autres. Sa Buick n'était pas là. Normal puisque, comme lui avait dit Ishina, il travaillait à temps partiel la semaine et allait se réfugier sur le plateau pour s'y saouler la fin de semaine. Donc, il était probablement déjà là-haut.

Alex quitta la route asphaltée pour prendre sur la droite la piste caillouteuse et sablonneuse qui s'enfonçait dans le désert et d'où on pouvait rejoindre la quatre-vingt-huit et Kaibito. Il y avait plusieurs traces de véhicules dans la poussière, ce qui ne lui donnait aucune indication. Après six kilomètres, il arriva à une fourche. Une piste allait franchement vers l'est et Kaibito, et l'autre semblait retourner vers l'ouest et donc se diriger vers le bord de la falaise. Alex se dit qu'un gars comme Pedro, qui avait passé des moments intenses avec la guérilla dans les collines du Salvador, devait aimer dominer l'horizon plutôt que de se réfugier près d'un tas de rochers dans le désert. De plus, c'était un individu dynamique qui aimait prendre des risques et qui avait une très haute opinion de lui, comme il s'en était rendu compte lors de sa conversation concernant ses actions au Viêtnam. Il opta pour le bord de la falaise. Il était six heures du soir. Le soleil brillait, mais la nuit viendrait vite. Alex prit un tournevis. Il dévissa les feux arrière de la Jeep et retira les ampoules. Ainsi, pour favoriser une approche discrète ou un départ furtif, aucune lumière ne le trahirait quand il appuierait sur la pédale de freins. Il sortit ses gants en plastique, ses paquets de bas et mit ses chaussures de sport. Il roulait maintenant lentement pour ne pas faire voler trop de poussière. Il s'arrêtait de temps en temps pour observer les environs avec ses jumelles. Autre bifurcation. Tout droit, la piste allait vers l'ouest et le bord de la falaise ; à gauche, elle se dirigeait vers le sud. Il prit tout droit. Au bout de cinq minutes, il arriva au bout du chemin. Il y avait des boîtes de conserve abandonnées et des cendres, qui n'étaient pas récentes, mais rien d'autre. La vue était splendide. Elle portait à trente kilomètres à travers une atmosphère d'où ne provenait aucune humidité. La sécheresse et la chaleur découpaient les contours des rocs rouges et des pics neigeux au loin comme… comme… comme un coup de poignard, pensa-t-il.

C'est devant cette immensité, seulement, qu'il commença à ressentir une angoisse profonde face à sa décision de tuer Pedro. Il venait de saisir qu'il n'était pas au Salvador. Ici, il serait un meurtrier et non un libérateur se débarrassant d'un traître. Il se demandait comment Peter se sentait quand il repensait aux paysans torturés par sa volonté de lutter contre la guérilla. Des paysans métis pour la plupart. Mal certainement, sans quoi il ne serait pas plongé dans l'alcool et la solitude. Il eut soudain envie de tout abandonner, de retourner à Santa Fe, de faire l'amour à Vanessa et d'avoir un bébé.

Dolorès était morte, il ne pouvait plus rien pour elle. Il avait pu lui donner l'essentiel cependant, l'amour, le désir et des orgasmes, comme elle l'avait fait pour lui. Mais c'était cela qui le poussait à se venger car Dolorès, c'était lui. Il avait été mutilé. De plus, Los Alamos et la base de recherche de l'armée où Pedro avait peut-être été entraîné se trouvaient à cinquante kilomètres de Santa Fe. Il lui était impossible d'être tranquille tant qu'il pouvait être reconnu par Pedro. Il pourrait évidemment repartir au Canada et convaincre Vanessa de le suivre. Mais elle aimait tellement Santa Fe et la région. Il faudrait qu'il lui offre un monde d'immensité marine comme elle le rêvait. Ils navigueraient alors sur un grand voilier et elle serait pirate, comme elle le fantasmait. Il saisit qu'il ne lui restait plus qu'à jouer au pirate du désert.

Il remonta dans la Jeep pour retourner sur ses traces et prendre la piste vers le sud. Le soleil commençait à se rapprocher de l'horizon. La capote noire claquait dans le vent du soir. La grande voile triangulaire noire se fondait doucement dans l'obscurité luminescente d'une mer de poussière rouge et découpait un test de Rorschach géométrique sur le mauve implacable d'un ciel de la platitude d'un mur. Le vent, par bonds, amplifiait soudainement, dans les sifflements d'une troisième dimension, la pellicule grise d'une brume très légère, à la Bergman, où la seule douceur passagère provient de voix sans origine.

Il arriva à la bifurcation. Vers le sud, c'était déjà l'obscurité mais à l'ouest, les incandescences jetaient leurs sortilèges. Alex n'alluma pas les phares. Il se concentra sur la piste. Pour cela, il avait rabattu le pare-brise. Les yeux lui piquaient, tellement il faisait des efforts pour voir aussi loin que possible. Dans l'infini de l'instant, il se concentrait, barreur chétif, les mollets tendus, les genoux alertes, cherchant continuellement, dans un paradoxe permanent, l'équilibre parfait s'instaurant entre l'horizon, le corps faisant corps avec le véhicule, et le fil qui ouvre le cap. Ses paumes flexibles et sensuelles caressaient rapidement les contours du volant qui, comme une peau très douce, lui filait constamment entre les phalanges.

Autre croisement qu'il rata presque, à cause de l'obscurité et de la nervosité qui l'envahissait. Il tourna vers l'ouest et l'à-pic de la falaise. Dans sa tête, c'était la Lorelei, les Walkyries, la Chasse-galerie, le train d'enfer. Six nœuds dehors, cent mille à l'heure dedans ; la nuit hantait ses songes des pires légendes où la culture traquait l'homme de ses drames les plus mythiques. Le visage de Vanessa, sa pirate, passait devant ses yeux hallucinés tandis qu'il imaginait les balles siffler et qu'il sentait le gonflement d'un nounours en peluche dans sa poche. Le visage fit place au mystère d'une girouette aux trois points rouges fluorescents affirmant l'homme face à l'opacité constellée. Il était barreur tendu vers cette girouette que, comme la flèche de Zénon, il ne semblait point rattraper.

Soudain, il saisit que cette girouette était les flammèches d'un feu de braise perdu sur le vide de l'anthracite du monde. Sa raison lui revint immédiatement. Sextant, cartes, points, méridiens l'ancrèrent au roc surgi soudain des sables mouvants ouverts aux souffles de l'anarchie. Tout était sous contrôle, maintenant. Le volant bien en main, il mit au point mort, arrêta le moteur et se dirigea vers le bas côté. Il mit ses gants en plastique. Il sortit son poignard caché sous le siège. Il coupa la jambe d'un bas-culotte et la passa par-dessus sa tête. Il troua deux interstices à hauteur des yeux car, même s'il y voyait à travers le bas, il préférait, de nuit, ne pas travailler avec un écran. Il glissa le reste de la jambe dans son col de chemise et le colla avec du ruban adhésif pour qu'aucun cheveu ne tombe dans le sable. Il avait les traits complètement déformés par le bas. Un monstre impossible à reconnaître. Il ajusta sa ceinture serrée autour de son gilet de vélo de montagne qu'il avait pris la peine de repasser. Il voulait présenter une image élégante de la vie à Pedro avant qu'il meure. Il mit ses gants de cuir par-dessus les gants en plastique, eux aussi collés avec du ruban adhésif. Il retrouvait ses réflexes de marche silencieuse, ses muscles travaillant souplement dans ses chaussures. Il se sentait évoluant comme dans la campagne salvadorienne, à l'affût des moindres sons. Sa souplesse l'envahit de nouveau.

Il s'accroupit et, avec ses jumelles antireflets, observa la nuit devant lui. Pedro était assis au bord de la mesa de l'autre côté des braises. À sa droite se trouvait une caisse de bière. Le tableau se découpait clairement. Il se dit que son cerveau était un barillet chargé de balles sciées en croix à leur extrémité pour qu'elles suivent quatre voies et n'y aillent pas par quatre chemins. Il rit mentalement de ce jeu de mots. Il ne perdait pas la carte si facilement.

Après avoir observé Pedro pendant plusieurs minutes, Alex s'approcha, plié en deux. Son but était de le pousser en bas de la mesa afin qu'on croie à un accident d'ivrogne imbibé. En rampant jusqu'à quelques mètres du feu, il se rendit compte qu'il était assis à trois mètres du bord de la falaise qui semblait à pic, comme tout le long de Echo Cliffs. Il ne pourrait donc pas tout simplement le pousser. Il décida d'attendre que Pedro s'endorme. Alex se cacha derrière un roc et patienta au moins une heure durant laquelle sa proie but quatre bières. Il finit par somnoler. Mais soudain, il grogna, se leva en titubant et s'approcha de la falaise. Alex se demanda s'il allait tomber tout seul. Non, il s'arrêta à moins d'un mètre du bord et, maladroitement, abaissa sa main vers sa braguette. Son destin était scellé. Le nombre de morts à cause de diarrhée ou d'envie d'uriner est extraordinaire dans les guerres. Alex bondit quand il entendit l'urine tomber et précipita le vétéran de la contre-guérilla en avant avec une telle force que la tête de celui-ci partit en arrière et heurta le menton d'Alex. Pedro grogna et disparut. Après plusieurs secondes, Alex entendit un son mat et quelques rocs dégringoler plus bas. Il était glacé par l'adrénaline qui circulait dans tout son corps. Il tremblait. Il songea que si ce spécialiste de l'infiltration avait bu de l'eau Navaja, il ne serait peut-être pas mort, car il n'aurait pas eu envie d'uriner de manière aussi urgente ! Ces jeux de mots le firent sourire et il reprit son calme.

Après avoir attendu plusieurs minutes pour être sûr que Pedro n'appelait pas au secours et ne râlait pas, Alex retourna à la Jeep. Il démarra et reprit la piste en sens inverse. Au carrefour, il retira son attirail, prit à gauche puis, au bout d'une demi-heure, arriva près de l'embranchement avec la route. Là, il se rendit compte qu'il avait mal au menton. La tête de Pedro ! Il revissa rapidement les ampoules des feux arrière et s'engagea sur la chaussée en direction de Page et Lake Powell. Il était presque minuit. De Page, il prit la quatre-vingt-dix-huit vers Kayenta. À trois heures, il était sur les hauteurs de Cortez, au chalet de Vanessa. Il retira la plaque de l'Illinois, revissa les plaques originales et alla se coucher. Il mit du sel et du vinaigre sur la partie enflée de son menton et prit de l'arnica. Il se réveilla à onze heures. Il décida alors de retourner à Santa Fe où il arriva à quatre heures de l'après-midi. Il avait hâte d'être au lundi à onze heures trente pour aller chercher Vanessa à l'aéroport. Il lava l'auto, écouta Sisa Pacari et les flûtes des Andes sur la stéréo qu'il mit à la puissance permettant à ses tympans de vibrer à la limite de la jouissance et de la souffrance, comme lors de certains instants préorgastiques. Il revit avec délice et effroi son escapade sur Echo Cliffs en se demandant si Pedro était mort instantanément ou s'il parviendrait quand même à s'en tirer. Il se dit qu'on le retrouverait bientôt, car son auto était stationnée au sommet du plateau et son frère se préoccuperait rapidement de sa disparition. Vaguement inquiet, il alla se coucher.

43

À l'aéroport, ils s'embrassèrent longuement. Puis elle lui demanda où il s'était fait une bosse pareille.

— Je n'ai pas l'habitude de manœuvrer ton auto. Le côté de la capote m'a heurté quand je l'ai replacée, répondit-il, rougissant.

— Ta rougeur se marie bien avec le mauve et ocre des cernes entourant ta bosse. Mais je ne sais pas si ces rougeurs se marient bien avec mon émotion. Ce n'est pas la capote! À moins que ce soit celle pour qui tu en avais mis une, interrogea-t-elle mi-sérieuse, mi-riant. Alors, finalement, d'où provient ta bosse?

— La capote, te dis-je. Je suis revenu de mon escapade vers Kaibito et, la nuit venue, je l'ai rabattue trop vite.

— As-tu trouvé des grottes avec de nouvelles inscriptions?

— J'ai visité une grotte que je connaissais, pas loin de Inscription House Ruins, et j'y ai découvert d'autres dessins. Nous pourrons y aller un jour si tu veux.

— Oui, je veux. Je veux voir ce que tu as découvert.

— Et comment s'est passée la conférence?

— Bien. Mon étude de cas théorisée avec les concepts de Mélanie Klein a été bien reçue. Et j'ai revisité le Musée anthropologique de Mexico. Et aussi le Musée du Templo Mayor. J'ai été fascinée par la statue de l'oiseau au bec ouvert d'où sort un visage humain. Là, j'ai saisi que les rêves et leur condensation d'images rejoignent ces rêves communs que sont les mythes et que le plus mystérieux n'est pas la mort. Mes patients ne sont pas obsédés par la mort tant que ça. Même ceux qui veulent assassiner des concitoyens. Mais par la vie. Par son étrangeté. Par l'étonnement poussant à se demander pourquoi on est né.

– C'est ce que pose et repose ton père qui, par l'entremise des tuyaux, cherche à explorer son passage à l'air. Il explore son trajet en tant que sperme dans les canaux lubrifiés et sa rencontre avec sa nappe phréatique de mère.

Ils rirent.

Durant le trajet, Vanessa suggéra de s'arrêter devant un petit centre commercial et demanda à Alex de l'attendre. Elle ressortit avec un casque en plastique, couleur citron, que portent les travailleurs de la construction. Elle le lui posa sur la tête et lui conseilla de le garder pour se protéger de toutes les capotes. C'est ainsi qu'ils arrivèrent fébriles, à l'appartement. Elle se déshabilla prestement et s'étendit sur le ventre, abandonnée. Il savait ce qu'elle désirait dans ces moments de transe où une douceur extrême la dévorait de désirs pervers. Il se coucha sur elle, la pénétra lentement, enroba son index de lotion hydratante et le glissa complètement dans l'anus de Vanessa qu'il caressa en rotation. Puis il toucha légèrement son pénis que son index devina à travers la paroi intestinale. Vanessa mordit alors la main gauche d'Alex et y répandit sa salive qui glissa le long de son poignet. Alex faisait glisser ses dents sur la nuque de Vanessa et, par instants, saisissait ses cheveux entre ses mâchoires pour qu'elle relève légèrement la tête qu'il laissait retomber dans les draps. Ils restèrent longtemps à remuer imperceptiblement pour jouir de leurs muqueuses affolées. Avant de s'endormir dans la moiteur de leurs effluves, Alex remarqua que Vanessa avait coupé l'ongle de son majeur à ras de la phalange. Il comprit alors qu'elle désirait caresser sa prostate. Leur relation demandait de fouiller les profondeurs des fantasmes. L'ambition les démangeait, celle d'une compréhension de leur fascination et de ce qui les dévorait furieusement. Un amour non pas gracieux et calibré, au sourire mièvre de magazine, mais puissant, violent et sauvage. Un amour où la force de la poésie est issue des sécrétions. Alors, ils rêvèrent, incandescents, de commencements du monde tropicaux et baroques.

Le mardi, dans le quotidien local, en page quatorze, un article mentionnait que Peter Weston avait été trouvé mort au bas de Echo Cliffs. Selon toute probabilité, il était tombé ivre en bas de la falaise. Alex était soulagé. Cependant, il savait que la presse joue du spectaculaire quand il le faut et en dit le moins possible quand c'est nécessaire. Dans ce cas, cela ne signifiait pas que la police ne faisait pas une enquête sur le terrain. Le lendemain, Ishina lui téléphona et l'informa qu'il aurait dû se dépêcher de rencontrer Peter car il était mort saoul. Il lui répondit qu'il était désolé et que c'était de sa faute. Qu'il aurait dû s'y prendre plus tôt ; mais qu'il n'en avait pas eu l'occasion. En parlant, il jouissait du double sens de l'expression « de sa faute ». Elle lui proposa de manger chez Upper Crust, le lendemain, mais il refusa compte tenu de son horaire chargé. Sa bosse était un indice gênant et il valait mieux éviter le moindre rapprochement. Dans tous les sens du terme.

Deux minutes plus tard, Vanessa téléphona et hurla :

— Je suis enceinte, je suis enceinte.

Il lâcha le récepteur qui tomba sur le plancher. Il se ressaisit et lui répliqua :

— Moi aussi, moi aussi ! J'arrive, je serai chez toi dans une heure.

Il prit son détecteur de radar, le colla sur le tableau de bord et fit tourner ses trois cent quatre-vingts chevaux. Aussitôt sur l'autoroute, il conduisit à cent soixante kilomètres heure alors que la vitesse était limitée à cent. Le détecteur sonna une fois, juste avant le haut d'une côte, et Alex freina immédiatement. Il passa à cent cinq à côté d'une auto de police stationnée sur l'accotement. Puis il reprit sa course et arriva à la maison de Vanessa cinquante-deux minutes plus tard.

Elle était complètement hystérique, totalement excitée, fébrilement désorientée, extraordinairement heureuse. Lui, soudain, sentit une tension qui se relâchait sous son plexus solaire, au centre de sa respiration, comme si des milliers de nerfs prenaient une position typique du yoga, pour la première fois de sa vie. Il respira profondément, comme il ne l'avait jamais fait, et il eut l'impression que l'inspiration durait plusieurs minutes. Elle mit un disque de Zamfir et ils dansèrent aux rythmes de la flûte de Pan et du folklore roumain. Après, il choisit du tango et il monta le volume au maximum. Ils se firent un jus de fraises et de mangues passées au mélangeur, puis un lait de bananes. Elle lui annonça que son père les invitait pour la fin de semaine dans son ranch près de Tucson.

Ils allèrent célébrer leur bonheur dans la chambre qu'elle venait de finir d'arranger selon leur désir. Elle était située à l'arrière de la maison. Le sol était recouvert d'un sous-tapis de mousse de cinq centimètres d'épaisseur qui remontait le long des murs sur une hauteur d'environ vingt centimètres. Il était recouvert d'un immense Dhuris en laine sur lequel étaient jetés négligemment plusieurs Tabriz. Le lit était composé d'un matelas mince couvert d'un drap de coton, le tout posé à même les tapis. Un mur complet n'était plus qu'un immense miroir qui allait du plancher au plafond tandis que l'autre était une immense vitre coupée seulement par deux portes-fenêtres donnant sur les pentes de la montagne couverte de cactus et d'arbustes. Ces portes étaient enrobées de deux saris du XIXe siècle parcourus de fils d'or. Ils étaient de couleurs différentes ce qui donnait un caractère asymétrique à l'ensemble. L'un, rutilant, était bordé d'un bleu nuit suggérant l'insondable des blocs lithiques d'Anish Kapour, l'autre était d'un mauve tirant sur la limpidité d'une soirée caniculaire tout en évoquant, dans ses bordures, la chlorophylle ingénue de la rosée matutinale. La baignoire jacuzzi se trouvait dans la pièce même et était entourée de fleurs. À un mètre du sol, dans le mur, était intégrée une étagère où reposait un système de son dont les haut-parleurs étaient accrochés aux quatre coins. Un immense bol en cuivre de Turquie permettait de brûler lentement des aromates. Près du jacuzzi se trouvaient une planète en verre de Josh Simpson et un verre soufflé de Philabaum dont les transparences vertes et superposées construisaient des mondes ouvrant eux-mêmes sur des mondes de reflets. Aux murs : des tapis navajos et hopis ; des tableaux abstraits de jeunes peintres dont les couleurs violentes se reflétaient dans le miroir ; un tableau de coyotes hurlant de Tavlos ; un Jackson Beardy — peintre autochtone canadien — rouge et noir, représentant deux oiseaux stylisés unis par un fœtus ; un corps morcelé d'Erin Manning, piqueté d'éclats de miroirs et traversé d'une chaîne ; une allégorie du temps du péruvien Pedro Caballero dont l'infini des mauves et des bleus allait chercher l'insondable des saris ; un tableau de Déborah Choc où était écrit : « La terre est bleue comme une orange. » Appuyé sur un mur, dans un coin, un tableau de Vanessa représentant, en traits et en taches orange, noires, rouges et bleues, un visage éparpillé mais heureux où s'intégrait, à la place d'une orbite oculaire, le foisonnement d'un vagin et de ses poils.

Il s'agenouilla pour regarder de plus près cette œuvre. Il ne vit plus que des taches foisonnantes et des réseaux obsédants. Elle se tenait debout, nue à ses côtés. Elle mit la main sur sa tête. Il se tourna vers elle et l'embrassa sur les lèvres à travers les poils, puis sa langue se mut à l'intérieur et se délecta de sa muqueuse, la pointe de son nez remuant lentement pour exciter davantage son clitoris. Les doigts de Vanessa étaient plantés dans ses cheveux et les ongles dans son front. Il la buvait. Elle gémit, les genoux ployés. Ils s'étendirent sur un tapis et jouèrent longtemps à jouir de leurs reflets dans la baie vitrée devenue mauve et criblée d'étoiles, jusqu'à ce que le sommeil les enlève à leurs foisonnements.

Elle rêva du Grand Nord et de ses feux qu'il fallait découvrir. Elle rêva aux malamuts hurlant au firmament de leurs gueules mauves qui faisaient trembler les aurores boréales. Il pleuvait des étoiles gelées. Le conducteur du traîneau se bâtissait un igloo dont l'orange interne, soleil chtonien, écartait les sillons tranchants du blizzard. Le mauve du jour sans nuit atteignait les chiens en pleine mâchoire. Tranquilles, soudain, ils se taisaient et tissaient leur fourrure de cristaux crispés. Leurs truffes noires diffusaient leurs rêves féroces qui fumaient dans le tranchant polaire. Plus rien ne vibrait. Mais l'orange effaçait la blancheur de l'igloo qui devenait arc-en-ciel dans la luminescence ocre du désert. L'univers était une orange sanguine recouverte de la mince pellicule d'un igloo vibrant au rythme d'un sac amniotique aux transparences du mica.

Il rêva au désert qui le mena au corps à corps de l'ombre évaporée de Vanessa. Le désert lui traça les dunes de ses reins dans ses cils fous. Il surgit près d'un igloo crépitant de multiples blancheurs calmant son plexus craquelé. Alors, le désert s'écarta derrière le rideau bleu de la djellaba de Vanessa calquant le khôl de ses lueurs évasives. Il l'embrassa à portée de l'igloo embrasé diffusant la fraîcheur solaire. Il écarta sa djellaba. Elle azurait le cuivre épidermique de sa teinture la tatouant fébrilement de sueur au bout de phalanges agiles. Ils s'étreignirent. Une oasis clama longuement la beauté des figuiers s'irriguant aux rives de leurs désirs. Le sable s'écoula lentement vers les murs de glace tandis qu'un dattier se fichait dans le tremblé des mirages, dans le troublé des fantasmes. Brusquement, l'igloo se dissipa en plein vent aux claquements de la djellaba. Il resta le bleu de la nuit et ses milliers d'igloos scintillants jusqu'aux tranchants des dunes.

Aux rosaces lumineuses du matin, le réveil sonna. Ils se racontèrent leurs rêves. Vanessa se prépara pour l'écoute flottante et Alex se dirigea vers son auto et ses cours. Il se dit qu'il était plus que temps d'obtenir un poste à Santa Fe.

44

À la fin de la journée, pour échapper à la fois à l'angoisse causée par le meurtre vengeur qu'il avait commis et à la surexcitation d'avoir bientôt un enfant, il écrivit une lettre poétique à Vanessa. Elle concernait sa peinture au sujet de laquelle il n'avait dit que des mots banals; manque de temps, excitation de la naissance à venir, et encore manque de temps! C'était fou comme ils manquaient de temps. Ils n'arrêtaient pas d'en manquer aussitôt ensemble. La lenteur les travaillait de sa force et les unissait dans ce qu'il y a de plus subversif au monde, la passion amoureuse.

Ma Salamandre qui caméléonne,

Ta peinture abstraite me mène à ton visage perdu dans le foisonnement des jeux de lumière et de formes qui filent vers un lieu incertain. Tu m'as dit que toute peinture était abstraite, même les toiles réalistes, car les artistes cherchent une harmonie échappant aux grands récits organisant définitivement la vie. Tu me l'as démontré de près. Regarde, regarde, m'as-tu dit, poussant doucement ma nuque à quelques centimètres d'un de tes tableaux. Et j'ai vu des traces, des taches, des dérives. J'ai vu des harmoniques, des vibrations, des tremblements, des empâtements, des éclats de joie, des illuminations. L'angoisse de la recherche de la non-angoisse dans le désir du non-désir traverse ces violences de couleurs, ces rages de traits, ces rutilances d'un corps poussé au bout de sa passion dans le raffinement digité d'un tremblement qui est un laisser-aller au mouvement, soudain.

Les harmoniques de ta peinture me révèlent ton visage qui m'a traversé de sa simplicité et qui se superpose à tes autres visages plus sociaux, plus intellectuels, plus professionnels. Ta peinture abstraite, dans ses tons et ses énergies, ramène de toi ce que je n'ai pas vu immédiatement, mais qui s'est manifesté dans la fulgurance de notre désir. Ta peinture construit cette intelligence du corps qui t'érige dans la permanence d'une transcendance échappant aux rôles imposés. Ta peinture fait surgir ton monde et ses délires dans une aspiration à l'extrême partagé. À cet extrême dont l'intensité adolescente a gouverné nos actes, dans l'accord contre un monde quotidien menaçant et foncièrement dégueulasse. Pour la dangereuse simplicité de l'élan.

Je t'aime encore plus, enceinte. Enfin mon passé à un avenir!

Alex.

Aussitôt la lettre finie, Ishina l'appela et demanda de le rencontrer au Upper Crust, car elle se sentait emportée par des émotions fortes. Ils se retrouvèrent dans le petit restaurant une heure plus tard.

Ishina le trouva encore plus viril avec sa bosse et lui demanda comment il s'était organisé un tel visage. Comme il ne voulait pas parler de sa vie intime, il prétexta une inspection sous le châssis de son auto pour vérifier s'il n'y avait pas une fuite au différentiel.

Mais Ishina, immédiatement, mit la conversation sur le double sens de l'expression « de sa faute » qu'il avait utilisée lors de l'annonce de la mort de Pedro. Il lui dit qu'elle se lançait trop dans les subtilités langagières de la psychanalyse!

— En plus il y a ta bosse, continua-t-elle. Et ce n'est pas tout. Tu as maintenant une paix intérieure, une satisfaction virile qui se marque dans ton regard et ta démarche. Je sais observer : tu as changé.

— C'est parce que je suis amoureux, dit-il afin de changer le contexte et d'éviter une autre invitation plus intime.

— Peut-être, mais ce n'est pas la satisfaction d'un homme qui a conquis une femme; c'est l'assurance d'un homme qui sait tuer. Qui a affirmé son pouvoir hors-la-loi. Une liberté échappant aux contraintes d'une juridiction. C'est la souplesse d'une vengeance secrète.

— Ah, comme c'est joli et bien dit! Comment sais-tu tout cela? Où as-tu pris une telle expérience?

— Mon frère aîné, une fois, a fait disparaître un anglo qui avait frappé notre mère parce qu'elle voulait obtenir plus d'argent des bijoux qu'elle apportait en consigne. Je n'oublierai jamais son regard et sa démarche souple et totalement coordonnée manifestant une dignité soudainement retrouvée.

— Tu en as vu beaucoup dans ta vie!

— Oui, et mon savoir te traverse. Je pense que Peter n'est pas tombé tout seul. Tu l'as aidé!

— Oh, merci d'une telle estime, mais tu m'idéalises!

— D'ailleurs, j'ai dit à ma psychanalyste que je pensais savoir que Peter, que je voulais tuer moi-même, avait été aidé à mourir par quelqu'un que je connais. Elle a été très intéressée et c'est une des rares fois où elle a posé des questions au lieu de m'écouter.

— Tu lui as dit que tu me soupçonnais et tu lui as dit qui je suis? Mais tu veux me faire condamner à la prison! Pourquoi?

— Non, elle est tenue au secret professionnel et, en plus, cela s'accorde avec mes fantasmes et mes projections. Et je n'ai pas dit ton nom; juste que tu es professeur à l'Université d'Albuquerque et que, contrairement aux anglos, tu parles navajo.

— Ishina, tu ne devrais pas m'inclure dans tes fantasmes. Tu risques de m'attirer des ennuis.

— Non, non, mais je t'admire de plus en plus, je sais que c'est toi qui l'as tué, j'ai envie de toi, j'ai envie de l'homme qui a tué celui qui m'a violé, je sais qu'avec toi je vais avoir des orgasmes. Viens chez moi, maintenant.

— Non, je ne suis pas psychanalyste.

— Justement, il ne s'agit pas de psychanalyse. Il s'agit de me redonner ce qui m'a été pris, le pouvoir de me laisser aller. S'il te plaît, aide-moi; et si c'est vrai que tu aimes une autre femme, il n'y aura pas d'autre fois que ce soir. Mais je sais que c'est toi qui as tué Peter et que c'est de toi dont j'ai besoin. Maintenant. Tout de suite.

Ils se levèrent et se rendirent en silence à l'appartement d'Ishina. Elle avait peint les murs de différents ocres et de plusieurs nuances de bruns et elle avait tracé des figures mythiques articulées comme des lézards avec des têtes rectangulaires. Leur silence était plein d'une gravité profonde. Il la dénuda lentement puis la laissa le déshabiller. Il se glissa sur le matelas de mousse couvert d'un drap bleu foncé et la laissa s'étendre sur lui. Il la caressa lentement, longuement. Petit à petit, elle frotta son sexe humide contre son pénis qu'elle finit par glisser en elle. En partie accroupie, elle commença le rythme lent qu'il encouragea de ses mouvements. Il lui souriait. Ils s'arrêtèrent pour se caresser de nouveau puis reprirent leurs mouvements. À la troisième fois, elle commença à se sentir emportée. Son visage se cuivra davantage, ses traits se firent plus lourds. Il revit Dolorès. Elle poussa des cris sourds, les yeux en amande, clos. Un sourire détendu lui vint, qui élargit ses pommettes. Elle s'étendit lentement sur lui en gardant son sexe dans son ventre. Il la caressa longuement en jetant une couverture sur son dos et ses fesses. Elle pleura sur son passé tout en laissant couler en même temps des larmes de joie.

— Je sais maintenant la violence que provoquent la tendresse et l'assurance, lui susurra-t-elle à l'oreille.

Ils dormirent alors serrés l'un contre l'autre. Le matin, ils prirent le petit déjeuner ensemble et se remercièrent mutuellement pour la force de leur confiance. Puis Alex se rendit à son bureau.

45

Le vendredi, Vanessa et Alex partirent dans la Chevrolet pour rendre visite à Kevin dans son ranch, près de Tucson. Durant le voyage, elle lui posa de subtiles questions au sujet de ses étudiantes pour finir par savoir que l'une d'elles était Navajo et se nommait Ishina. Alex commença à se dire que Vanessa en savait trop et que si elle était sûre qu'il avait assassiné Peter, leur relation allait mal tourner. Mais elle ne posa plus de question. Ils arrivèrent quelques heures plus tard au ranch. Kevin et Sigmhund leur firent la fête. Alex entra pendant que Vanessa allait dire bonjour à Staccato, son cheval préféré.

La maison était construite sur un immense terrain clôturé où se promenaient quelques chevaux. Elle était faite de bois et de grosses roches grises et roses. Une cheminée monumentale dominait un salon au plafond cathédrale soutenu par des poutres faites de troncs entiers. Le mobilier western et mexicain était rehaussé par une collection de tableaux de Georgia O'Keefe, de Gilles Lacombe, de Norval Morrisseau, de Hundertwasser, de Jiang et de Kenojuak Ashevak. Des statues de bronze western et des statues en pierre de savon de Pauta Saïla accroissaient l'atmosphère d'imaginaire raffiné qui vibrait dans la maison. Un mélange d'ordre et d'anarchie créatrice s'y faisait sentir. Le défoulé ancré dans la solidité des éléments naturels générait une fantaisie qui se couplait à la profondeur d'une violence presque inquiétante. En saisissant cela, Alex comprenait la liberté parfois cynique de certaines remarques de Vanessa qui, pour quelqu'un qui passait sa vie à écouter le refoulé, n'hésitait jamais à exprimer ce qu'elle pensait et encore moins à ne pas aller au bout de ses gestes. Kevin précisa que la décoration artistique provenait surtout de Sue, d'où le nombre d'artistes canadiens présents. Dans un coin du salon, il y avait deux chaises de couleur noire de Charles Rennie Mackintosh et une collection de splendides photos en noir et blanc et aussi en couleurs représentant des gens du peuple, des enfants, des travailleurs, des paysans d'Amérique latine. Beaucoup de femmes aussi, en groupes. Et des portraits pris de très près, laissant voir le grain de la peau.

À ce moment, Sue entra. Elle revenait d'un tour de cheval. Ils se serrèrent la main et se présentèrent.

— Alex Tellier.

— Sue Lambert.

— Vous êtes de Montréal?

— Oui, et vous d'Ottawa?

— Entre autres.

— Comment ça?

— Parce qu'on est d'où on est devenu ce qu'on voulait devenir. On est... ou on naît aussi d'où on a aimé.

Les yeux de Sue brillèrent. Elle croyait trouver un professeur bien installé dans ses recherches et elle avait affaire à quelqu'un de plus complexe. Elle dressa les sourcils, comme Sigmhund les oreilles.

— Alors d'où êtes-vous encore?

— De Santa Fe, beaucoup, intensément. Du Salvador aussi.

– Du Salvador aussi ?

– Oui, il y a un peu plus d'un an je quittais le Canada pour y travailler comme enseignant.

– Et où au Salvador ?

Vanessa les observait avec attention car, en bonne spécialiste, elle avait saisi une intensité particulière dans la voix de Sue. Alex se dit que ça commençait à devenir dérangeant. Il se demanda s'il ne dirait pas tout simplement le nom d'un *barrio* quelconque de San Salvador. Mais si elle connaissait bien la ville et, vu les photos, c'était probablement le cas, il n'arriverait pas à corroborer ou à préciser les détails qui viendraient certainement dans la conversation.

– À San Cristóbal près de Santa Ana. Vous connaissez ?

– Non, mais je connaissais quelqu'un qui est parti y travailler comme vous.

Voyant son regard brillant et la tension de Vanessa, il ajouta :

– Quelqu'un ou quelqu'une ?

– Une femme. Qu'est-ce qui vous permet de penser que c'était une femme.

– Vos photos qui sont très belles, mais particulièrement belles quand elles sont centrées sur des visages de femmes.

Vanessa le dévisagea, surprise, car il venait d'insinuer, sans le saisir avant de parler, que Sue était peut-être intéressée par les femmes. Dans tous les sens du mot « intéressée ». Elle le connaissait pourtant plus circonspect, habituellement.

– Vous faites de la photo ? s'enquit Sue.

– Non, mais j'ai des images inoubliables entre les deux oreilles et encore plus inoubliables dans la pellicule qu'est mon épiderme.

– Vous êtes comme moi alors. Vous voyez avec votre peau. Et elle saisit la cravate multicolore en soie d'Alex qui représentait une reproduction d'un tableau de Jiang dont un original était accroché au mur.

– Oui, c'est pourquoi je suis à la fois du Salvador et de Santa Fe. Je suis né plusieurs fois et mort plusieurs fois aussi. Mais je suis né plus souvent que je ne suis mort, ce pourquoi je suis ici.

– Je sens les vibrations de votre poitrine et de vos cordes vocales dans votre cravate. Il y a une intensité émotionnelle énorme qui s'y révèle. C'est comme ça que j'ai fait certains portraits. Je parlais aux gens de sujets intenses et, pour accéder à l'intensité la plus complète, je les saisissais par un foulard ou une cravate et je serrais un peu, comme pour les étrangler. Les vibrations m'indiquaient si j'avais atteint le maximum d'émotion. Alors, je prenais la photo de l'autre main, en cadrant à peine.

Kevin, qui était revenu avec des verres de jus de fruits et les regardait, dit soudain à Vanessa :

— Tu ne trouves pas qu'Alex et Sue ont un air de ressemblance ? Mâchoire carrée, joues légèrement creuses, pommettes assez hautes et les yeux gris. Si les cheveux de Sue étaient plus courts, de la même longueur que ceux d'Alex, on pourrait penser qu'ils ont eu le même père. Tous les Canadiens se ressemblent, ça doit être l'hiver et le bilinguisme ! Allons prendre les rafraîchissements dehors.

Au dessert, Sue descendit un album de ses meilleures photos. À la sixième page, Alex changea de couleur. Un portrait de profil en noir et blanc finement granulé représentait Dolorès. Sue et Alex se regardèrent.

— Vous connaissez cette femme ? demanda Sue.

— Dolorès, souffla-t-il.

Vanessa écarquillait les yeux. Kevin, qui ne comprenait rien, ajouta :

— Quelle coïncidence, le monde est petit. Il est vrai qu'il n'y a pas tant de Canadiens intellectuels et diplômés qui sont partis explorer les coins perdus de l'Amérique centrale.

— Qu'est-elle devenue ?

— Elle est morte les armes à la main.

Il mit la main à sa poche, machinalement, mais cela faisait déjà quelques semaines qu'il laissait ce souvenir dans un tiroir d'une commode avec Maple, le nounours. Vanessa était pleinement là maintenant. Mais ce n'était pas vraiment cela que Sue voulait savoir et Vanessa l'avait compris avant lui.

— Vous l'avez bien connue.

— Oui, bien.

Alex saisit qu'elle voulait en savoir plus. Il se tut. Elle montra ses autres photos. Puis la soirée se passa en discussions au sujet de l'eau, de l'art et de l'économie. Vanessa proposa finement que le lendemain Sue et Alex aillent faire un tour avec Staccato et Vendetta, deux chevaux avec une forte personnalité comme les aimait Sue, qui les avait baptisés. Elle et son père iraient visiter des magasins de meubles, de jouets et de vêtements de bébé à Tucson. Chacun pour des raisons différentes approuva chaleureusement.

46

Alex monta sur Staccato et Sue se consacra à Vendetta. Ils chevauchèrent pendant une demi-heure sans rien se communiquer de particulier. Puis, devant la joie d'Alex de chevaucher dans la montagne, elle n'y tint plus.

– Que faisiez-vous vraiment à Santa Ana?

– Je vous l'ai dit, j'enseignais.

– Et vos rapports avec Dolorès?

– J'ai été obligé de composer avec l'armée, puis avec la guérilla.

– Et?

– Et gardez le secret, même si Vanessa sait un certain nombre de choses, nous nous sommes aimés.

– C'est clair. Et?

– Et nous avons parlé du monde, des gens que nous avions connus.

– De moi?

– Oui. De vous, Canadienne trilingue, et de votre escapade à Mexico. Mais je n'ai rien dit de ce que je sais de vous, même pas à Vanessa.

– Vous êtes plus fort que moi et que Dolorès car, moi, j'étais folle d'elle et j'ai beaucoup parlé de moi.

– Et maintenant, vous aimez Kevin, tout en continuant la photographie.

– Oui, j'aime Kevin. Et je suis maintenant spécialiste dans les investissements démocratisés.

– Arrivez-vous à aider les mouvements populaires de cette manière?

– Parfois. Mais les risques sont toujours élevés. La technologie est aux mains de ceux qui servent le pouvoir. Par définition, les démunis n'ont pas accès à la technologie et quand ils l'ont un peu, ils n'ont pas l'ensemble des connaissances pour s'en servir complètement et la mettre au service des groupes révolutionnaires. Quelques personnes seulement sont assez douées pour jouer avec les systèmes. De plus, pour aider les démunis, il faut que les spécialistes gardent, malgré la facilité de leur vie, le désir, la force d'aider ceux qui devront être aidés longtemps encore.

— Le *melting pot* est là. Dans l'accord implicite pour travailler à comprendre et à aider les gens qui en ont besoin. Le problème, c'est que ce creuset est toujours envisagé par ceux qui imposent le statu quo; il n'est pas dans le problème de savoir si on garde ou non sa culture, vue comme répertoire d'éléments folkloriques.

— En effet, continua Sue. Je dirais même que la société souhaite que les groupes gardent leurs différences ethniques ou culturelles. Cela fait partie de la mondialisation décentralisée. L'essentiel est que tout converge vers des individus maîtrisant des technologies nécessaires à l'évolution du système économique et qui agissent ensemble en se servant d'instruments ne pouvant être utilisés qu'épisodiquement par des contestataires qui restent dans un rayon local.

— De là, il faudrait, dès maintenant, rendre accessible à tous la possibilité de se brancher sur les réseaux. Sinon il y aura deux catégories d'êtres humains. Ceux qui seront figés dans le passé comme les singes chers à Darwin. Et ceux dont le passé est leur avenir, car ils pourront y intervenir à volonté et le rebâtir, le réinventer.

Ils continuèrent leur chevauchée, complices, et retournèrent au ranch. Vanessa était rayonnante. Son père l'avait gâtée. Elle remarqua que Sue et Alex étaient détendus et s'entendaient bien. La conversation resta animée tout l'après-midi, jusqu'à ce que Vanessa et Alex décidassent de partir.

Sue serra la main d'Alex et lui dit:

— Merci pour Dolorès.

Aussitôt dans l'auto, Vanessa regarda intensément Alex et lui dit qu'elle s'était aperçue qu'il manquait un paquet de bas-culottes dans son tiroir quand elle avait fait son sac pour venir visiter son père.

— De plus, ma paire usée semble avoir été lavée par quelqu'un d'autre que moi, car quand je les lave, je les étire pour leur redonner une forme. Or, cette paire était toute resserrée sur elle-même.

Alex songeait que s'il avait une certaine expérience de la guérilla, il n'avait pas eu l'occasion de vivre les proximités intimes de la vie de couple! Ce genre de détails trahissait une activité bien suspecte pour sa psychanalyste très amoureuse.

— J'ai acheté ces paquets juste avant mon départ pour ma conférence au Mexique. Qu'as-tu fait pendant ce temps. Tu ne t'es quand même pas fait une bosse en tripotant mes bas-culottes?

— Non, non, mais j'avais envie de toi; alors j'ai dérivé vers un fétichisme typiquement masculin et je me suis fait plaisir avec ces bas.

— Un plaisir qui a demandé un lavage?

— Peut-être, répondit-il en souriant.

— Et la paire qui a disparu?

— Je l'ai étirée pour imaginer tes poses et je l'ai abîmée.

— Ta frénésie honore mon absence. Et où cela s'est-il passé?

— Chez nous, à Santa Fe.

Elle le regarda avec une insistance où se mêlaient l'incrédulité, l'étonnement et l'espoir de pouvoir le croire. Mais, c'est la curiosité de l'analyste qui l'emporta.

— Et l'ampoule de la lumière arrière droite qui s'est dévissée sur mon auto?

— Je ne savais pas que tu avais eu un problème.

— Oui, un policier m'a arrêtée pour me signaler la défectuosité.

— Cela arrive de temps en temps.

— Certes, une bosse en trop, des bas-culottes en moins, une ampoule ni en trop ni en moins quand je pars et que tu décides d'explorer des grottes. C'est un peu bizarre tout en pouvant être normal, malgré tout.

— Ce sont les résultats de causes indépendantes, comme le coup de l'aile du papillon dans l'hémisphère sud qui provoque une tempête dans l'hémisphère nord! La tempête se produit quand quelqu'un comme toi tente de construire un lien entre ces objets disparates flottant dans ta tête.

— Et Ishina, jeta-t-elle?

Alex rougit fortement. Il saisit que, cette fois, il allait être cuisiné sans relâche.

— Ishina quoi? demanda-t-il quand sa rougeur s'estompa.

— C'est clair.

— Qu'est-ce qui est clair?

— C'est à toi de parler.

Il songea qu'il y avait là beaucoup de choses en jeu. En même temps, il comprit soudain ce qu'il avait appris par expérience mais n'avait pu clairement formuler. Que l'amour véritable se marque au moment d'une séparation potentielle. Que c'est à ce moment crucial que l'on sait si on aime réellement; et encore plus si la personne avec qui on partage le plaisir nous aime profondément. C'est dans la séparation possible ou en train de s'accomplir que l'on mesure l'intensité sentimentale, la gentillesse, la tendresse, l'engagement, l'indifférence ou le narcissisme vache de la personne aimée. Dans ce domaine, il avait beaucoup plus d'expérience que Vanessa. Le narcissisme de son premier grand amour s'était accompli dans l'avortement. Le don de soi et la mort avaient marqué son deuxième engagement. Quant à la situation actuelle, il savait que Vanessa avait hâte de vérifier sa fidélité. Lui, par contre, se trouvait involontairement en position de faire passer un test encore plus grand à Vanessa: voir de quelle manière elle envisageait une déception potentielle et vérifier comment elle pourrait le rejeter. Avec mépris, colère, brutalité, en marquant sa souffrance et sa blessure narcissique. Ou bien en analysant leur situation et en évaluant leur rapport, ce qui garderait le savoir de leur accord. Il savait que c'était Vanessa qui risquait de lui faire peur. Une peur à laquelle il ne pourrait échapper si elle prenait la ligne dure du renfermement narcissique. Le plexus lui faisait mal. Dans ce second cas, il ne pourrait revenir en arrière. Chez lui, les traumatismes accumulés étaient trop grands.

— C'est juste, je ne suis pas allé faire des fouilles dans les grottes. Cependant, c'est vrai aussi que j'ai respiré tes bas-culottes et que j'ai joué avec ceux-ci. Mais pas pour ce que tu penses, perverse! Pas pour ce que tu souhaites et qui te fait tant d'effet, parfois. Non, j'ai respiré tes bas en pensant à Dolorès. En la vengeant!

Vanessa était tendue, figée, avec son visage d'adolescente qui ne comprendrait rien aux arcanes des relations complexes d'adultes soumis aux manœuvres de l'inconscient et des rivalités politico-idéologiques.

— Je me suis rendu à Echo Cliffs, j'ai dissimulé mes traits sous la trame serrée de tes cuisses de nylon et j'ai projeté Peter en bas.

J'ai vengé Dolorès. Maintenant, je peux être tout entier à toi. Mais si tu ne veux pas vivre avec un homme qui a fait disparaître discrètement un traître et un tortionnaire, alors je me retirerai de ta vie, en t'aimant toujours. Cette fois, ce sera le meurtre que j'ai commis qui me séparera de celle que j'aime.

Elle resta coite quelques secondes puis coula son visage sur le ventre et les cuisses d'Alex. Il freina lentement en lui caressant les cheveux. Arrêtés sur le bord de la route, ils se serrèrent très fort et se caressèrent longuement. Ils se regardèrent tendrement avec beaucoup d'amour et d'admiration, puis repartirent.

47

En juillet, ce fut le grand jour. Vanessa accoucha à l'hôpital de Santa Fe après huit heures de travail. Un garçon de quatre kilos et demi voyait le jour. Ils l'appelèrent Simon, car ils voulaient un prénom trilingue. Ils célébrèrent quelques jours plus tard la venue de ce qu'Alex avait cherché longtemps, une femme avec qui il ferait un enfant dans le bonheur. Tous les gens, c'est-à-dire quelques collègues et étudiants, dont Marie-Ishina, ainsi que les parents des deux procréateurs, burent du champagne, sauf Vanessa qui ne devait pas prendre d'alcool, car elle allaitait. Elle se consacra à un demi-verre de Ginger Ale pour partager au moins les bulles. Alex l'accompagna au Coca-Cola. Un des invités de Sue, Jeff Barton, lui susurra que c'était vraiment s'afficher comme suppôt d'une multinationale que de boire du Coca-Cola. Alex lui répondit que le champagne Pouet et Chanton qu'il avait apporté n'avait rien d'un cru local, que le local n'existait presque plus et que ce vin « poétillant » était un des fleurons de la multinationale de produits de luxe LVFI : Liaison Victoire France International. Il lui demanda si c'était le fait que le Coca-Cola était la boisson choisie par le peuple qui le dérangeait. Jeff Barton n'était pas content. Alex ajouta ironiquement que les pauvres ne pouvaient rêver que de Coca-Cola et pas de champagne, dont ils ignoraient même l'existence. De plus, trop de champagne donnait la diarrhée et c'était justement les problèmes auxquels ils faisaient face quotidiennement. Mais ce Jeff n'avait pas le sens de l'humour ni celui de la fête qu'entraîne la venue d'un individu nouveau à qui tout est promis. Sue calma donc son invité, car ses théories se contextualisaient mal avec les images d'enfants rachitiques, avitaminés ou mutilés par les mines, auxquels elle ne pouvait éviter de penser tout en célébrant cette fête avec bonheur. Car fêter ne retirait rien aux autres, et ne pas fêter ne leur donnait rien. Tout le monde s'en alla content et éméché. Alex trouva un sac. Il regarda dedans et trouva le permis de conduire de Marie-Ishina. Avec ces documents se trouvait une liste d'expressions dont « lisecho », « trywest », « gosacvan ». Coïncidence, songea-t-il en allant se coucher et en se souvenant de Sacvan à Santa Ana.

Le lendemain matin, il souligna cette coïncidence à Vanessa qui téléphona à Marie-Ishina pour la rassurer au sujet de son sac. Celle-ci décida de venir le prendre sur l'heure. C'est en reposant le combiné que Vanessa accoupla les lettres aux chiffres du téléphone et obtint 46722826. Il y en avait un de trop, donc ce n'était pas ça. Mais Alex y trouva une forte ressemblance avec le numéro que lui avait donné Steve avant le départ pour le Salvador. Le 46 faisait « go » même si on insérait entre eux le 1 pour Toronto, car le 1 ne comportait aucune lettre. Le 722-8260 était le numéro local à Toronto où Alex devait appeler en cas de coup dur. Les chiffres trouvés dans le sac de Marie-Ishina pouvaient correspondre puisque la touche zéro ne comportait aucune lettre.

Ils se demandèrent si c'était une coïncidence ou si Marie-Ishina avait indiqué à Alex l'adresse de Peter pour qu'il règle ses comptes avec un agent travaillant contre les intérêts des collectivités autochtones des Amériques. Difficile à savoir. Alex, maintenant, ne voulait pas le savoir. Il désirait seulement jouir de sa vie de famille avec son bébé. Quand Marie-Ishina vint récupérer son sac, Vanessa précisa qu'Alex était sorti.

48

Quelques semaines plus tard, Vanessa, Alex et Simon prirent la direction de la grotte qu'Alex était censé avoir visitée lorsqu'il avait assassiné Peter. Alex connaissait bien cet endroit. Par conséquent, il pourrait en montrer les dessins à Vanessa. Ils s'arrêtèrent à Cortez, au petit restaurant mexicain où ils s'étaient parlés la première fois, lors de leur course en automobile. Vanessa souligna que, non loin de là, il y avait un village nommé Dolorès et que toute passion profonde nous suit toujours, car l'être vraiment aimé reste irremplaçable. Ils mangèrent la même chose en se frottant les genoux. Mais au lieu de partir pour leur chalet, ils se dirigèrent vers Kayenta, puis sur le plateau au-dessus d'Echo Cliffs. Après une quinzaine de kilomètres sur des pistes poussiéreuses, ils arrivèrent à la grotte. La vitre arrière était couverte de mini-dunes pointillées rouge et ocre. Ils descendirent. Alex prit le *snuggli* et mit Simon dedans. Le corps était contre lui et les yeux du bambin étaient tournés vers le visage de son père. Vanessa prit deux lampes de poche et ils entrèrent dans la grotte. Des peintures anasazies aux traits noirs couvraient les parois rougeâtres. Ils contemplèrent des hommes et des femmes filiformes, comme eux, des symboles, des cercles, des animaux et encore des individus en mouvement, joyeux, comme eux. Alex gratta plusieurs fois le sol avec une petite pelle en métal pour enfant et il découvrit un petit morceau de poterie.

– Un message des Anasazis, dit-il. C'est pour Simon.

– Nous allons en rédiger un nous aussi, dit Vanessa. Nous allons écrire quelque chose et le mettre dans un contenant étanche.

Ils ressortirent. Ils vidèrent la boîte de vitamines rehaussée d'une image de Fred Cailloux, le sympathique humain préhistorique aidant à la vente de cette marque. Ils finirent de se tartiner des tranches de pain au beurre d'arachide afin de vider le pot. Puis ils songèrent à ce qu'ils devraient écrire pour les êtres qui viendraient visiter cette grotte dans mille, dix mille ou cent mille ans. Mais Simon se réveilla et réclama son jouet préféré, le sein de Vanessa. Pendant que le bébé se sustentait, Alex pensait à Tristan Tzara dans *L'Homme approximatif*, à toutes les vies potentielles que chacun aurait pu vivre ou ne pas vivre. Il le cita de mémoire à Vanessa qui trouva cela fort joli : « Ces vies à côté que nous ne voyons pas, l'ultra-violet de tant de voies parallèles ; celles que nous aurions pu prendre ; celles par lesquelles nous aurions pu ne pas venir au monde. » Ils décidèrent d'écrire cette phrase comme étant le terme temporaire de leur réflexion philosophique, telle que marquée par leur bonheur de s'être trouvés et d'avoir compris qu'il n'y a jamais reproduction et qu'une naissance est justement tout, sauf la reproduction. Vanessa décida d'inscrire qu'ils venaient de comprendre qu'en mathématique un plus un égale deux mais qu'en biologie, un plus un égale trois. Et même, peut-être qu'un plus un égale plus un, ce qui n'est pas égal à trois. Ils ajoutèrent : « Nous nous aimons et nous vous aimons, vous que nous ne connaîtrons jamais mais qui nous connaîtrez peut-être. » Ils mirent une des photos de Vanessa, nue et épanouie dans la cuisine, tout en doutant de sa capacité à surmonter l'oxydation. Ils signèrent puis trempèrent le doigt de Simon dans le beurre d'arachide, ce qui permit de laisser son empreinte digitale grasse sur le papier. Ils le roulèrent comme un papyrus et le glissèrent dans la boîte de vitamines qu'Alex scella avec de la silicone en tube servant à réparer des fuites éventuelles dans l'auto. Il l'entoura de ruban adhésif argenté et glissa la bouteille dans le pot vide de beurre d'arachide. Il y glissa une disquette où se trouvait le texte de son roman le plus récent intitulé *Transit*. Il y racontait les étapes essentielles de sa vie, de l'avortement à la mort de Dolorès, jusqu'à la joie d'avoir un enfant. Il emballa la disquette dans un sac de plastique, le tout scellé à la silicone, puis il fit de même pour le couvercle du pot. Ils l'enterrèrent enveloppé dans un sac à ordures vert, scellé lui aussi. Ils tassèrent le sol de la grotte. Vanessa s'exclama :

— Toute trace de ton passé vient de disparaître. Mais il resurgira peut-être dans quelques millénaires. Il nous reste notre présent au quotidien. C'est énorme.

Ils sortirent. Leurs visages étaient empreints de la poussière de la route et de celle de la grotte, encore plus fine. Les cheveux de Vanessa étaient presque blancs. Ils lui donnaient déjà le visage de la vieille femme qu'il aimerait toujours. Cette pellicule de sable traçait le désir de sa petite vieille toute neuve et de ses rides futures annoncées par la marque qui, déjà, longeait sa paupière gauche au coin de son œil brillant ponctué d'un intense point d'ironie. Ce sable révélait leur cheminement, avant leur parcheminement de concert vers la diaspora cellulaire. Une étape qu'ils venaient de se jouer l'un à l'autre par le dépôt des renseignements dans la grotte. La pous-

sière asséchant leurs visages annonçait leur vie ensemble, sans fin.
Elle était la perspective de soixante ans à venir d'un bonheur simple,
d'un amour envahi de désirs, insupportables par instants. Ils montèrent dans l'auto et se dirigèrent vers leur chalet ouvrant sur l'horizon des mesas et le hurlement des coyotes rouges virant au mauve
dans le crépuscule strié de cactus accrochés à la lune.

Table